The Girl In The Ice
冰裡的女孩

Robert Bryndza

羅伯・布林澤——著　趙丕慧——譯

獻給楊，他陪我走過了喜劇，而現在是劇情片。

前言

路面閃爍著月光，安卓莉雅・道格拉斯－布朗匆匆走在不見人影的大街上，高跟鞋在一片靜謐中喀喀響，節奏不定——都怪她灌下肚的伏特加。一月的空氣冷冽，她赤裸的雙腿凍得刺痛。聖誕節和新年來了又走，留下了一個冷冰冰的無菌真空。商店櫥窗掠過，沐浴在黑暗中，閃爍的街燈下僅有一家骯髒的賣酒店在營業。一名印度人坐在裡頭，拱肩縮背盯著筆電，沒注意到她走過。

安卓莉雅憋了一肚子氣，一心一意只想把酒吧拋到腦後，所以等到商店櫥窗變成了離人行道有段距離的大宅之後，她唯一的疑問是她要往哪兒去。頭頂上有榆樹的樹枝伸展，消失在無星的夜空中。她停下來，靠著牆喘氣。全身血液沸騰，她將冰冷的空氣吸入肺中，頓時感覺像燙傷。回過頭來，她發現自己走了滿遠的，已經走在上坡路的一半了。馬路在後方延伸，像條油亮的糖蜜映照在橘色的鈉光燈下，路底是火車站，黑暗中已拉下了鐵門。寂靜與寒冷當頭壓下，唯一的動靜是她呼吸時吹入冰冷空氣中的蒸汽。她將粉紅色手抓包塞在臂下，很高興四周沒有人，她拉起了小禮服的前襟，從內衣下掏出手機。機殼上的施華洛世奇水晶在橘色街燈下慵懶地閃著光，螢幕卻沒有訊號。她暗罵一聲，把手機又塞回內衣底下，拉開了手抓包的拉鍊。裡頭是一支較舊的手機，也有施華洛世奇水晶裝飾，但掉了好幾顆。這一支也一樣沒有訊號。

安卓莉雅環顧四周，漸漸驚慌起來。房屋距馬路很遠，隱蔽在高高的樹籬和鐵柵門之後。要是她能走到山坡頂上，應該就能正常收訊。管他的，她心裡想，她要叫她父親的司機來。她會想個說法，解釋她為何在泰晤士河南岸。她把小皮夾克的鈕釦扣好，雙臂抱胸，邁步往上走，舊手機仍握在手中，有如護身符。

後方傳來汽車引擎聲，她回過頭，瞇眼看著車燈，強光照射在她赤裸的腿上，令她覺得更曝露。她本希望是計程車，卻發現車頂低矮，也沒有「空車」的標誌。她轉過身，繼續走。引擎聲變得更響，接著大燈照住了她，在前方地面上投射出一個大光圈。幾秒鐘過去了，人燈卻仍照著她，她幾乎能感覺到燈的熱力。她回頭瞧著強光，汽車放慢速度，在她的幾呎後爬行。

她一明白是誰的車子就火冒三丈。長髮一甩，轉回去繼續走。汽車稍微加速，跟她平行。車窗染成黑色的，音響大作，嘶嘶有聲，搔癢了她的喉嚨，也害她的耳朵癢。她猛地停步。汽車也在幾秒後停下，接著倒車退了兩呎，駕駛座的窗子現在與她平行。音響靜止，引擎低鳴。

安卓莉雅俯身，注視著染黑的窗玻璃，卻只看見自己臉孔的倒影。她彎腰去拉車門，卻鎖住了。她拿手抓包拍打車窗，又去開車門。

「我沒心情玩遊戲，我剛才可不是在開玩笑！」她大喊。「把門打開，不然就……就……」

車子仍文風不動，引擎低響。

不然就怎樣？它好像在這麼說。

安卓莉雅把皮包夾在臂下，對著車窗比中指，大步走開，爬上最後的一段路，來到了山坡頂上。一棵大樹橫跨了人行道的邊緣，粗大的樹幹擋住了她和汽車的大燈，她再度查看手機，高舉過頭，找尋訊號。天空一顆星也沒有，褐橘色的雲低得像伸長手臂就能碰到。汽車一吋吋向前挪，在樹旁停下。

恐懼開始流過安卓莉雅的全身。她躲在樹的陰影中，掃瞄環境。馬路兩邊的人行道都是濃密的樹籬，一路向上延伸，深入一團模糊陰暗的郊區。接著她看見了正對面有東西：兩棟大屋子中間有一條小巷。她只能勉強看見一塊小招牌寫著：**道利吉 11/4**。

「有本事就來追啊。」她喃喃說，深吸一口氣，拔腿就要跑過馬路——不料一隻腳卻被人行道下突起的粗樹根絆到，折到了腳踝，劇痛貫穿了她的腳。她失去平衡，一邊大腿撞上路緣石，手抓包和手機落地，整個人摔在馬路上，頭撞到柏油路面發出空洞的一聲砰。她頭暈目眩躺在汽車的大燈下。

大燈熄滅，讓她深陷黑暗。

她聽見車門打開，想要爬起來，但身下的馬路卻突然傾斜旋轉。兩條腿出現在她眼前，藍色牛仔褲……一雙昂貴的運動鞋影影綽綽的，而且變成了四隻。她伸出手臂，以為會是熟人來扶她起來，誰知一隻戴著皮手套的手乾淨俐落地摀住了她的口鼻。另一條胳臂圈住她的上半身，牢牢制住她。手套的皮革柔軟溫暖，但是手套中的手指力道卻令她震驚。她被拽起來，立刻就被拖向後車門，丟了進去。她整個人落在後座上，門砰地一聲關上，尾隨她的寒冷也消散無蹤。安卓莉雅震驚地躺著，不太明白是怎麼回事。

汽車晃動，那個人坐進了前乘客座，關上了車門。中控鎖喀嗒一聲，再呼嚕響。安卓莉雅聽見他打開了置物箱，一陣窸窣，然後又砰地關上。汽車晃動，那人從前座的空隙爬過來，用力坐在她的背上，把她肺裡的空氣都榨光了。一會兒之後，一條細塑膠繩繞過了她的手腕，把她的雙手緊緊綁在背後，繩子陷入了她的皮膚。那人從她身上下來，動作既迅捷又輕巧，強健的大腿這時壓著她被綁住的手腕。厚膠帶猛地拉開來，把她的兩隻腳踝綁在一起，扭傷的那隻腳痛得更厲害。空氣中充斥著松樹空氣清香劑和帶著銅的味道，她這才發覺鼻子在流血。

一陣憤怒讓安卓莉雅的腎上腺素飆升，使她頭腦清明。

「你他媽的在幹嘛？」她開口說，「我會尖叫喔。你知道我的尖叫聲有多大聲！」

但那人轉過來，膝蓋仍壓著她的背，擠出了她肺裡的空氣。一條影子在她的眼角移動，什麼又硬又重的東西落在她的後腦勺上，又一陣劇痛，她眼前金星亂竄。那條手臂抬起來，又重重落下，接著一切歸於黑暗。

馬路仍空蕩寂靜，第一批雪花飄下，懶洋洋地落在地上。流線型的黑窗汽車幾乎無聲地駛離，滑入夜色中。

1

李．金尼從他和母親同住的那排小透天厝中的最後一棟走出來，瞪著白茫茫一片的大街，從運動褲口袋裡掏出一包菸，點燃一根。整個週末都在下雪，現在仍沒停，路面上雜亂的足跡和車轍又被雪覆蓋住了。山腳下的森林山火車站安靜無聲；週一早晨通常會有通勤族蜂擁走過他面前，前往倫敦中區上班，不過他們可能仍躲在溫暖的被窩裡，跟另一半享受難得的一個悠閒早晨。

幸運的混蛋。

李六年前畢業後就失業至今，但是領救濟金苟且偷生的好日子結束了。新的保守黨政府正努力解決長期失業的問題，而現在李必須要有一份全職工作才能領救濟金。他分配到一份滿輕鬆的工作，在霍尼曼博物館當園丁，走路十分鐘就到了。他本來想跟別人一樣今天早晨也待在家裡，但是「就業＋」辦公室並沒有說工作取消了。後面在等這份工作的人還有一大串，他母親說他如果不去上班，他的救濟金就會被取消，那他就得去找別的地方住。

前窗砰的一聲，露出了他母親皺巴巴的臉來，催他出門。他對她比中指，邁步往山上走。

四名漂亮的少女迎面而來，穿著紅色運動外套、短裙和及膝襪，是道利吉女子中學的制服，咭咭呱呱聊著天，裝腔作調，說著學校叫她們回家，同時動作一致地滑著手機，鮮明的白色耳機線懸掛在外套口袋上。四人擋住了人行道，在李接近時也不讓路，他只得閃到馬路上，踩到了一團黏乎乎的垃圾。他感覺到冰水滲入了他的新運動鞋裡，惡狠狠瞅了她們一眼，但是她們太忙著八卦，又笑又叫。

眼睛長在頭頂上的有錢三八，他在心裡罵。來到山頂上，霍尼曼博物館的鐘塔從光禿禿的榆樹枝椏中出現。白雪灑落在它光滑的黃色砂岩磚上，像一團團的濕衛生紙似的黏在上頭。

李向右轉，走上一條住宅街道，跟博物館園區的鐵欄杆正好平行。街道的坡度很陡，房屋也一棟比一棟華麗。他來到了馬路頂端，停下來喘口氣。雪花飛進了他的眼睛，又冰又癢。天氣明朗的日子裡，你能從這裡看見倫敦，幅員廣達幾哩之遠，一直到泰晤士河邊的倫敦眼，但是今天卻被濃密的白雲籠罩，李只能勉強看出對面山上氣勢不凡的山頂鎮住宅區。

鐵欄杆中的小柵門鎖上了。這時的風是橫向吹來的，李冷得發抖。主管園丁組的是個討厭的老飯桶。李是應該要等他來開門的，但是街道冷冷清清的，他東張西望，確定沒有人之後，就翻過小柵門，進了博物館園區，踏上高聳的常春樹籬之間的窄徑。

凜冽的寒風受到了阻擋，四周的世界寂靜得讓人毛骨悚然。雪越積越多，他在樹籬中穿行，踩出的腳印很快就被白雪填滿。霍尼曼博物館和館區佔地十七畝，園藝用品及維修器材的棚屋是在後面的右邊，靠著一道頂端是彎弧狀的高牆。放眼望去盡是白花花的一片，李走錯了路，更深入了花園，來到了橘園旁。華麗的鍛鐵柱和玻璃溫室嚇了他一跳。他折返，但是幾分鐘後又來到了不熟悉的區域，發現自己面對著交叉口。

*我走過這些鬼花園多少遍了？*他心裡想。他走右邊，走到了一處凹下的花園。白色大理石小天使站在白雪皚皚的磚柱基上。風吹過，發出低咆，李經過時感覺小天使那些茫然、乳白色的小

眼睛盯著他看。他停下來，伸手掃掉臉上的雪，想弄清楚到遊客中心的最快路線。花園維護組的員工通常是不准進入博物館的，但是天氣冷得刺骨，咖啡廳可能開了，去他的，他就是要像正常的人類一樣暖暖身體。

他的手機在口袋裡響，他掏了出來。是「就業+」傳來的簡訊，說「由於天氣惡劣，今天不必上班」。他把手機塞回去。小天使好像每一個都轉過了頭來。他們之前就是面對著他嗎？他想像著他們珍珠色的小腦袋瓜緩緩轉動，追循著他的路線。他甩開這個想法，匆匆走過那幾雙茫然的眼睛，專心盯著被雪覆蓋的路面，來到了一處寧靜的空地，這裡圍繞著一座沒使用的划船湖。

他停下來，瞇眼細看飛舞的雪花。湖面結冰了，一艘褪色的藍色小船座落在一圈橄欖形雪地的正中央。湖的對面有座腐朽的小船棚，李只能看出屋簷下有一艘舊划艇。

雪滲入了他已經濕掉的運動鞋裡，儘管穿了外套，寒冷仍在肋間擴散。他很丟臉地發覺他真的害怕，他需要找路離開這裡。要是他折回那處下凹的花園，他可以找到周邊的小路，走到倫敦路。加油站會營業，他可以再買一點香菸和巧克力。

他正要向後轉，就聽見有聲音打破了寂靜。聲音很微弱，而且扭曲變形，是從船棚那兒傳來的。

「嘿！是誰在那邊？」他大聲喊，調門很高，而且語氣驚惶。結果聲音消失了，但是幾秒之後，又再響起，李這才恍然，原來是手機的來電鈴聲，有可能是他的同事的。

下雪的關係，他看不出小路的盡頭在哪裡，湖岸又在哪裡，所以，他緊挨著排列在划船池邊緣的樹木前進，小心翼翼繞到鈴聲的來源。鈴聲輕快，距離拉近之後，他能聽出是從船棚傳來的。

他來到低矮的屋頂，彎腰低頭，看見了那艘小船後方的黑暗中發出光芒。鈴聲停止了，幾秒鐘後光芒也熄滅了。發現只是一支手機，李鬆了口氣。毒蟲和流浪漢晚上經常會翻牆進來，園藝組的員工總會找到空皮夾——在現金和信用卡被偷走之後丟棄的——使用過的保險套和針管。手機可能是被丟棄的……可為什麼要丟棄手機……應該是很爛的手機才會丟掉吧？李心裡想。

他繞了小船屋一圈。雪地中探出了一處小碼頭的柱子，碼頭延續到船屋的低矮屋頂之下。李能看到雪吹不進來的地方木頭是腐朽的。他輕手輕腳沿著碼頭前進，在低矮的屋簷下低頭。頭頂上的木頭腐爛碎裂，蜘蛛網一綹一綹地往下垂。他現在來到了那艘划艇邊，看得到棚子的另一邊，有支手機掉在一處小木架上。

他登時胸口一陣興奮。他可以到酒吧去把手機賣掉，賺點小錢。他用腳推了船一下，船文風不動；四周的水都凍住了。他經過船頭，停在碼頭的盡頭，蹲下來，身體前傾，用外套的袖子拂開了一層雪粉，露出了厚厚的冰。底下的水非常清澈，他能看見兩條魚，魚身有紅黑色的斑點，慢吞吞地游動，嘴裡吐出一串的小氣泡，漂升到冰層下，朝兩邊滾開。

手機又響了，他跳了起來，險些就從碼頭邊緣掉下去。低俗的鈴聲在屋頂上彈跳。他現在能看見發光的手機就在對面的牆根下，側翻在一片木頭的邊緣上，就在冰封的水線之上。手機有亮晶晶的貼珠寶外殼。李走向划艇，跨出一條腿，一腳踩著木座位測試體重，另一腳仍踏在碼頭上。船一動不動。

他把另一條腿也跨了過去，爬進船裡，卻仍然搆不著手機，但是一想到一疊厚厚的鈔票塞進他的運動褲口袋裡，李就什麼也顧不得了，一條腿跨過了船緣，戰戰兢兢把腳踩到冰上，身體重量往下壓，冒著弄濕一隻腳的風險。冰層很厚，他踏出了船外，另一隻腳也踩著冰面，留神傾聽傳說中冰裂的吱吱聲。什麼也沒有。他邁了一小步，再邁一步，感覺像走在水泥地板上。

木屋頂的屋簷是向下傾斜的，為了要構著手機，李得蹲下來。

他往下蹲時，手機的螢幕光照亮了船屋的內部，李發現有兩支舊的塑膠瓶和一些垃圾從冰雪中探出頭來，然後某個東西害他僵住……看起來像是手指頭的指尖。

他的心臟狂跳，伸出手去輕輕捏了捏，冷冰冰的，很像橡皮。指甲上結霜了，指甲搽著深紫色指甲油。他拉長外套袖子蓋住手，摩擦那隻手指周圍的冰。手機的光照得結冰的水面呈現混濁的綠色，而他看到水底下有一隻手，向上伸展，連接住手指頭突出冰面的地方。手的下面一定是一條胳臂，消失在深處了。

手機不響了，換上的是萬籟俱寂的安靜。然後他看到了。就在他蹲著的地點的正下方是一張女孩子的臉。她混濁的褐色眼睛浮腫，茫然瞪著他。一堆暗色頭髮糾結成一團，向上漂升。一條魚悠哉地游過，尾巴掃過女孩張開的嘴唇，好似她正要說話。

李一聲慘叫，往上一跳，頭撞到了船屋的矮屋頂，又重重落在冰面上，兩腳一滑。

他躺在那兒一會兒，呆若木雞。接著他聽見了模糊的吱吱嘎嘎聲。慌張失措之下，他兩腳亂踢，兩手亂抓，想要站起來，離這個死掉的女生越遠越好，但是兩條腿卻偏偏又滑了。這一次，他撞破了冰層，落入了冰冷的水裡。他感覺到死掉女生軟趴趴的雙臂纏住了他的手臂，她冰冷黏膩的皮膚貼著他。他越是掙扎，兩人的四肢就越是糾纏不清。水冷砭骨。他吞下了髒水，手腳亂舞，反而莫名其妙地把自己撐上了划艇的邊緣。他喘息乾嘔，恨不得剛才拿到了手機，不過轉賣的想法已經打消了。

他只想要用手機求救。

2

愛芮卡．佛斯特在路易申街警察局骯髒的服務台等了半小時了，她不舒服地在綠色塑膠椅上欠動。塑膠椅是一整排的，拴死在地板上，顏色不再鮮明卻泛著光，是多年來被心急如焚、內心有愧的人坐出來的。有扇大窗俯瞰停車場、環狀馬路、一棟灰色辦公大樓，而低矮的購物中心則奮力要在暴風雪中爭取別人的目光。值班台到大門之間有一條融化的雪泥對角線，而值勤的警員則以惺忪的眼睛盯著電腦。他長了一張大臉，有雙下巴，正漫不經心地剔著牙，伸出一根手指檢查挖到了什麼，然後又放回了嘴裡。

「局長應該不會很久。」他說。

他的視線掃過愛芮卡的身體，納入了她纖瘦的體格，包在褪色牛仔褲、毛衣、一件紫色短夾克裡。他的目光停在她腳邊的小行李箱上，她兇巴巴地瞪回去，他就趕緊別開了視線。她旁邊的牆壁貼著亂七八糟的公告。**別成為犯罪被害人！**有一張是這麼說的，愛芮卡覺得在倫敦外圍的警局服務台裡貼這玩意還滿蠢的。

值班台旁的一道門低響了一聲，馬許總警司走入了服務台。比起上次見面，他的小平頭多年來灰了不少，但除了一臉疲憊之外，他仍英俊如昔。愛芮卡站了起來，跟他握手。

「佛斯特偵緝總督察，抱歉讓妳久等了。航程還順利嗎？」他說，看見了她的穿著。

「班機延誤了，長官……所以沒來得及換衣服。」她回答，順便道歉。

「這場可惡的風雪來得可真不是時候，」馬許說，然後又說：「沃夫巡佐，這位是佛斯特偵組總督察，她從曼徹斯特來加入我們。我需要你立刻分派給她一輛車……」

「是，長官。」沃夫點頭。

「我也需要電話，」愛芮卡說，「能不能找舊一點的，有真正的按鍵的最好。我討厭觸控式螢幕。」

「那我們就幹活吧。」馬許說，掃了識別證，門就嗡一聲打開了。

「目中無人的臭娘們。」沃夫等門關上後嘴裡就不乾不淨地說。

愛芮卡跟著馬許走在一條既漫長又低矮的走廊上。電話鈴此起彼落，穿制服的警察和支援人手迎面而來，蒼白的一月臉孔緊繃急切。經過的一面牆上貼著一支足球聯盟海報，幾秒之後，另一個一模一樣的公布欄上貼著幾排的照片，標題是：**殉職人員**。愛芮卡閉上眼睛，直到確定已經走過之後才張開來，險些就撞上了馬許，因為他停在一間寫著**事件室**的門前。她從半闔的百葉窗看見室內坐滿了人。恐懼爬上她的喉嚨，厚夾克底下已經冒汗了。馬許握住了門把。

「長官，我應該先聽簡報再——」愛芮卡說。

「沒時間了。」他說。愛芮卡連回應的機會都沒有，他就已經打開了門，示意她先進去。

事件室很大，採開放式格局，二十幾名警察陷入沉默，期待的臉沐浴在刺眼的日光燈下。左右兩側的玻璃隔間都面對著走道，一邊有一排印表機和影印機。機器前的薄地毯片都磨損了，從辦公桌到排列在後牆的白板之間的地毯上也一樣走出了一條痕跡來。馬許大步走向前部，愛芮卡趕緊把行李箱拖到一部影印機旁，影印機正在運作。她挑了一張桌子坐下。

「早，各位，」馬許說，「我們都知道，二十三歲的安卓莉雅・道格拉斯－布朗四天前失蹤，而接下來就是一場媒體的扒糞比賽。今天早上九點剛過，森林山霍尼曼博物館發現了一具女屍，外形跟安卓莉雅吻合。初步的身分辨識是從安卓莉雅名下的一支手機查到的，可我們仍然需要正式的辨識。我們已經叫鑑識人員過去了，但是都被這場可惡的雪拖延了……」電話鈴響，馬許打住。鈴聲持續。「拜託，這裡是事件室。哪個人去接一下！」

後面有個警察一把抄起了電話，開始小聲說話。

「如果身分確認了，那我們要辦的案子就是兇殺案，而死者可是跟一個非常有權有勢的家族有關的，所以我們需要處處保持領先。媒體，隨便哪一家，誰亂說話誰就倒大楣。」

今天的報紙就擺在愛芮卡對面的桌子上，醒目的頭條寫著：**工黨頭號人物之女失蹤**以及**安安綁架案是恐攻？**第三份報紙的頭條最為聳動，安卓莉雅的全版相片之下寫著：**被擄了？**

「這位是佛斯特偵緝總督察，她從曼徹斯特警務處來加入我們。」馬許說完了，愛芮卡覺得室內的每一雙眼睛都落在她身上。

「大家早安，我很榮幸——」愛芮卡才開口，就被一個黑髮油膩的警員打斷了。

「局長，我一直在辦道格拉斯－布朗的案子，從失蹤開始，而且……」

「而且？而且什麼，史巴克斯偵緝總督察？」馬許問。

「而且，我的小組不眠不休在調查。我正在追幾條線索。也是我跟她的家人在聯絡——」

「佛斯特總督察在敏感的命案上有極豐富的辦案經驗——」

「可是——」

「史巴克斯，我們不是在討論。從現在起就由佛斯特總督察來負責領導這件案子……她會立刻就積極投入，但是我知道你們會全力配合，」馬許說。一陣彆扭的沉默。史巴克斯坐回椅子上，厭惡地盯著愛芮卡，她也不甘示弱，不肯別開臉。

馬許接著說：「每個人都把嘴巴閉緊，我可不是在開玩笑。不接受採訪，不八卦，OK？」

警員們喃喃同意。

「佛斯特偵緝總督察，我的辦公室。」

愛芮卡站在馬許的頂樓辦公室，看著他翻揀桌上的公文。她瞧了瞧窗外，居高臨下的位置能夠把路易申看得更清楚。購物中心和火車站過去有一排排長短不一的紅磚透天厝，一路延伸到布萊克希斯。馬許的辦公室跟一般的總警司不一樣，窗台上沒有排列著模型汽車，架上也沒有全家福相片。他的辦公桌上公文堆積如山，窗邊的一套書架似乎是用來塞檔案夾、未拆封的郵件、舊聖誕卡的，已經不堪負荷，而且還貼滿了寫滿他細長字跡的便利貼。有個角落的椅子上披著他的警用大禮服和帽子，而在皺巴巴的長褲上則是他的黑莓機，閃著紅燈，正在充電。如此的位高權重，房間卻像是少年的雜亂臥室，實在是奇怪的組合。

馬許終於找到了一個有襯墊的信封，交給了愛芮卡，她撕開來，拉出了她的警徽和識別證。

「怎麼，我突然從零變成英雄了？」她說，把警徽在手上翻來覆去。

「這和妳個人無關，佛斯特總督察。妳應該高興。」馬許說，轉過來，重重坐進椅子裡。

「長官，我聽到的說法——雖然不是說得很明確——是我回來上班，至少會先做六個月的行政工作？」

馬許示意她坐對面的椅子。

「佛斯特，我找妳的時候這還是一件失蹤人口案，現在已經變成命案了。還需要我提醒妳她的父親是誰嗎？」

「道格拉斯–布朗爵士。他不就是伊拉克戰爭中政府最主要的承包商之一嗎？同時也在內閣任職？」

「這件事跟政治無關。」

「我幾時又甩過政治了，長官？」

「安卓莉雅．道格拉斯–布朗是在我的地盤上失蹤的。道格拉斯–布朗爵士施加了巨大的壓力。他是個有影響力的人，可以隻手成就一個人，也可以毀掉一個人。我等會兒還得去見警務處助理處長跟某個內閣辦公室的混蛋開會……」

「所以你擔心的是你的事業？」

馬許瞪了她一眼。「我需要這具屍體的身分跟一個嫌犯。要快。」

「是，長官。」愛芮卡頓了頓。「我能請問為什麼找上我嗎？是不是拿我當擋箭牌，出了錯就把我推出去問斬？然後再讓史巴克斯來清理善後，讓他當英雄？因為我有資格知道……」

「安卓莉雅的母親是斯洛伐克人，妳也是……我覺得會有幫助，找一個她的母親能夠認同的警員。」

「所以讓我來辦案是為了公關？」

「妳要這麼說也行。不過我也知道妳是一個多麼傑出的警察。妳最近有麻煩，對，可是妳的成就卻遠遠超過了——」

「少給我灌迷湯，長官。」愛芮卡說。

「佛斯特，妳老是弄不懂警隊的政治。要是妳老早搞清楚了，我們現在說不定就是坐在這兒面對面討論了。」

「嗯，這個，我有原則。」愛芮卡狠狠瞪了他一眼。一陣沉默。

「愛芮卡……我找妳來是因為我覺得妳應該要歇一歇。不要連開始都沒有就讓自己打退堂鼓。」

「是，長官。」愛芮卡說。

「好了，到命案現場去。一有消息就向我報告。如果真是安卓莉雅．道格拉斯－布朗，我們會需要他們家的正式指認。」

愛芮卡站起來就要走。馬許卻接著說，聲音變得較柔和：「我一直沒機會，在葬禮上，說我對馬克有多遺憾……他是位優秀的警員，也是個好朋友。」

「謝謝你，長官。」愛芮卡看著地毯。聽見他的名字仍很難受。她命令自己不准哭。馬許清清喉嚨，又恢復了職業口吻。

「我知道妳一定能很快就有確切的消息，我要妳每一步都跟我報告。」

「是，長官。」愛芮卡說。

「佛斯特總督察？」

「是？」

「把便服換了。」

3

愛芮卡找到了女更衣室，手腳俐落地換上了已遺忘卻熟悉的制服：黑長褲、白上衣、黑毛衣和長版皮夾克。

她正把便服塞進置物櫃中就注意到一條木長椅的尾端有揉皺的一份《每日郵報》。她把報紙拉過來，撫平。頭條是**工黨頭號人物之女失蹤**，底下是一幀很大的安卓莉雅・道格拉斯－布朗相片。她很漂亮，粉雕玉琢，留著褐色長髮，嘴唇飽滿，褐眸瑩亮。膚色是日曬的米色，上半身只穿了很省布料的比基尼，挺起胸膛，強調出她豐滿的乳房。她瞪著鏡頭，眼神專注自信。相片是在遊艇上拍攝的，後方的天空是熾熱的藍，海面閃耀著陽光。安卓莉雅的兩側都被強健的男性肩膀摟住，一個較高，一個較矮——其他的部分全都被刪剪掉了。

《每日郵報》把安卓莉雅描述成「不算活躍的社交名媛」，愛芮卡敢說安卓莉雅如果看見了，絕對不會高興，但是報紙並沒像其他小報一樣直呼她「安安」。報紙訪問過她的父母親道格拉斯－布朗爵士伉儷，以及她的未婚夫，他們都懇求安卓莉雅跟他們聯絡。

愛芮卡翻找皮夾克，找到了筆記本，這麼多個月來仍放在原處。她記下了未婚夫的姓名，叫吉爾思・奧斯波恩，並且寫道：安卓莉雅逃家？她看了一會兒，又忿忿地塗掉，撕下了這一頁。她把筆記本塞進長褲的後口袋裡，再把識別證放進另一邊的口袋，卻頓了頓，在手上掂了掂：熟悉的重量，皮革封套在多年塞在長褲後口袋之後四角磨圓了。

愛芮卡走向一排洗手台，對著上方的鏡子，打開了皮套，舉在面前。識別證的照片秀出了一個有自信的女人，金髮向後梳，不服輸地瞪著鏡頭。那個回視著她，舉著證件的女人卻瘦骨嶙峋、形容枯槁，金色短髮一束束倒豎，髮根露出灰色。愛芮卡看著自己抖動的手臂一會兒，隨後合上了識別證。

她會申請換照片。

4

愛芮卡從女更衣室出來時，值班台的沃夫巡佐正在走廊上等她。他搖搖晃晃走在她旁邊，注意到她比他高了整整一個頭。

「妳的手機，充好電了，隨時可以用，」他說，把一個透明塑膠袋交給她，裡頭裝了一支手機和充電器。「午餐之後就有車子可以用了。」

「你沒有有按鍵的嗎？」愛芮卡不客氣地說，看見了袋子裡是一支智慧型手機。

「它有電源按鍵。」他也不客氣回嗆。

「等我的車到了，你能把這個放進後車廂嗎？」她說，指著她的行李箱。她超前穿過了事件室的門，交談聲立刻停止。一名個子矮、豐滿的女人走向她。

「我是摩斯警員。我們正在幫妳整理一間辦公室。」女人的紅髮粗硬，臉孔佈滿了雀斑，很多聚在一起像是一團污漬。她接著說：「所有線索一送進來就會寫到白板上，我也會把影印本放到妳的辦公室，等——」

「辦公桌就可以了。」愛芮卡說，走向白板，上頭釘了一大張霍尼曼博物館的地圖，底下則是監視器拍到的安卓莉雅畫面。

「這是她最後一張照片，是在倫敦橋車站拍到的，她正要搭上二十點四十七分往森林山的火車。」摩斯說，跟在她後面。在監視器照片中，安卓莉雅正要登上車廂，露出修長的一條腿，沒穿襪子。她的表情定格在憤怒的情緒上。她盛裝打扮，黑色小禮服外是一件緊身皮夾克，粉紅色高跟鞋，搭配同色的手抓包。

「她上火車時是一個人？」愛芮卡問。

「是的，我調來了監視畫面，照片就是從那兒擷取的。」摩斯說，抓起一台筆電又走回來，把筆電放在一堆檔案上，放大了視窗。兩人看著縮時影帶，從側面拍到火車站月台。安卓莉雅走入了鏡頭，再登上車廂，只有幾秒鐘的時間，所以摩斯把它循環播放。

「她一臉的怒氣。」愛芮卡說。

「對。好像準備要去修理誰似的。」摩斯也認同。

「她的未婚夫呢？」

「他的不在場證明滴水不漏，他在中倫敦參加什麼活動。」

她們又一塊看了安卓莉雅走過月台登上火車的畫面幾次，畫面中只有她一個人，月台的其他部分空蕩蕩的。

「這位是我們的軍師，柯廉巡佐。」摩斯說，指著一個青年，金髮剪得很短，他同時在聽電話、翻找檔案、把一條瑪爾斯巧克力棒塞進嘴裡，而且想要一口就吃下一大塊。愛芮卡從眼角看見史巴克斯放下了電話，穿上外套就要往外走。

「你要去哪裡？」愛芮卡問。史巴克斯停步回頭。

「鑑識科說可以去犯罪現場了，妳大概忘了，我們需要趕緊辨認身分，長官？」

「我要你留下來，史巴克斯。摩斯警員，妳今天跟著我——還有你，你叫什麼名字？」她問一名個子高、長相英俊的黑人警員，他在附近的一張桌子接電話。

「彼得森。」他以手覆蓋電話說。

「好，彼得森警員。你也跟我走。」

「那我是要做什麼，坐在這裡玩大拇指嗎？」史巴克斯質問道。

「不。我需要霍尼曼博物館和附近街道的全部監視畫面。」

「我們已經拿到了。」他插嘴。

「不，我要你擴大視野，搜尋安卓莉雅失蹤之前四十八小時的畫面，以及之後的一切，我還要博物館附近挨家挨戶查訪。我也需要你能挖到的一切有關安卓莉雅的事情。家人，朋友；調出銀行對帳單，醫療紀錄和通聯紀錄，電郵，還有社群媒體。誰喜歡她？誰討厭她？我什麼都要知道。她有電腦嗎？筆電？她一定有，帶回來。」

「上頭說我們不能拿她的筆電；道格拉斯－布朗爵士說得斬釘截鐵……」史巴克斯開口說。

「我叫你去拿。」事件室此時一片死寂。愛芮卡接著說：「還有，一個也不許——我重複一次，一個也不許——跟媒體說什麼，或是透漏一丁點的消息。你們聽見了嗎？我甚至不要有人說『不予置評』。嘴巴閉緊……這些事夠你忙了嗎，史巴克斯偵緝總督察？」

「是。」史巴克斯說，惡狠狠瞪著她。

「還有，柯廉，你會讓事件室順利運作吧？」

「已經是了。」他說，吞下了最後一段巧克力棒。

「好。我們四點再集合。」

愛芮卡走了出去，摩斯和彼得森尾隨在後。史巴克斯悻悻地把外套摔在椅子上。

「賤女人。」他壓低聲音說，坐回電腦前。

5

摩斯從方向盤上方注視著前方覆蓋冰雪的馬路，愛芮卡坐在乘客座上，彼得森坐後座。彆扭的沉默固定被雨刷擦過擋風玻璃的聲音打破，而雨刷很像是被椰茸黏住，運轉不順。

南倫敦一片陰暗的灰。破敗的透天厝掠過，前院為了停車都鋪上了水泥，唯一的色彩來自屋外的帶輪垃圾桶，一叢黑，一叢綠，一叢藍。

馬路向左一個急轉彎，他們就停在了一排汽車的後面，這些車子是從單向道的卡特福德圓環的第一個彎道延伸過來的。摩斯打開警笛，汽車紛紛開上人行道讓路。警車中的暖氣壞了，正好讓愛芮卡把發抖的手藏在長版夾克的口袋裡，希望顫抖的原因是飢餓，而不是眼前工作的壓力。她看到收音機上方的凹槽裡塞了一包紅色甘草糖。

「我可以吃嗎？」她問，打破了彆扭的沉默。

「喔，請用。」摩斯說。一踩油門，他們就快速鑽過車陣中的縫隙，警車後輪在結冰的路面上偏向一邊。愛芮卡抽了一條糖，塞進嘴裡咀嚼。她從後照鏡打量彼得森。他低著頭專心看iPad。他屬於高瘦型，一張鵝蛋臉帶著稚氣，讓她想起了木頭玩具兵。他抬頭迎視她的視線。

「那，關於安卓莉雅・道格拉斯－布朗，你有什麼能告訴我的？」愛芮卡說，吞下甘草糖，又拿了一條。

「總警司沒跟妳說嗎，老大？」彼得森問。

「說了。不過就當他沒說吧。我每一件案子都是從零開始查起，你會很意外有多少新的視角會跑出來。」

「她二十三歲。」彼得森開口說。

「有工作嗎？」

「沒有就業史……」

「為什麼？」

彼得森聳聳肩。「不需要工作啊。道格拉斯－布朗爵士擁有山姆科技，那是一家私人的軍事公司。他們為政府研發GPS和軟體系統。根據最新的統計，他的身價有三千萬。」

「兄弟姊妹呢？」愛芮卡問。

「喔，她有個弟弟，叫大衛，還有一個姊姊琳達。」

「所以說安卓莉雅跟她的姊弟都是信託基金小孩？」愛芮卡問。

「對也不對。她姊姊琳達有工作，只不過老闆是她的母親。道格拉斯－布朗夫人擁有一家花店。大衛則在大學念文科碩士。」

他們抵達了卡特福德大街，街道覆上了砂子，所以交通順暢。他們加速通過了一鎊商店、發薪日貸款公司以及獨立超市，異國的農產品堆得高高的，隨時都有掉下來落在泥濘的人行道上的危險。

「那安卓莉雅的未婚夫吉爾思・奧斯波恩呢？」

「他們要……他們本來是要在夏季舉行盛大婚禮的。」摩斯說。

「他是做什麼的？」愛芮卡問。

「他經營一家活動公司，高端客戶：皇家賽船日，產品發表會，名流婚禮。」

「安卓莉雅和他同居嗎？」

「沒有，她住在父母家裡，在奇西克。」

「那是西倫敦吧？」愛芮卡問。彼得森在後照鏡中點頭。

摩斯接著說：「妳真該看看他們家的房子。他們打通了四棟屋子，還挖了個地下室，一定值幾百萬。」

他們經過了一家「塔普斯磁磚」，像是打烊了，空蕩的停車場上覆蓋了一層新雪，接著是一家「莊稼人餐廳」，那兒一棵高大的聖誕樹正被一個戴著耳罩的人緩緩餵進切碎機裡，引擎的低鳴聲震動了整輛汽車，隨即消退，再過來就是好幾家破舊的酒吧。在一家叫「雄鹿」的酒吧前有個五官凹陷的老婦倚著斑駁的綠門，抽著香菸。她旁邊有一條狗，頭埋進了垃圾袋中，覆雪的人行道上灑滿了剩食。

「那麼安卓莉雅．道格拉斯－布朗究竟是為什麼會跑到這邊來，還一個人？對一位住在奇西克的百萬富翁之女來說未免也太脫離常軌了吧？」愛芮卡問。

一陣雪花暫時覆蓋了警車，清除之後，霍尼曼博物館就映入眼簾了。砂岩建築兩側種植了高大的尤加利樹和棕櫚，被白雪覆蓋，像長錯了地方。

摩斯放慢車速，穿過大鐵門，在一名年輕的制服員警旁停下，愛芮卡搖下車窗，他傾身，一隻戴手套的手按住車門框。雪花飛進了車子裡，貼著車門內飾。愛芮卡亮出了警徽。

「下個路口左轉，坡路很陡。我們派了一輛撒沙車上去，可還是請小心駕駛。」他說。愛芮卡點頭，搖上了車窗。摩斯左轉，開始爬坡，接近峰頂時就看見了路障，由另一名制服員警把守。有一群記者站在他左邊的封鎖線外，全身包得緊緊的。新來的警車挑起了他們的興趣，鎂光燈閃個不停。

「閃開。」摩斯怒吼，想要換到三檔。變速箱吱嘎響，警車向前猛衝，隨即靜止。「靠！」她大喊，緊握著方向盤，用力踩煞車，但是警車卻仍滑行。愛芮卡從後照鏡看見後方的馬路直往下掉。攝影師反應極快，鎂光燈更是閃個不停。

「左轉，快點！」彼得森大喊，敏捷地搖下車窗，伸長脖子張望。愛芮卡抓緊了儀表板，摩斯整個人趴在方向盤上，總算止住了滑行，把警車開到了人行道邊剛空出來的停車格上，這裡沒有冰雪。車輪輾上光禿的柏油路面，警車晃動著停住了。

「幸虧運氣好。」彼得森說，苦笑了一下。雪花從他的窗子灌入，黏著他的短雷鬼髮型。

愛芮卡解開安全帶，覺得兩腿發抖，不免尷尬。他們全都在攝影師的嘲笑聲中下車，同時也被追問屍體的身分。雪花橫掃過來，他們掏出警徽，警察掀起封鎖線讓他們過去。愛芮卡矮身穿過時，心中倒覺得安慰，她又回到崗位上了，有人為她拉起封鎖線，以及警徽在手上的感覺。另一名制服警員指引他們朝進入博物館院區的鐵門前進。

船屋這時被巨大的白色鑑識帳篷遮住了，底部和白雪連成一氣，分不出誰是誰。有個犯罪現場助手穿著連身工作服在等待愛芮卡、摩斯和彼得森，他們在進入之前也套上了工作服。

帳篷內的泛光燈被白雪反射，照亮了低矮屋頂的腐爛木頭。他們望著下方，三名鑑識人員在協助犯罪現場主管，爬梳內部的每一吋。一艘划艇在小木碼頭上閃著亮光，一名警方的潛水員從冰冷的水裡冒出來，掀起一陣噴霧，同時帶來了一股溫暖的、膽汁似的陳腐水池的味道。他的四周漂浮著垃圾和闇黑的水，而冰塊則在強光下漸漸融化。

「佛斯特偵緝總督察。」一個低沉的男聲說。愛芮卡難得需要抬頭看別人，但這次她得伸長脖抬頭看著從船屋後方現身的高個子。他拉下口罩，露出了一張驕傲英俊的臉孔。他的眼睛又大又黑，眉毛拔掉很多，留下了一絲不苟的兩條線。

「我是艾塞克．史壯，鑑識病理學家，」他說。「我認識摩斯和彼得森。」他又說。兩人都點頭。他帶領他們四處看，走過了船屋的外牆，來到了置放在帳篷後部的一副金屬擔架前。死者全身赤裸，只有腰際還殘留著撕破泥濘的禮服。下身是被扯成碎片的黑色丁字褲。她飽滿的嘴唇微微分開，一顆門牙斷了，斷到牙齦處。她睜大著眼睛，眼珠混濁，長髮沾滿了水裡的枯葉和髒東西。

「這就是她吧？」愛芮卡靜靜地說。摩斯和彼得森點頭。

「好，」艾塞克說，打破了寂靜。「她的屍體被冰封了。在現階段，我要大膽臆測——我重複一遍，是臆測——她泡在水裡至少有七十二小時了。氣溫是在三天前降到零度以下的。另外，她被發現時手機仍有電，一個在這裡工作的年輕人聽見了手機鈴響。」他交給愛芮卡一支裝在透明塑膠袋裡的 **iPhone**。機殼上貼了施華洛世奇水晶。

「我們知道是誰打來的嗎？」愛芮卡問，緊抓住能得到早期線索的想法。

「不知道。我們從水裡把手機拿出來後不久，電池就沒電了。已經採集過指紋了，可是太亂了。」

「發現她的人呢？」

「急救人員把他送上了救護車，在遊客中心旁邊。制服警員抵達現場時，他可悽慘了，他掉進了水裡，就掉在屍體的正上方；震驚得嘔吐，屎尿齊下，所以我們正忙著趕快排除他的DNA。」艾塞克說。他移向擔架上的屍體。

「臉部浮腫，頸部有細縛的痕跡，很可能是被勒死的，而且她的右鎖骨斷了，」他說，戴著乳膠手套的一隻手輕輕把屍體的頭扶向一側。「幾片頭髮不見了，大約是在兩邊太陽穴的位置。」

「兇手可能是站在她後面，揪住她的頭髮。」摩斯說。

「有性侵的證據嗎？」愛芮卡問。

「我需要時間進一步檢查。她的大腿內側、肋骨和乳房都有鞭痕和擦傷……」

他指著兩邊乳房下的一團紅痕，小心地把手覆蓋在上方，示範她肋骨上的指印。「手腕上有割傷，可能是她被綁住，不過她掉進水裡時胳臂並沒有被綁住。另外後腦勺瘀血，我們也發現了碼頭前部的柱子上嵌了幾片牙齒的琺瑯質……我們仍在找那顆牙齒。有可能是被她吞下去了，那我之後也許會找到。」

「她失蹤時穿著粉紅色高跟鞋，帶了一只粉紅色皮包。有看見嗎？」摩斯問。

「她只穿著這件禮服和內褲，沒穿胸罩……沒穿鞋。」艾塞克謹慎地抬起她的雙腿。「她的腳底也嚴重割傷。」

「光著腳被拖行。」愛芮卡說，一看見她的腳底佈滿傷痕就縮了縮，底下的肌肉是粉紅色的。

「我們的一位潛水員倒是從水裡撈出了這個。」艾塞克交給愛芮卡一個小的透明塑膠袋，裡頭裝著一張駕照。他們凝視著照片，片刻無語。

「好生動的照片，感覺就像她在那裡，從墳墓裡瞪著我們。」彼得森說。

愛芮卡有同感。通常證件上的照片眼睛都像上了一層釉，不然就是照片中人像被大燈照住，但是安卓莉雅的眼神卻很自信。

「要命，」愛芮卡說，看著安卓莉雅的相片，再看著擔架上瞪著眼睛、渾身污穢的屍體。「你多快能確定死因？」

「我已經給你們夠多線索了。我得等解剖之後。」艾塞克吹鬍子瞪眼。

「今天就解剖。」愛芮卡說，直瞪著他。

「是，今天。」艾塞克說。

鑑識帳篷之外的院區很安靜，雪停了，一群制服警員在默默調查水池的四周，跋涉過雪地，暗色的褲腿被白雪沾滿了。愛芮卡掏出手機，打給馬許。「長官，是安卓莉雅．道格拉斯－布朗。」

一陣停頓。「媽的。」

「我正要去找那個發現她的男孩子，然後我會去通知父母。」愛芮卡說。

「妳怎麼看？佛斯特？」

「絕對是兇殺案，可能還是強姦後再勒斃或是溺斃。我知道的線索都正送回給局裡的那些傢伙。」

「有可能的嫌犯嗎？」

「沒有，長官。我在快馬加鞭調查。我們需要跟她的家人正式確定身分。鑑識科會直接從現場回去解剖屍體，之後我會隨時通知你情況。」

「要是我能向媒體宣布我們有嫌犯……」馬許開口說。

「是，長官，我知道。訪談家屬是調查的第一步，很有可能她認識兇手。她失蹤時並沒有目擊證人，誰也沒看見她被帶走。她很可能是跟兇手約在這裡。」

「慢點，慢點，佛斯特。別急著開槍，別這麼快就假設安卓莉雅是為了要爽一下約了人。」

「我並沒有說她是約人來爽……」

「別忘了這可是一家備受尊敬的家庭，他們……」

「我有經驗，長官。」

「對，可別忘了妳是在跟誰打交道。」

「是，一個傷心的家庭。而我得問他們平常該問的問題，長官。」

「對，可是這是命令。慢著點。」

愛芮卡掛掉電話時被馬許的態度氣得牙癢癢的，她最瞧不起英國的一個地方就是階級制度。即使是調查命案，馬許都好像要給那家人什麼VIP的待遇。

摩斯跟彼得森跟一名制服警員從帳篷裡出來，走過水池，穿過了凹陷的花園。愛芮卡忍不住想這些兩眼木然的雕像是否目擊了安卓莉雅被拖過去，一路為自己的生命而尖叫。

陪同的警員翻領上的無線電嘶嘶響。「我們剛在倫敦路上的一處樹籬找到了一個粉紅色小皮包。」一個小小的聲音說。

「倫敦路在哪個方向？」愛芮卡問。

「大街。」警員說，指著一排樹後。

幾個月沒活動，愛芮卡很辛苦地讓大腦活絡起來。每次閉上眼睛，她就會看見安卓莉雅的屍體，皮膚割傷瘀血，茫然的眼睛瞪得大大的。命案調查有太多的變數，一棟平均大小的屋子就能讓鑑識人員忙上好幾天，但是這一個命案現場卻可能綿延十七畝地，物證散落在公共區域，被厚厚的一層雪蓋住。

「送到遊客中心來，用救護車。」愛芮卡向警員說，他就匆匆離開了。幾分鐘後，她、摩斯、彼得森從樹籬中出現。在覆滿了白雪的緩坡底下是未來派風格的遊客中心，有如一個玻璃盒，前方是庭院，白雪已被救護車輾過，救護車開著後車門，一個二十出頭的青年裹著一堆毯子坐在車裡，氣色灰白，全身發抖。一名嬌小的女子站在救護車的門邊，盯著一名犯罪現場調查員，他正仔細在青年的衣服上採樣，用戴手套的手把裝在透明證物袋中沾上泥巴的運動衣、毛衣和運動鞋一一標明。女人跟青年一樣眉毛濃密，但是臉型又尖又小。

「我要收據，」她在說，「我還要白紙黑字寫下你們拿走了什麼。李在十一月只有這件運動褲可以穿，運動鞋也是新的——這些東西還有十三個星期的分期付款。你們要拿去多久？」

「這些現在都是命案調查的證物，」愛芮卡在接近救護車時說，「我是佛斯特偵緝總督察，這兩位是摩斯警員和彼得森警員。」他們秀出了警徽，女人眼珠子盯著他們的照片。

「貴姓大名？」愛芮卡追問道。

「葛麗絲．金尼。我的李只不過是來上班，現在因為他被迫在冰天雪地裡等，他會生病請假，他們就會停掉他的錢！」

「李，你能告訴我們究竟是什麼情況嗎？」

李點頭，臉孔蒼白，驚魂未定。他說明了他是如何抵達這邊的，接著就循著手機鈴聲過去，結果發現了冰下的安卓莉雅。一名警員打斷了他的敘述，他從救護車出來，手上的透明塑膠袋裡是一個粉紅色的手抓包。另一個塑膠袋裝著皮包的內容物：六張五十鎊鈔票，兩個衛生棉條，一盒眼影，一支口紅和一瓶保濕噴瓶。

「那是那個死掉的女孩的嗎？」葛麗絲說，緊盯著看。警員趕緊藏到背後去。

「她已經看見了。」愛芮卡厲聲對警員說。接著：「金尼女士，妳得了解這是一樁敏感的調查案的物證，而且……」

「我不會大嘴巴的，放心好了，」葛麗絲說，「不過一個拿名牌包又揣著一疊五十鎊鈔票的年輕女孩子跑到這裡來做什麼，真是只有上帝才知道了。」

「那妳覺得她來這邊做什麼？」愛芮卡問。

「我又不是警察，不過我雖然不是福爾摩斯也知道她是出來賣的，她八成是把客人帶到這裡來，結果卻出事了。」葛麗絲說。

「李，你認得死掉的女孩嗎？」

「我的李怎麼會認識妓女?」

「她不……我們不認為她是妓女。」

葛麗絲對李的沮喪似乎是視而不見。他把毯子攏緊,眉頭深鎖,濃密的眉毛連成一條。「她很漂亮,」他說,聲音很小。「就算是死了,在冰下面……好恐怖,她的死法,對不對?」

愛芮卡點頭。

「我能在她的臉上看出來,」李說,「對不起,妳問我什麼?」

「你認得她嗎,李?有沒有見過她?」愛芮卡再說一遍。

「沒有,我從來沒見過她。」他說。

「我們認為她失蹤時可能是從大街上的一家酒吧走出來的。哪些酒吧最受年輕族群的歡迎?」彼得森問。

李聳聳肩。「威瑟斯本週末的時候人很多……豬和哨子。就在火車站附近。」

「你常出去嗎,李?」彼得森問。李聳聳肩。彼得森接著問:「威瑟斯本,豬和哨子。還有別家嗎?」

「他是不去那種地方的,對不對?」葛麗絲說,白了李一眼。

「對,對,我是。我是說,我不去。」李說。

葛麗絲繼續說:「以前這裡的環境很好,雖然不是什麼豪華地段,治安也不錯。那家老威瑟斯本以前是家滿好的歐迪恩戲院,最糟糕的就是漿糊鍋跟雄鹿了。我告訴你們,要是世界被尿淹沒了,只剩那兩家酒吧在水平線上,我也不會在裡頭。而且那裡還到處都是可惡的移民——沒別的意思，親愛的。」她對著彼得森說。愛芮卡注意到摩斯在忍笑。

葛麗絲說下去，仍無視於李的難過。「我告訴你們，我走在大街上卻覺得是個在自己國家裡的外國人：波蘭人、羅馬尼亞人、烏克蘭人、俄國人、印度人、非洲人……而且李跟我說他們都在就業中心裡，伸長著手，給什麼拿什麼。你們應該去臨檢那些大街上的酒吧，一大票人在吧檯後面幹活，趁著休息時間偷跑去登記失業補助。結果，哈，居然大家都看不見。反而是我的李得刮風下雨都上工，一個星期工作四十個鐘頭，就為了領六十鎊的補助金。簡直是混蛋。」

「你在博物館院區工作多久了？」愛芮卡問。李聳聳肩。「聖誕節前四個星期開始的。」

「現在李不能工作又是他的錯了，就因為某個白痴婊子跑來，害自己——」

「夠了。」愛芮卡說。

葛麗絲似乎是感受到嚴厲的斥責。「是啦，她也是別人的女兒啦。你們知道她是誰嗎？」

「現階段還不能斷定。」

這倒挑起了葛麗絲的興趣。「不是那一個吧，那個失蹤了的富家千金？她叫什麼來著，李——安潔拉？她長得像報上的那個女孩子嗎？」

李現在茫然瞪著前方，似乎在重溫他透過薄薄的一層冰和安卓莉雅面面相覷的那一刻。

「我說了，我們仍然需要辨識屍體的身分，」愛芮卡說，「李，我們會幫你聯絡就業中心，讓他們知道是怎麼回事。待在本地別離開，我們可能需要再找你談一談。」

「你們以為他會逃出國去，對嗎？」葛麗絲兇巴巴地說。「有這種機會倒是好了——不過在這附近，八成是只有我們要走！」

愛芮卡、摩斯和彼得森離開了，救護車也準備要駛離。

「她可真不是蓋的。」摩斯說。

「不過她給我們的線索比李還多，」愛芮卡說，「我們去看看那些酒吧吧。漿糊鍋，雄鹿。

安卓莉雅失蹤的那一晚有可能去了其中一家嗎？」

6

他們從博物館出來後又遭受風雪攻擊，所以他們丟下了警車，改搭火車到倫敦橋，再搭地鐵到奇西克。地鐵又擠又熱，他們三個差不多像沙丁魚一樣擠在一塊，愛芮卡被夾在兩位新同事之間。彼得森修長的體型跟摩斯的渾圓形成強烈的對比。愛芮卡真希望能夠獨處個五分鐘，能有點空間和新鮮空氣來讓思緒一新。二十五年的調查生涯中，她通知過大約幾百人他們失去了摯愛，但自從親身體會過失親的另一面之後，她的感受就不同了。痛苦仍然觸碰不得。而現在她不得不去告訴安卓莉雅的雙親，看著變得熟悉的悲傷吞噬他們。

從騰漢綠地站出來時雪停了。奇西克大街與南倫敦相比，精雕細琢多了。馬路乾淨，信箱剛刷過油漆，獨立的肉鋪和有機商店融入維多利亞式排屋中，上下開啟窗纖塵不染。銀行及超市門面熱鬧，光鮮亮麗。就連雪都比較白。

道格拉斯－布朗家位在一條寬敞的囊底路，遠離熱鬧的大街，超大號喬治亞式宅邸噴砂清潔過，去除了多年的煤灰與煙塵，露出了奶油色的磚頭。儘管被囊底路中央的小公園裡高大的樹木半掩住，仍然比鄰近的房屋在氣勢上略勝一籌。一群攝影師在周邊梭巡，雪地上留下了雜沓的腳印，照相機掛在冬大衣外，外帶咖啡冒出熱氣。愛芮卡、摩斯、彼得森一靠近，從大門進去，他們的興趣就被挑了起來。相機開始喀嚓響，鎂光燈在道格拉斯－布朗家的黑色亮光前門上閃爍。愛芮卡深吸一口氣，按了門鈴。裡頭響起一聲優雅的樂音。

「你們是警察嗎？」他們後面有個女人大聲喊道。

「屍體，是安安嗎？」另一個喊。愛芮卡閉上眼睛一會兒，感覺到背後攝影師的咄咄逼人。他們憑什麼叫她安安？就連她的父母親都不這樣叫她。

前門打開了，但只開了一條縫，一名嬌小的黑髮老婦抬頭看著他們。她舉起一隻手遮在眼睛上，因為鎂光燈閃得更兇。

「早安，我們需要跟賽門和黛安娜．道格拉斯－布朗談一談。」愛芮卡說。三名警察同時亮出了警徽，等著老婦人讓他們進去，但她只是透過低垂的眼皮看著他們，閃光燈映射在她的黑眸中

「你說的是道格拉斯－布朗爵士伉儷？」

「是的。是和他們的女兒安卓莉雅失蹤有關。」愛芮卡小聲說。

「我是道格拉斯－布朗家的管家。請把警徽給我，」嬌小婦人說，「在這裡等，我去確認你們的身分。」她收集了他們的警徽，關上了門。閃光燈的亮光又在門上閃爍。

「你能確認她被強暴了嗎？」有個人大喊。

「你能確認是謀殺嗎？是的話，你相信是有政治動機嗎？」另一個人喊。

愛芮卡斜睨了摩斯和彼得森一眼，三人都面對著門。幾秒鐘過去。他們幾乎能感覺到鎂光燈在他們的背上閃動。

「她是以為我們是來幹什麼的？賣他媽的雙層玻璃給他們嗎？」摩斯忿忿地小聲說。

「道格拉斯爵士去年涉入了一宗隱藏式攝影機勒索案，」彼得森用嘴角說，「『世界新聞』

拍到他意圖賄賂一名德黑蘭的軍事承包商。」

「那個假酋長？」愛芮卡喃喃說，正要再說下去，門卻打開了，這一次露出比剛才要寬一點的縫。攝影師的快門按得更密集了。

「好，似乎都沒問題。」嬌小老婦說，歸還了他們的警徽，示意他們穿過門縫。他們跟著她入內，她關上了門，把寒冷和攝影師都擋在門外。

狹窄的門廳接上一條畫廊，有座鋪著地毯的高雅木樓梯蜿蜒盤旋上三樓。高處是一扇圓形的彩色玻璃天窗，在奶白色的牆壁上投下柔和的色彩。樓梯底立著一架光亮的老爺鐘，鐘擺無聲地擺動著。管家帶領他們走上走廊，經過了一處門洞，他們瞥見了一間不鏽鋼加大理石的大廚房，再經過一面巨大的鍍金鏡子，底下擺著一大瓶鮮花。他們來到了一道橡木門，進入後就是一間書房，可以俯瞰白雪覆蓋的後花園。

「請稍待。」管家說，退出房間關上門之前看了他們一眼。在一扇上下開啟的窗子底下擺著一張結實的暗色木桌，皮革桌面上別無長物，只放了一台銀色筆電。左邊的牆壁擺滿了書架，右邊則是一張菱格大皮沙發和兩張扶手椅。上方的牆壁則掛滿了裱框的照片，照片中的賽門・道格拉斯－布朗跟愛芮卡從安卓莉雅失蹤的媒體報導上看見的一樣。他是個矮壯、陽剛氣十足的人，一雙褐眸炯炯有神。

照片記錄了他的成就，從一九八七年他的科技公司在倫敦證券交易所上市開始，那時的他滿頭豐厚的頭髮，接著頭髮日漸稀薄，一連串的合照：女王、瑪格麗特・柴契爾首相、約翰・梅傑首相、東尼・布萊爾首相。愛芮卡發覺女王陛下比道格拉斯－布朗爵士還要高了好幾吋。跟東尼．布萊爾的合照有四張，可見得道格拉斯－布朗在工黨執政時的重要性。

其中兩張照片，比其他的大張，在照片群中佔有獨特的地位。第一張是正式的肖像，道格拉斯－布朗站在紅毯上，背後是木鑲板，披著一件貂皮大衣，底下的說明寫道是在他封爵當天拍攝的，他被封為杭茨坦頓男爵。第二張相片他也擺出了同樣的姿勢，但這一次入鏡的還有他的妻子黛安娜，一襲高雅的白衣，身形嬌小，骨架亭勻。她留著長髮，模樣就像是年紀較大、皺紋較多的安卓莉雅。

「杭茨坦頓在哪裡？」愛芮卡問。

「諾福克海岸。那裡有個非常不錯的海洋生物中心。」摩斯說，板著臉傾身看著照片。

「所以他太太就成了黛安娜夫人。」彼得森說。

「對，」摩斯說，「而且看起來這個頭銜也沒讓她轉運！」

「你們兩個覺得很好玩嗎？」愛芮卡厲聲說，「因為我不記得安卓莉雅被拉出冰層的時候有什麼好笑的。」

摩斯和彼得森趕緊道歉。三個人在彆扭的沉默中看完了其他的照片。道格拉斯－布朗爵士伉儷和歐巴馬總統及第一夫人蜜雪兒合照。歐巴馬伉儷高出男爵夫婦許多，兩人露出的笑臉幾近狂熱。不消說，在鏡頭之外還有一長串的爵士、夫人、外交官、企業主和他們瘦巴巴的太太等著要入鏡拍出同樣的相片。僅僅數秒的會晤，卻可以在自命不凡的牆上保存個千秋萬世。

一聲咳嗽驚擾了他們，一轉身就看見賽門與黛安娜．道格拉斯－布朗站在書房門口。愛芮卡立刻就為自己妄下批評而慚愧，因為期待地站在他們面前的兩個人只不過是滿心恐懼的父母。

「拜託，只要告訴我們情況。是安卓莉雅嗎？」黛安娜問。愛芮卡聽出了在黛安娜字正腔圓的英語下有一種口音，跟愛芮卡自己的很像。

「請坐下來。」愛芮卡說。

黛安娜看見了他們的表情，雙手摀住了臉。「不、不、不、不、不！不是她。不是我的寶貝。拜託，不是我的寶貝！」

賽門摟住了妻子。

「很遺憾，令千金的屍體今天早上在南倫敦的霍尼曼博物館院區找到了。」愛芮卡說。

「你們確定是她？」賽門問。

「是的。我們找到了她的駕照，在她的——在她身上，還有一支登錄在安卓莉雅名下的手機也在現場，」愛芮卡說，「我們正在盡全力查出她的死因，但是我需要跟兩位說我們懷疑死因可疑，我們相信安卓莉雅是被殺害的。」

「被殺害？」黛安娜後退，重重坐進了書架邊的扶手椅上，兩手仍掩著臉。賽門的橄欖色肌膚血色盡失，讓他的臉變成綠色。「安卓莉雅，被殺害？」黛安娜重複道，「誰會殺害她？」

愛芮卡頓了頓才說話。「恐怕我們需要兩位來正式指認安卓莉雅的屍體。」

又一陣沉默。建築物深處有鐘聲響起。黛安娜的手從臉上挪開，抬頭看著愛芮卡，打量她。

「*Odkial ste*？」她說。

「*Narodila som sa v Nitre*。」愛芮卡回答。

「拜託別說斯洛伐克語，我們還是說英語吧。」賽門說。

「一個從尼特拉來的女人憑什麼說我女兒死了？」黛安娜說，緊盯著愛芮卡。是在挑釁。

「跟妳一樣，我住在英國的時間比我住在斯洛伐克的時間還長。」愛芮卡說明。

「妳跟我才不一樣！另一位警官呢，那個之前來過的……史巴克斯？我不要我們女兒的命運掌握在某個斯洛伐克人的能力上。」

「道格拉斯－布朗太太。」愛芮卡說，感覺到怒火竄升。

「是道格拉斯－布朗夫人。」

愛芮卡不客氣了。「我當了二十五年的警察，升上偵緝總督察也有──」

「我向兩位保證，我們正竭盡全力抓到兇嫌。」彼得森說，看了愛芮卡一眼。

愛芮卡鎮定下來，掏出記事本，翻到空白的一頁。「可以的話，黛安娜夫人，我想請教妳幾個問題？」

「不，不可以，」賽門說，眼神變冷硬。「妳沒看見內人……我們……我需要打幾通電話。妳說妳是哪裡來的？」

「尼特拉是在斯洛伐克西部，但是我說過，我在英國住了二十多年了。」

「我不是在問妳的個人史，我是在問妳是不是倫敦警察廳的。」

「是的，我們是路易申街警局的。」愛芮卡說。

「好，那，我得打幾通電話。了解一下情況。我一直都是直接和歐克利助理總監聯絡的──」

「爵爺，調查是由我負責的──」

「而我和克里夫．羅賓遜總監在幾次警察指導委員會合作過，而且——」

「我沒有不敬的意思，不過你得了解現在是我來負責調查的，我需要問你們兩位問題！」太遲了，愛芮卡這才發覺她是用吼的。一片沉默。

「老大，借一步說話。現在。」彼得森說。愛芮卡站起來跟著他走到外面的走廊上。他關上了門。她靠著牆，努力讓呼吸緩和下來。

「我知道。」她說。

「嘿，我不是要當面跟妳唱反調，老大。妳是闖進了馬蜂窩了，這我能理解，可是妳不能跟被害人的父母硬槓。因為此時此刻，他們就是這個身分。家長。就讓他擺高姿態，反正我們都知道接下來我們是怎麼辦事的。」

「我知道。他媽的，」愛芮卡說，「他媽的……」

「那個做媽的為什麼想知道妳是斯洛維尼亞的哪裡人？」

「是斯洛伐克，」愛芮卡糾正他。「那是眾人皆知的斯洛伐克姿態。從首都布拉提斯拉瓦來的人自認為比其他人高貴……她大概就是從那裡來的。」

「所以她覺得比妳高一等。」彼得森幫她說完。愛芮卡吸口氣，點點頭，努力平息怒氣。兩個穿工作服的人從走廊另一頭過來，拖著一棵巨型聖誕樹。愛芮卡和彼得森分開來讓他們經過。樹都乾了，很多地方變枯黃，樹枝拂過牆壁，松針掉落，灑落在藍綠相間的厚地毯上。

彼得森的表情像是還想說什麼，但考慮之後，改弦易轍。「已經過了午餐時間了，看妳的樣子像是很需要糖。」他說，端詳著愛芮卡蒼白的臉。「我知道妳是老大，老大，不過妳何不先走，到轉角的酒吧或是咖啡店等我們？」

「我要進去道歉。」

「老大。就別又去攪得沙塵滿天了吧？我們會盡量搜集資訊，然後去找妳。」

「好，好吧。可如果你們能……」

「我會安排讓他們去認屍。」

「我們也需要安卓莉雅的筆電……和……。唉，現在能弄到什麼就弄到什麼吧。」

彼得森點頭，又進入書房。愛芮卡等了一會兒。她完全搞砸了，而且還會空手而返。

她正要在屋子裡四處看看，那個眼皮很厚重的管家又出現了。

「我送妳出去吧？」她說。

兩人循著枯松針小徑走向前門。愛芮卡被請出了門外站在台階上，面對著閃個不停的鏡頭，她得用力咬住下唇才沒讓自己哭出來。

7

摩斯和彼得森到奇西克大街的一家咖啡店跟愛芮卡會合時，日光正開始要變暗。她灰心喪志地在窗邊坐了一個小時，看著日光漸淡，這一天似乎太過漫長，可是她卻什麼事也沒做成。在訪談時吼叫，搞得一塌糊塗，尤其是和被害人的父母對嗆，一點也不像平常的她。

愛芮卡進咖啡店時，店裡很安靜，現在卻客滿了，忙著接待一堆時髦的笨蛋跟一票辣媽，她們用一排昂貴嬰兒車佔據了咖啡店的一角。

彼得森和摩斯買了咖啡和三明治，這才過來加入愛芮卡。

「喂，謝謝你剛才挺身而出，我不知道是哪根筋不對了。我的判斷力關機了。」愛芮卡解釋道，覺得很難堪。

「沒事。」彼得森說，撕開了三明治盒，咬了一大口。

「黛安娜・道格拉斯－布朗情緒失常，不過話說回來，今天也不是她最美好的一天，對吧？」摩斯也跟著說，咬了一口三明治。

「對，可是我不應該……算了。你們還有什麼要告訴我的？」愛芮卡問。耐心等他們咀嚼完。

「賽門和黛安娜不知道安卓莉雅為什麼會去南倫敦，」摩斯說，「她約好了和大衛、琳達——她的姊弟，去看電影。他們在漢默史密斯的歐迪恩電影院等她，她卻沒去。」

「她的姊弟在家嗎？」

「對，大衛在樓上睡覺。黛安娜夫人不想叫醒他。」

「叫醒他？他不是都二十好幾了？」愛芮卡問。

「大衛顯然是熬夜了，」摩斯說，「他們整晚輪流守著電話，以防安卓莉雅打回來。她好像是之前就失蹤過。」

「幾時？我們有紀錄嗎？」

「沒，他們沒報警。幾年前她在某個長週末就搞過失蹤，結果是跟某個在酒吧認識的男人跑到法國去了。她等到信用卡刷爆了才回家。」

「你們問到她跟著跑掉的那個人的姓名了嗎？」

「有，叫卡爾．邁克斯，那時還是學生。沒有什麼可疑的。只是個縱情聲色的週末，再加上安卓莉雅有一張白金Visa卡。」摩斯說。

「你們見到她姊姊琳達了嗎？」愛芮卡問。

「她送茶進來。我們還以為她是傭人。跟安卓莉雅非常不一樣：一點也不時髦，也不漂亮，有點胖。她在她母親的花店裡工作。」彼得森說。

「她對這個消息有什麼反應？」愛芮卡問。

「她端的托盤掉了，不過……」摩斯欲言又止。

「不過怎樣？」愛芮卡問，再一次希望她不必聽二手傳播。

摩斯看著彼得森。

「有點貓膩，她的反應。」他說。

「貓膩？」愛芮卡問。

「就是，像差勁的表演。我也說不上來。每個人的反應都不一樣。要我說啊，那一家人好像有點神經緊張。」彼得森說。

「可話說回來，誰家沒有問題？」摩斯說，「再加上，只要再扯上金錢，那不管什麼事都會更嚴重。」

手機鈴聲響起，過了好一會兒愛芮卡才明白是她的手機。她掏出來接聽，是艾塞克，告訴她壞天氣拖遲了所有的進度，驗屍結果早晨才會出爐。

「我真的想讓他們今晚就能認屍。」愛芮卡掛上電話後說。

「這樣子反倒對妳有利。可以給賽門爵爺一個機會冷靜下來。」彼得森說。

「他還說了什麼嗎？」愛芮卡問。

「有，他要史巴克斯來辦這個案子。」摩斯說。

兩人繼續默默進食。這時天黑了。汽車大燈緩緩射過，照亮了戶外下個不停的雪。

8

愛芮卡、摩斯、彼得森在十九點剛過回到路易中街警局，直接就進事件室，裡頭坐滿了人，警察期待地等著分享今天的發現。愛芮卡脫掉長夾克，走向房間後部的一長排白板。

「好，各位。我知道今天很漫長，不過，我們查到了什麼？」

「妳跟家屬相處融洽嗎？賽門爵士對妳有好感嗎，佛斯特偵組總督察？」史巴克斯冷笑道，倚著椅背。

像是默契十足，馬許總警司拉開了事件室的門。「佛斯特，說句話。」

「長官，我正要跟大家簡報今天的進展……」

「好。等妳弄完，立刻到我的辦公室。」他吼叫道，甩上了門。

「原來是這麼順利啊？」史巴克斯尖酸刻薄地說，帶鼻音的笑臉染上了電腦螢幕的藍白光。

愛芮卡不理他，轉頭看著白板。在安卓莉雅的照片旁是琳達和大衛的相片。她注意到安卓莉雅跟她弟弟長相迷人，但是琳達卻過重，樣子像個媽媽，鼻子尖，膚色也比弟妹白。

「三個孩子是同父同母嗎？」愛芮卡問，以麥克筆敲著白板。這句話問得事件室中人一個措手不及。

柯廉巡佐詫異地東張西望。「我們假設是的……」

「你們為什麼會這樣假設？」愛芮卡問。

「嗯，他們好像滿……」

「時髦的？」愛芮卡反問。「別忘了，我們總是第一個要先排除家屬的嫌疑。別因為他們住在倫敦的昂貴地段又有權有勢就讓自己被蒙蔽了。柯廉，你去調查子女，不過當然要謹慎。好，我們知道安卓莉雅在上週四八號本應該是跟大衛和琳達在電影院會合的，但是她卻失約了。她去了哪裡？是去見朋友，秘密情人？是誰負責調查安卓莉雅的生活的？」

一名二十幾歲的印度裔女警站了起來。「我是辛警員。」她說。來到前面，愛芮卡就把麥克筆交給她。

「安卓莉雅八個月來在和二十七歲的吉爾思．奧斯波恩交往，兩人最近訂婚了。他擁有『亞卡盛事』，是一家籌劃高檔活動及派對的公司，設在肯辛頓。」

「亞卡盛事。亞卡是什麼意思？」愛芮卡問。

「是原住民語，意思是工作。公司的網站上說他上大學前一年去了澳洲。」

「去向原住民學習端盤子供應開胃菜和香檳？」愛芮卡問。事件室中閃過一片笑臉。

「他接受的是私人教育，家境優渥。安卓莉雅失蹤的那晚他有不在場證明。」

「我已經偵訊過他了，我們上個星期就查出來了。」史巴克斯打岔。

「安卓莉雅的通聯紀錄和社群網站呢？我想都調來了吧？」

「是的。」辛說。

「在哪裡？」

「我正在弄。我今天早上去調的，希望能在二十四小時內送到。」柯廉說。

「之前為什麼不去調，在她變成失蹤人口時？」愛芮卡問。

一片沉默。

「擔心是在刺探重要人士的生活嗎？」

「是我決定不要追查，不調閱的，」史巴克斯說，「安卓莉雅的家屬仍然認為她是蹺家到別處去了；他們在監看她的社群網路歷程，再跟我們分享資訊。」

愛芮卡翻個白眼。「紀錄一送到我就要看到，還有所有從手機裡摘錄下來的東西。」她對柯廉說。「好，史巴克斯，你好像心情非常好。你從監視畫面查到了什麼？」

史巴克斯總督察往後一靠，椅子吱呀一聲。「恐怕不是好消息。兩天之前，倫敦路上有三個監視器壞掉了，所以火車站的前庭什麼也沒拍到，通往霍尼曼博物館的大街也是。不用說，後面的馬路也沒有，所以我們對於八號晚上的情況是一無所知。」

「靠。」愛芮卡說。

「我們拍到了她在森林山車站下火車，在——」史巴克斯翻閱他的筆記，「——二十一點零六分。她下了火車，沿著月台走，從驗票口出去，是自動閘門，那段時間只有幾個人下車。」

「能查出是誰嗎？說不定他們跟她一塊走。」

「我已經在查了。」史巴克斯說。

「挨家挨戶的訪查呢？」

柯廉巡佐在椅子上向前傾，說：「沒多少線索，老大。大多數人家不是仍然出門度假中，就是在睡覺。」

「酒吧呢？」

「威瑟斯本跟豬和哨子有監視器；她兩家都沒去過。大街上還有四家酒吧。」

「葛麗絲．金尼提到了兩家：漿糊鍋和雄鹿。」

「我們都去過了。也是龍蛇雜處，老大，工作人員誰也不記得見過她。」

「去查輪班表，找出誰是本地人。再查一次。她是為約會而精心打扮的，很有可能她去過某一家酒吧。」

「如果她是去參加家庭派對呢？」辛問。

「好，那菸酒店呢？她有沒有進去買菸或酒？」

「菸酒店也有監視器，可是幾乎都是局部的，她都不在裡面。」柯廉說。

「找到她的皮包的那棟屋子外面呢？」

「對，四十九號，可惜，也是一無所獲。屋主是一個糊塗的老太太，有個居家看護，兩人都沒看到或聽到什麼。」

一陣不自在的沉默。

「也許妳應該讓妳的小組休息一下。今天很辛苦。」史巴克斯說。

「呃，好吧。明天九點再開會。到時我們應該已經拿到驗屍報告了，還有手機和社群網站紀錄。」

愛芮卡向警員道晚安，等到事件室只剩下她一個之後，她默默回頭盯著白板，視線在安卓莉雅的相片上徘徊。

「看看妳，才二十三歲。妳的整個人生都擺在眼前。」安卓莉雅回瞪著她，桀驁不馴，幾乎在嘲笑她。

愛芮卡被手機鈴聲嚇得跳了起來。

「妳是還要我等多久？」馬許大吼。

「對不起，長官。我馬上就到。」

9

「那妳是要跟我說妳啥也沒查到？」馬許說。他滿臉通紅，在辦公室裡來回踱步。愛芮卡才剛把第一天的調查進度重點報告完。

「這才是第一天，長官。我也說了，被害人的身分已經確認；我也沒讓媒體知道。我認為安卓莉雅在失蹤的那晚可能去過一兩家酒吧。」

「可能去過，這是什麼意思？」

「意思是整條倫敦路和火車站四周的監視器都有死角。我們需要時間和資源去盯一些人，到處問問題。每個人都很賣命，尤其是天氣又拖慢了進度……」

「那妳以為妳是在搞啥，居然跟道格拉斯－布朗家吵起來？」

愛芮卡深吸一口氣穩住。「我承認，長官，我應該要更有技巧地應對被害人家屬的。」

「妳他媽的是應該。我以為黛安娜夫人會發現妳跟她有什麼共同點，因為妳也是斯洛伐克人？」

「唔，問題就在這裡。她認為我很普通，不夠格帶領命案調查。」

「噯，妳又不是為了要讓人家喜歡妳才當警察的，佛斯特總督察。我倒可以讓妳去上課——如何和大眾打交道。」

「問題就在這兒，我們並沒有把他們當作一般大眾。事實上，是賽門爵士在主導調查嗎？他好像以為是由他當家……對了，是誰告訴你的？他打給你了，是不是？他有你的私人電話？」

「妳現在是如履薄冰，佛斯特總督察，」馬許說，「他打給了史巴克斯總督察，他再來跟我報告。」

「他可真好心。」

馬許瞪了她一眼。「我可是冒著掉腦袋的風險，把妳弄回來查案——」

「我不要你可憐，長官！」

「——要是妳不小心點，妳連還沒開始就會玩完了。妳需要學會管住自己的嘴巴。我把妳弄來這件案子是因為妳是個他媽的好警察，我認識的人裡最好的一個。不過，此時此刻，我倒懷疑起我的判斷力了。」

「對不起，長官。今天實在是太漫長了——狀況不斷，又缺乏睡眠。可你是知道我的，我不會找藉口，而且我會把兇手揪出來。」

「好，」馬許說，平靜了下來。「可是妳得誠心誠意向道格拉斯－布朗家道歉。」

「是，長官。」

「還有好好睡一覺。妳一副鬼樣。」

「謝謝，長官。」

「妳住哪兒？」

「飯店。」

「好。滾吧，明天回來上班腦袋的螺絲要拴緊。」馬許說，揮手要她離開。

愛芮卡離開馬許的辦公室時怒火中燒，氣她吃了一頓排頭，也氣她自己辦砸了事情。她回到事件室，抓起外套。安卓莉雅的相片從白板的正中央大膽地瞪著她，手寫的筆記在明亮的燈光下變得模糊，愛芮卡揉一揉疲倦的眼睛。感覺上她像是戴了一副混濁的眼鏡在看東西，看不清楚細節。疲憊和憤怒又淹沒了她。她套上外套離開，關掉電燈。走出事件室後就在走廊上遇見了值班台的沃夫巡佐。

「我正要來告訴妳，我們幫妳準備好了一輛車，是藍色的福特Mondeo。」他說，遞出一支鑰匙，鬆垮的臉比早上更凹陷。

「謝謝。」愛芮卡說，接下了鑰匙。兩人朝大門前進，沃夫為了追上她的大步伐挺費力的。

「不過我沒把妳的行李箱放進去，我幾年前傷了背，得移除椎間盤。行李箱在我的辦公桌後面……」

他們來到了服務台，有個清瘦、濕淋淋的女人俯在沃夫的辦公桌上，正在使用他的電話。她穿著污穢的破牛仔褲，一件弄髒了的舊連帽防寒大衣，遍佈香菸的燒痕。她的灰色長髮用橡皮筋綁在頸後，眼下有很深的黑眼圈。她身邊兩個衣衫襤褸的小女孩正在尖聲鼓勵一個剪平頭的小男孩，他就坐在愛芮卡的行李箱上。他穿了一條有污漬的白色運動褲，一手抓著行李箱的把手，用屁股之力在旋轉，另一隻手舉在空中，儼然是在騎一頭弓背躍起的野馬。沃夫匆匆趕到值班台後，一手按掉電話。

「我在講話欸！」女人憤怒地咆哮，露出了一口褐色的歪牙。

「艾薇，這是警用電話。」沃夫說。

「哼，十分鐘來連一聲也沒響過。算你走運，罪犯都在休息！」

「妳想打給誰？我可以幫妳打。」沃夫說。

「我他媽的自己會打！」

「這個女人是誰？」愛芮卡問。

艾薇把話筒拿開，不讓沃夫搶走，打量了愛芮卡一眼，說：「我跟小沒神兒的可是老交情了，對不對，小沒神兒？我叫他小沒神兒。醜不啦嘰的混蛋，妳說是不是？」

「你，從我的皮箱上起來。」愛芮卡對男孩說，他最大不會超過七、八歲。他不理，繼續怪叫，把行李箱當馬騎。沃夫跟艾薇在爭搶電話，終於掰開了她的手。

「我應該可以使用這支鬼電話。我又不是要打長途電話，再說了，你的薪水是我付的！」

「怎麼會是妳付的？」沃夫問。

「我有錢。我繳稅，你的薪水就是這麼來的！」

愛芮卡過去把男孩從她的行李箱上抱起來，可他卻靠過來咬了她的手背。她沒想到會那麼痛。

「下來，馬上。」愛芮卡說，努力保持冷靜。他抬頭看她，邪氣地一笑，又咬得更用力。劇痛傳遍了她的手，她火大了，用力甩了他一耳光。他尖叫，放開了愛芮卡的手，從行李箱上摔下來，重重跌在地上。

「妳他媽的以為妳是誰啊？」艾薇咆哮，朝她衝過來。

愛芮卡想躲，卻發現背抵著牆。沃夫及時攔住了艾薇，一把長刀就在愛芮卡的臉前幾吋閃過。

「艾薇，好了好了，冷靜下來……」沃夫說，架住了她的兩條胳臂，很辛苦地把她往後拖。

「你少跟我說什麼冷靜不冷靜的，你個豬八戒！」艾薇說，語氣脅迫。「妳敢碰我孩子，我就割花妳的臉，賤女人。老娘反正豁出去了。」

愛芮卡看見彈簧刀又靠近她的臉一吋，努力控制呼吸。

「把刀放下，放下。」沃夫說，終於抓住了艾薇的手腕，扭掉她手上的刀。刀子掉在地上，他用腳去踩住。

「用不著這麼粗魯，小沒神兒。」艾薇說，揉著手腕。沃夫一直盯著她，彎下腰撿起刀子。他找到了小小的按鈕，刀子就縮回刀把裡了。小男孩和兩個女孩也不再吵鬧叫嚷了。他們只是孩子，而且似乎更害怕艾薇會做出什麼事來。愛芮卡無法相像他們過的是什麼樣的日子。她看著小男孩，他正抱著後腦勺。

「對不起，真的對不起……你叫什麼名字？」

他往後躲。她還能說什麼？說她今天過得很不順？愛芮卡望進他們骯髒的衣服、營養不良的身體……

「我要申訴。」艾薇幸災樂禍地說。

「是嗎？」沃夫說，把艾薇往大門推。

「對，警察暴力——把你的手拿開——警察對弱勢施加暴力。」

「那妳需要填表，」沃夫說，「不過妳得先在牢裡待一晚，因為妳拔刀攻擊警察。」

艾薇瞇起眼睛。「不行，我他媽的沒那個閒工夫……走了，孩子們。**快點！**」她最後又瞪了愛芮卡一眼，三個孩子都跟著她走出大門，大衣閃過了窗戶。

「媽的，」愛芮卡說，無力地抵著值班台，按摩手背。「我不應該打那個孩子的。」

她的皮膚上留下了又白又紫的齒痕，還有血和小男孩的唾液。沃夫走向一個寫著**繳刀免責**的箱子，把艾薇的彈簧刀放進去，再從值班台繞出來，拿下一個急救箱，放在愛芮卡旁邊的桌上，打開了蓋子。

「你認識她？」愛芮卡問。

「喔對。艾薇．諾利斯，也叫琴．麥卡賓，貝絲．柯拉斯比——有時她也自稱寶莉．歐布萊恩。算是本地的名人吧。」他倒了一些酒精到無菌綳帶上，按在愛芮卡手背的咬痕上。討厭的刺痛感跟舒心的薄荷味形成對比。沃夫接著說：「她是個有長期毒癮的人，也是妓女，她的前科有中國的長城那麼長。她以前是母女檔，妳懂我的意思吧，後來那個女兒死於毒品過量。」

「那孩子的父親呢？」

「他們其實是她的孫子，誰知道是誰。手指按著電話簿。」

沃夫拔下綳帶，再拿一片來清理咬傷。

「他們是遊民嗎？」

沃夫點頭。

「能把他們安插進緊急社福機構，給他們一張床和早餐嗎？」愛芮卡問。她仍能看見艾薇站在停車場，在強光下抽著菸，跟別人頂嘴。而孩子們則圍著她，在她揮手時瑟縮。

沃夫乾笑了一聲。「大部分的收容中心都把她列入黑名單了。」

他拿掉繃帶，抹了一大塊軟膏在愛芮卡的手背上。

「謝謝。」愛芮卡說，伸展手指。

沃夫動手收拾急救箱。「現在妳知道我要告訴妳什麼了。妳需要去看醫生，治療咬傷。去打一針破傷風，妳也知道……街上的孩子，不健康。」

「好。」愛芮卡說。

「我還得記錄，發生的每件事。她向妳揮刀。他咬妳……」

「對，還有我打了他。我打了一個小孩子……沒關係，你照實寫。謝謝你。」

他點頭，回到座位上，抽出了某件文書。愛芮卡轉過去看著戶外，但是艾薇和孩子們已經不見了。

10

外頭冷得刺骨。路易中街警局亮著燈，但是停車場卻是一潭幽暗。街燈下長長的幾列汽車閃著白霜，停車場外車速遲緩穩定。愛芮卡的手仍在刺痛。她把鑰匙指著左邊，按了按鍵，再指向右邊。停車場遠端有一輛車閃了兩下橘燈。她暗罵一聲，邁步過去，在深雪中拖著行李箱。

她把行李箱裝進後車廂，再坐進汽車。車裡冷死人，味道卻像新車。她轉動引擎，按下中控鎖。等暖氣讓車子裡稍微變暖之後，她就駛出停車格，緩緩朝出口而去。

艾薇就站在外面的人行道上，孩子們摟抱成一團，冷得直發抖。愛芮卡停在他們旁邊，打開了車窗。

「妳要去哪裡，艾薇？」她問。艾薇轉身，風吹動了她的一綹灰髮，頭髮貼著她臉上。

「關妳什麼事？」艾薇說。

「我可以載妳一程。」

「我們幹嘛要坐一個打小孩的豬玀的車？」

「對不起，我太失控了。我今天很不順。」

「妳今天不順。那妳來當我看看，親愛的。」艾薇冷哼道。

「我可以帶妳到妳要去的地方，孩子們也可以暖和起來。」愛芮卡說，發現小女孩的薄裙之下沒穿褲襪。

艾薇瞇起眼睛。「那我要做什麼回報？」

「妳只需要坐進車子。」愛芮卡說，掏出了一張二十鎊鈔票。艾薇走過來接，愛芮卡卻把錢拿開。「下車時才能拿，前提是不會亮刀子或是咬人。」

艾薇瞧了小男孩一眼，他乖乖點頭。「好。」她說，打開了後座的門，三個孩子攀爬了進去。艾薇坐進了乘客座，散發出噁心的、流浪漢似的味道。愛芮卡只能硬生生嚥下恐懼。

「安全帶。」她說，覺得他們全都固定住對她而言較安全。

「對，我們可不想違法。」艾薇嘲笑道，拉出安全帶扣上。

「妳想去哪裡？」

「卡特福德。」艾薇說。愛芮卡拿出手機，使用谷歌地圖。「媽的，」艾薇說，「我會帶路。走左邊。」

汽車非常平穩，街燈在擋風玻璃上掠過，艾薇的氣味混合了她孫子的味道，讓愛芮卡落入一種幾近舒適的沉默中。

「那，妳有孩子嗎？」艾薇問。

「沒有。」愛芮卡說。一陣雪飄落在擋風玻璃上，她打開了雨刷。

「妳是蕾絲邊啊？」

「不是。」

「不用介意，我不在意蕾絲邊。跟蕾絲邊可以好好喝上一杯，而且她們很會DIY……我試過一次喔。不喜歡那種味道。」

「什麼DIY？」愛芮卡開玩笑說。

「真風趣。說到這個，我在考慮再回去當蕾絲邊。錢得跟人家分，不過我受夠了老二的味道了。」

愛芮卡瞄了她一眼。

「得了，親愛的，妳總不會以為我在瑪莎百貨上班吧？」

「妳住在哪裡？」愛芮卡問。

「我幹嘛要告訴妳我住哪兒？」艾薇撲向她，但是被安全帶限制住。

「別激動……妳才說『受夠了老二的味道』，我問妳的住址應該不會太沒禮貌吧？」

「少跟我耍小聰明。我知道你們這種人。喜歡妳的工作是吧？有朋友嗎？」一陣沉默。「我想也是，從來就沒有休息的時候，對吧？你們這些人連自己的媽都會出賣……這邊左轉。」

愛芮卡打方向燈，轉彎。「我現在也沒住處，」她說，覺得可以提供一點她的個人資料。「我先生最近過世了，我離開了一陣子，而且……」

「而且妳像少了魂似的，對吧？」

「不對，不過也差不多了。」愛芮卡說。

「我老公被人捅死了，幾年前。在我懷裡失血過多死的……這邊右轉。不過妳還是過得下去，對吧？工作好。我也能當警察，或是更棒的工作。」艾薇不屑地說。

「妳對這一帶很熟嗎？」愛芮卡問。

「是啊。在這兒住了一輩子了。」

「那妳會推薦哪幾家酒吧？」

「我會推薦哪幾家酒吧？」她說，模仿愛芮卡。

「好吧，妳知道什麼酒吧？」

「我全知道。我剛才說了，我在這兒混了好幾年了。看著店家開了又倒。最亂的開最久。」

他們經過了卡特福德百老匯劇院，門面亮著燈，廣告仍是聖誕節童話劇。

「在這邊停車。」艾薇說。

卡特福德大街不見人影。愛芮卡停在斑馬線旁，緊鄰著一間立博簽注店和一家哈里法克斯銀行分行。

「這裡沒有住家。」愛芮卡說。

「我說過了，我沒有房子！」

「那你們要睡在哪裡？」

「我有生意要做。好了，把她們叫醒。」艾薇厲聲對男孩說。愛芮卡從後照鏡看，兩個女孩子睡著了，頭靠在一塊。小男孩回瞪著她，臉色蒼白。

「對不起我打了你。」愛芮卡說。他仍面無表情。

「別管了，把錢給我就是了。」艾薇說，解開了安全帶，打開車門。愛芮卡在大衣底下找，掏出了鈔票。艾薇接過鈔票，塞進大衣裡。

「在妳走以前，艾薇，妳對森林山的酒吧知道多少？那家雄鹿？」

「那裡有個脫衣舞孃，只要酒杯裝滿了硬幣，要她幹什麼都行。」艾薇說。

「那漿糊鍋呢？」愛芮卡問。

艾薇整個肢體語言都變了，眼睛也瞪得大大的。「我什麼也不知道。」她說，聲音沙啞。

「妳剛才還說這附近的酒吧妳全知道。說嘛，跟我說說漿糊鍋？」

「我連去都沒去過，」艾薇低聲說，「我也什麼都不知道，聽見了嗎？」

「為什麼？」

艾薇頓了頓，看著愛芮卡。「去找醫生看看那隻手。小麥克，他是HIV陽性……」

她下了車，摜上車門，消失在商店之間，孩子們尾隨在後。愛芮卡太專心回想艾薇聽見酒吧名的反應了，沒聽見艾薇說什麼。她趕緊開門，跟隨他們走向一條濕冷暗巷的入口，放眼望去，巷子卻太過漆黑。「艾薇！」她大喊，「艾薇！妳是什麼意思，妳連去都沒去過？為什麼沒有？」

愛芮卡邁步走進巷子，街燈立刻消退。她感覺腳下軟軟的、黏黏的。

「艾薇，我可以給妳更多錢，妳只需要把妳知道的事告訴我……」

她掏出手機來照明。巷子裡滿地都是空針管、保險套和丟棄的包裝紙和標價牌。「我在調查一件命案，」她接著說，「漿糊鍋是這個女孩子最後現身的地方……」

她的聲音傳來回音。無人回應。她來到了一道十呎高的鐵網圍籬前，頂端有尖刺。她只看出圍籬後是一片長滿矮樹和灌木的庭院，擺了幾個廢棄的瓦斯瓶。她左顧右盼。

「他們是跑哪兒去了？」她壓低聲音說。原路折回，卻找不到別的出路，兩側只有建築物的高大磚牆。

愛芮卡回去開車，她的車門仍是敞開的，警報器輕輕鳴叫。她環顧四周，坐了進去。是她想像的嗎？她花了幾秒鐘擔心整件事都是她自己幻想出來的——艾薇，孩子——接著她感覺到手背悸痛，看見了那塊黏答答的藥膏。

她立刻關好中控鎖，開車駛離，輪胎吱吱響。腎上腺素又竄過全身。艾薇對漿糊鍋的反應不太對勁。她很害怕。為什麼？

愛芮卡不在乎時間多晚了，她又是多麼缺乏睡眠。她要去探一探那家酒吧。

11

愛芮卡折回森林山，停在大街之外的兩條馬路上一處寧靜的住宅區。酒吧就在大街的中間位置，是兩層樓的磚屋，酒紅色的門面。「漿糊鍋」（The Glue Pot）三個字是白色的，最後的t尾巴拉長，變成了一支刷子懸吊在一鍋白色漿糊上方。這面招牌會讓看的人冒火，既沒品又不知所云。屋子有四面窗，一層樓兩面，窗台是厚厚的石頭。二樓的窗子黑漆漆的，樓下的窗有一扇被木板遮蔽了，剩下的那扇則從網紗後透出模糊的光。

儘管寒冷，大門仍是打開的。有塊招牌寫道：買兩杯店家自製的葡萄酒，剩下的一整瓶就免費贈送。愛芮卡走了進去，發現酒吧是從一道內門進入的，內門上的安全玻璃嚴重龜裂。

酒吧幾乎沒有客人，許多張富美家餐桌之中只有兩個青年坐著抽菸。她經過時，他們抬頭一瞥，收入了她的長腿，又回頭去喝啤酒。室內一側是小舞池，堆疊了許多舊椅子，音響播放著「魔法」電台的歌曲，介紹〈無心的耳語〉（*Careless Whisper*）開頭的幾小節。愛芮卡走向後方既長又矮的吧檯，這裡吊滿了玻璃杯。一個矮胖的年輕女孩坐著在看一台可提式小電視機，正播放的節目是「名人老大哥」（*Celebrity Big Brother*）。

「雙份伏特加通寧。」愛芮卡說。

女孩站起來，伸手拿酒杯，推向一只小量杯，一隻眼睛仍盯著螢幕。她穿著褪色的凱莉．米洛「歌姬」巡迴演唱會T恤，大胸部和渾圓的體型把整件衣服撐到了極限。她拉了拉T恤的後下襬，蓋住龐大的背部。

「妳是在找打工嗎？照顧小孩？」女孩問，可能是聽出了愛芮卡的外國腔。愛芮卡也聽出了女孩說話有口音。波蘭？俄國？她分辨不出來。女孩又把酒杯推向量杯。

「對。」愛芮卡說，決定配合演出。女孩拿出一只塑膠瓶裝的通寧水，倒入酒杯，直裝到快滿出來。她把飲料放在吧檯上，滑過來一張卡片和一支原子筆。

「二十鎊就可以在佈告欄上貼一張卡片。每週二都會換一批。這個加飲料，二十三鎊五十便士。」她說。

愛芮卡付了錢，坐下來，喝了一大口。溫的，而且平淡無味。

「妳幹嘛不叫妳老公來？」女孩問，盯著看愛芮卡寫了什麼。

「順便讓他再多灌幾杯黃湯嗎！」

女孩點頭，見怪不怪。愛芮卡移向女孩指示的小佈告欄，就在吧檯旁邊的牆上。上頭貼滿了幾百張卡片，交相重疊，斯洛伐克、波蘭、俄國、羅馬尼亞文字——全都在徵求建築工、照顧孩子或是交換工的機會。

「這裡一向都這麼安靜嗎？」愛芮卡問，環顧空蕩的酒吧。

「現在是一月，」女孩聳聳肩，拿舊布擦拭菸灰。「也沒有足球。」

「我朋友就是在這邊找到打工機會的，」愛芮卡說，回來吧檯的高凳坐下。「這裡有很多女人來嗎？年輕的女孩子？尋找打工的機會？」

「偶爾。」

「我朋友說有個女生在找工作，我可以在這裡找到她？」

女孩不擦拭菸灰了，反而冷冷地注視她。愛芮卡又喝了一口酒，然後掏出手機，調出安卓莉雅的相片，拿給她看。

「就是她。」

「沒見過。」女孩說，卻回答得有點嫌快。

「是嗎？我朋友真的說她幾天前來過……」

「我沒看到她。」女孩抬起一只淺網籃，裡面裝了一半的空酒杯，準備要走。

「我還沒說完呢。」愛芮卡說，把警徽亮在吧檯上。

女孩遲疑了，放下了網籃，一轉身看見了警徽，立刻表情驚慌。

「沒事，我只需要妳回答我的問題。妳叫什麼名字？」

「克莉絲汀娜。」

「姓氏呢？」

「就克莉絲汀娜。」她嘴硬地說。

「好吧，就克莉絲汀娜。我再問一遍，妳見過這個女孩子來這裡嗎？」

女孩低眉看著安卓莉雅的照片，使勁搖頭，臉頰也跟著晃動。

「八號那晚妳有上班嗎？那是星期四，就在一個星期之前。」

女孩想了想，又搖頭。

「妳確定？她死了，今天早上找到的。」

女孩咬嘴唇。

「妳是店主？」

「不是。」

「妳只是員工？」

「對。」

「誰是店主，男的還是女的？」

克莉絲汀娜聳肩。

「得了，克莉絲汀娜，這種事我輕輕鬆鬆就能查到，啤酒廠就會告訴我。而且那兩個人在店裡抽菸，雖然有禁菸標誌。妳知道妳會吃多少罰單嗎？幾千鎊。還有那個違法的工作仲介。妳剛才收了我二十鎊。我打通電話，五分鐘之後就會有一隊警察過來，而妳就得一肩扛下……」

克莉絲汀娜哭了起來，大胸脯上下起伏，滿臉通紅，拿茶巾的一角擦她的小眼睛。

「只要妳回答幾個問題，」愛芮卡說，「我可以保證妳只是一個無辜的員工。」

克莉絲汀娜不哭了，屏住呼吸。

「沒事的……沒事，克莉絲汀娜。什麼壞事也不會發生。好了，拜託，再看一次照片。妳在八號晚上有沒有見過這個女孩？就是上週四。她被綁架殺害了。不管妳能告訴我什麼，妳都可能幫我抓出兇手來。」

女孩以浮腫的眼睛看著安卓莉雅的相片。「她坐在那裡，那個角落。」她終於說。愛芮卡轉身看著舞池邊的那張小桌子。她也注意到喝酒的兩個人走了，留下了半滿的啤酒。

「妳確定是這個女孩？」愛芮卡說，又把手機舉高。

「對。我記得她好漂亮。」

「她一個人嗎？她有沒有跟誰見面？」

克莉絲汀娜點頭。「有個年輕的女人跟她在一起，金髮短短的。」

「跟我一樣短嗎？」愛芮卡問。

女孩點頭。

「還有呢？」

「她們喝了一杯，還是兩杯，我不記得了，那天真的很忙……然後……然後……」

愛芮卡看得出她變得更激動害怕。

「說吧，克莉絲汀娜。沒事的，我保證。」

「我不知道她是幾時走的——她的朋友，可是等我再看過去，有個男的跟她坐在一起。」

「他長得什麼樣子？」

女孩聳聳肩。「高高的，黑黑的……他們在吵架。」

「妳是什麼意思，高高的，黑黑的？能不能再詳盡一點？」愛芮卡問，極力掩飾她的挫敗。

這是真正的突破，可是克莉絲汀娜實在是太語焉不詳了。她決定了，掏出了手機。

「克莉絲汀娜，我要妳跟我到局裡，幫我們拼湊出這個跟安卓莉雅同桌的女人和男人的長相來。」

「不、不、不、不。」克莉絲汀娜說，一步步撤退。

愛芮卡打給路易申街警局的值勤台，電話開始響。「妳的線索可以帶領我們查出是誰殺了這個女人，安卓莉雅。」

「可是我在上班……而且……」

「我可以叫警察過來，我們現在就可以做。」值勤警員接了電話。「我是愛芮卡·佛斯特偵緝總督察，我需要警員和一輛警車到森林山倫敦路的漿糊鍋酒吧來，還有，值班的人有誰能拼湊照片？」

一陣動靜，愛芮卡這才明白克莉絲汀娜從吧檯後面的一道門衝出去了。

「靠！我再打給你。」愛芮卡躍過吧檯，穿過了門洞，進入內部一間污穢的廚房。一扇門開著，愛芮卡踏進巷子，巷子向兩頭延伸。一陣細雪又飄了下來，四周安靜得讓人發毛。

愛芮卡把兩邊的巷子都走了一遍。背對著巷子的房屋都是漆黑一片。雪變大了，風呼嘯吹過建築物。愛芮卡拉緊大衣抵擋寒風。

她卻甩不掉被監視的感覺。

12

兩名制服警員被召到漿糊鍋，但是擴大搜索卻毫無斬獲，克莉絲汀娜銷聲匿跡了。酒吧的二樓並沒有人居住，塞滿了亂七八糟的東西和破舊的家具。等到警員叫愛芮卡停手，回去睡點覺，已經是午夜了。他們會守住酒吧，天一亮就會把店主找出來。要是克莉絲汀娜回來，他們也會把她帶到局裡。

愛芮卡走了兩條街回去開車時，仍覺得毛骨悚然。街道寂靜無聲，隨便一點聲響都會被放大，而風勢更緊，吹過屋宇，吹動了某家門廊上的風鈴……她好像能感覺四周漆黑的窗戶裡有人在監視她。

她從眼角看見了一扇窗有條人影移動，一踅身卻什麼也沒有，只是一扇黯黑的廣角窗。有人在陰影中監視她嗎？她這才明白她亟需休息。她會看到旅店就進去。她打開車門坐進去，啟動了中控鎖，沉坐在舒服的椅子上，頭向後仰，閉上眼睛。

那天酷熱逼人，在羅奇代爾一條沒落的街上，愛芮卡的保護裝備黏著她的皮膚。她不舒服地欠動，蹲在一棟透天厝的矮牆根旁，屋子在熱氣中高聳入雲。她身邊有兩名警員，大門的另一邊還有三名警員。馬克是其中之一，排在第二個。

經過數週的監視，這棟透天厝已經烙印在她的腦海了。屋前是清水模小路，帶輪的垃圾桶已經外溢。瓦斯表和電表的覆材剝除，裸露了出來。

從前門進去，上樓，平台左邊有門可以通往裡間的臥室。他們就是在那裡調配冰毒的。監視期間有個女人帶著一個小童進去過。任務很危險，但是他們已經就緒。愛芮卡跟這一組的八名警員一遍又一遍演練過，只是現在，部署在外頭，是要玩真的了。恐懼險些淹沒愛芮卡，但是她硬是從恐懼之海中拔出身子來。

她點頭發令，一身黑衣的小隊就悄悄移動，湧上小路，衝到前門。電表的玻璃映射出陽光。一次、兩次，幾乎配合著破門錘的撞擊聲。第三次，木頭碎裂，前門轟然一聲向裡倒。

接著就是地獄。

槍聲大作。電表上方的窗戶向內爆裂。子彈來自他們後方的屋子。愛芮卡霍地轉頭。對街的漂亮房子。框格窗，大門上有黃銅門牌，門裡的牆上漆著「法羅和博爾」。這一對夫妻在警方監視期間是那麼的和藹可親、那麼的謙遜多禮。

愛芮卡的眼睛挪向了他們的樓上窗戶，恍然大悟。她看見一條陰影，緊接著她的脖子一痛，她嚐到了鮮血。馬克突然來到她的身邊，蹲下來幫忙。她想說話，想跟他說：「你後面」——可是鮮血堵住了她的喉嚨。情急之下幾乎算好笑。接著一聲爆裂，馬克的一邊頭顱被打爆了……

愛芮卡驚呼一聲嚇醒，努力調勻呼吸。她被一種居高臨下的森然白光包圍。她吐氣，氣息一出口就變成了長長的煙霧。她一直到看見了面前的方向盤才了解自己身在何處。她又回到了現實。坐在車子裡。又下了一陣雪，擋風玻璃完全被覆蓋住。

這是很熟悉的夢了。她總是在同一個時刻醒來。有時夢是黑白色的，而馬克的血就像是融化的巧克力。

她吸氣吐氣，心跳漸漸放緩，現實慢慢滲入。她依稀聽見人聲和足聲，有人走過她的車子。人聲變響，接著又變小。

她看著儀表板上的數字鐘，現在快早上五點了。她睡了幾個小時，卻不覺得有休息到。她在座椅上欠動，身體僵直冰冷。她發動了引擎，暖氣孔吹出的空氣有如冰塊。

熱過車之後，愛芮卡打開雨刷，等著視線清晰，只見馬路被另一波降雪弄得一片銀白。注意到她手背上的膏藥，她想起了她得去看醫生，但是昨晚的事卻強迫她繼續，至少是目前。

安卓莉雅去過那家酒吧……跟她說話的女人和男人是誰？酒保為什麼又要逃走？

眼前有問題待解，要把夢逼回心靈深處就比較容易了。愛芮卡換檔，朝警局前進。

13

路易中街警察局在早晨五點半靜悄悄的，唯一的聲響來自走廊那頭牢房裡的敲擊聲。女更衣室空無一人，愛芮卡剝下了髒衣服，走進公共淋浴間，把熱水調到她能忍受的溫度，站在蓮蓬頭下，享受著熱水，蒸汽升騰，鋪著磁磚的維多利亞式淋浴間消失了，愛芮卡也隨之消失。

六點前，她換上了乾淨的衣服，獨自在事件室中，啜飲著一杯咖啡，吃著從販賣機買來的巧克力。安卓莉雅・道格拉斯－布朗從牆上回瞪著她，過於自負。

愛芮卡走向分配給她的辦公桌，鍵入密碼，登入了內部的網路。她有八個月沒看工作郵件了——不是出於戒斷，而是沒有權限。她揀閱郵件，發現有前同事寄的、有時事通訊、有垃圾郵件，還有一封通知書要她參加正式的聽證會。她險些笑出來：這一封正式的紀律聽證通知居然是透過她沒有權限可以登入的內部郵件系統寄給她的。

她按著滑鼠，把所有的舊郵件全數刪除。

只剩下一封柯廉巡佐的郵件，昨天深夜寄的：

> 找到安卓莉雅的臉書紀錄，二〇〇七到二〇一四。另外，犯罪現場取回的手機紀錄。
>
> 柯廉

愛芮卡打開附檔，點了「列印」。幾分鐘後，門邊的印表機動了起來，快速吐出紙張。愛芮卡抓起那疊紙，帶到員工餐廳，希望餐廳已經營業，能有杯像樣的咖啡喝——結果餐廳一片幽暗。她在後面找了張椅子，打開電燈，開始篩揀安卓莉雅・道格拉斯－布朗的臉書紀錄。

共有兩百十七頁，幾乎橫跨了九年，從安卓莉雅的十四歲素顏到二十三歲的性感女妖。在早期的貼文中，她是個相當保守的年輕女郎，但一旦出現了男生，她就穿得比較露骨了。

安卓莉雅七年的臉書貼文就是一長串的派對照片和自拍。幾百張相片都是和帥哥美女合影，幾乎都不是同一批人。看來她是個派對女郎，而且還都是最奢豪的派對。她經常光顧的夜店是那種需要事先訂位的，而且在這些相片中似乎總少不了香檳。

這些年來，幾乎不見她在臉書上和姊弟交流。她的姊姊琳達好像「喜歡」一些與家人相關的貼文，她弟弟大衛也是，但這些貼文往往是和道格拉斯－布朗家的希臘年度假期有關，後幾年則是克羅埃西亞的杜布羅夫尼克。

愛芮卡對這些度假相片最有興趣。每年八月，為期三週，他們遵循一個類似的模式。每一次度假的開始，安卓莉雅都會上傳家庭朋友的相片——在某家高級餐廳吃飯的團體照，或是一家人圍坐在泳池邊的小室中，穿著泳裝，吃著清淡的午餐。在這些午餐照中，安卓莉雅總是穿比基尼，而且還會擺姿勢，暗色頭髮落在一邊肩膀上，裝模作樣地戳著食物。琳達就不同了，她拱肩彎腰，盤中的食物堆得高高的，似乎因為吃飯受到打擾而略顯不悅。琳達似乎每一年的度假都更往橫向發展，而且她總是穿長T恤和內搭褲。而大衛一開始是個乾瘦如柴的十三歲少年，戴眼鏡，被摟在他母親的細胳臂下，但後來漸漸變身，長成了一名英俊的青年。

安卓莉雅似乎跟大衛比較親近；許多相片中她都會給不情願的弟弟一個熊抱，弄歪了他的眼鏡。琳達和大衛幾乎沒有合照。賽門爵士和黛安娜夫人在相片中莫測高深，年年都擺出同一副面孔：看似笑得歡暢，其實卻空洞。有一張是黛安娜夫人穿著泳衣和紗龍裙。有一張是賽門爵士穿著寬鬆的短褲，褲頭有點拉得太高，遮住了毛茸茸的肚子。

每一年的度假時間一長，安卓莉雅很快就會對全家共度的時光興趣缺缺，開始貼上當地男生的相片。起初只是偷拍，那些男生並不知曉他們在站著抽菸或是打赤膊在沙灘上踢足球時被人偷拍。後來安卓莉雅會鎖定某個男生，假期的最後一週如同著魔似地拍個不停。她顯然是喜歡壞小子：年紀較大，江湖味較重，肌肉發達，有刺青和穿環。有張照片是二〇〇九年夏季拍的，安卓莉雅坐在一輛重型哈雷機車上擺姿勢，穿著布料省到不能再省的比基尼，做出騎車的樣子，而一個黑髮的傢伙，可能是機車車主，則被趕到後座。他一手按著她的臀部，夾著根菸，菸頭非常靠近安卓莉雅的日曬肌膚。她盯著鏡頭，表情彷彿是在說：我才是老大。

愛芮卡在邊緣上寫下：誰拍的？

餐廳供餐台的鐵捲門收了起來，眼神疲憊的員警陸續進來吃早餐，她幾乎沒注意到。她繼續看，著迷於安卓莉雅的人生。

二〇一二年，一個新朋友出現了，是個女的，叫芭芭拉·卡爾多徐歐瓦。

斯洛伐克名？愛芮卡在邊緣寫道。

芭芭拉是深色頭髮，跟安卓莉雅一樣美麗，兩人很快就變成了好朋友，甚至在二〇一二和二〇一三年跟著他們家一起去度假。安卓莉雅在芭芭拉身上似乎找到了一個獵男同夥，只是她們現在獵捕男生的手段更高明，兩人跟一連串深色頭髮的帥哥在豪華夜店或是同樣昂貴的休閒區躺椅上合影。

安卓莉雅似乎和芭芭拉是真正的朋友，也貼上了兩人在沮喪時的合照，安卓莉雅素顏，比較不在乎鏡頭。在許多方面，安卓莉雅沒有化妝都比較漂亮，臉上掛著真摯的笑意。有一張是兩個女孩並肩站在鏡前，穿著過大的毛衣，衣襬落在膝蓋以下。超大毛衣很有老奶奶的味道。芭芭拉的繡著貓在玩毛線球，安卓莉雅的繡著一隻淡赤黃色的大貓躺在籃子裡。手機的閃光燈被鏡子的上面一角反射出來。安卓莉雅的姊姊琳達在底下留言：「滾出我的房間，臭三八！」

安卓莉雅喜歡這則留言，貼了笑臉符號。

後來，在二〇一三年末，芭芭拉不告而別，刪除了安卓莉雅這個朋友。愛芮卡回頭再看一遍，確定沒有遺漏了什麼。芭芭拉在這個時間點之後就一次也沒有出現在照片中了，對所有的貼圖也完全沒有回應。大約半年之後，亦即二〇一四年六月，安卓莉雅的臉書也停用了。沒有解釋，沒有一字片語向朋友宣告她要離開臉書。

愛芮卡將注意力轉移到通聯紀錄上。相較之下，就平淡而零星了。柯廉註釋了電話號碼，包括定期打給安卓莉雅的未婚夫吉爾思·奧斯波恩，某週六打給本地的一家中式餐廳叫外賣，在聖誕節前的七個週六去電「X音素」節目投票。其他的電話是打給家人的、打到她母親在肯辛頓的花店、打給她父親的秘書。她消失的那晚沒打電話，即使手機是在命案現場發現的。通聯紀錄涵蓋了八個月的時間，只追溯到二〇一四年六月。

忽然傳來杯子落地砸碎在石地板上的聲音，愛芮卡抬頭，這才發現燈亮了，餐廳人變多了。

她看了看手錶，發現是九點五十分了。不想簡報遲到，她收拾起文件，動身離開，卻在走廊上碰到馬許總警司。

「我讀了昨晚的日誌。」他說，挑高一道眉毛。

「是，長官。稍後會解釋。我有一條很強的線索。」

「什麼線索？」

「我會在簡報時說明。」她說，兩人來到了事件室。進去之後，愛芮卡看見全體組員都在辦公桌就位了。大家都安靜了下來。

「好。早安，各位。我要說的第一件事是柯廉巡佐把安卓莉雅的臉書紀錄以及通聯紀錄都整理出來了，做得好，動作迅速又條理分明。安卓莉雅在網路上非常活躍，六月她停用了臉書。同時，她的通聯紀錄也只追溯到二〇一四年六月。為什麼？她換號碼了嗎？」

「她在去年六月認識了吉爾思．奧斯波恩。」史巴克斯總督察說。

「對。那她為什麼在同一時間停用臉書並且換掉電話？」

「說不定她是想要重新開始。有的男人會對女人的前男友和情史吃醋。」辛說。

「她顯然是用臉書來認識男人，後來她訂婚了，就不需要了。」史巴克斯說。

「可是她的通聯紀錄——幾乎太機械式了。你們的意思是她遇見了真命天子，人生圓滿了，所以就不需要別種互動了？」

「我可沒這麼說。」史巴克斯說。

「對，但是其中有說不通的地方。她在失蹤的那晚沒打電話。我們四處打聽一下。找出她的舊號碼，調出紀錄，看她是否有另一支手機而我們不知道？另外，找出一個叫芭芭拉．卡爾多徐歐瓦的女人，她在二〇一二至二〇一三年之間是安卓莉雅非常要好的朋友，後來就沒了音訊。她們是決裂了嗎？她現在人在哪裡？我們能跟她談一談嗎？去調查她的事情，找到她。還有，以前的男朋友，安卓莉雅不缺異性緣。看你們能挖出什麼來。」

「不過要低調一點。」馬許在房間後面吩咐。

愛芮卡往下說：「昨晚我去了一趟漿糊鍋，從一個叫克莉絲汀娜的酒保那裡得到了肯定的指認，安卓莉雅在失蹤的那晚去過。她說安卓莉雅跟一名留金色短髮的女人同桌，後來，換成一名深色頭髮的男人。」

「妳要把這個克莉絲汀娜帶進局裡，讓她做拼湊人像嗎？」史巴克斯問。

「我提出要求的時候她嚇跑了。」

「好，她姓什麼？」史巴克斯問。

「我還沒問到……」

史巴克斯冷笑點頭。

愛芮卡接著說：「我跟另一個女人談過，艾薇．諾利斯──」

史巴克斯打岔。「哎唷，艾薇．諾利斯說的話我可一句都不會信。那個老蕩婦最會說屁話、找麻煩了。」

「對，可是艾薇．諾利斯在我提起漿糊鍋時反應非常怪異。她很害怕。所以，我要你們去調查那家酒吧。找出那名酒保，訊問老闆。我相信跟安卓莉雅有關係，而我們需要查出來，要快，在線索蒸發之前。」

「佛斯特總督察。可以說句話嗎？」馬許說。

「是，長官……摩斯和彼得森，我要你們今天跟著我；我們要去拿驗屍報告，道格拉斯－布朗夫婦也要來正式指認屍體。」

事件室立刻忙碌起來。愛芮卡跟著馬許到他的辦公室去，關上門，在他對面坐下。

「道格拉斯－布朗夫婦今天早晨要來認屍？」

「是的，十點半。」

「我會在這時候發表警方的公告，我們的發言人珂琳非常優秀，我們當然要強調這是一樁無辜婦女遇害的案子。不過，我們也需要準備媒體會找到政治角度。」馬許懊惱地說。

「嗯，他們需要賣報紙啊。」愛芮卡說。一陣停頓，馬許用手指敲桌面。

「我需要知道妳的調查採取的是哪種角度。」他終於說。

「我在找殺人兇手，長官。」

「少耍嘴皮子。」

「剛才你也在事件室裡啊。這個證人，克莉絲汀娜，在安卓莉雅失蹤的那晚看見了她出現在漿糊鍋裡。她說安卓莉雅跟一個金髮女人和暗色頭髮的男人在一起。我在找這兩個人。」

「那她現在人呢？這個克莉絲汀娜？」

「呃，她跑掉了，而我也還沒有機會追查進一步的線索。」

「她知道妳是警察？」

「對。」

「妳認為她可能覺得指認安卓莉雅對她有利？」

「長官？」

「聽著，愛芮卡。她很可能是非法移民，害怕被遣返。要是她覺得對她有好處，她搞不好會告訴妳她看見貓王站在點唱機前面。」

「長官，不是的，我認為我找到了線索。另一個女人，一個本地人艾薇．諾利斯，她對漿糊鍋的反應——」

「我看了昨晚的日誌，愛芮卡。上面說妳打了艾薇．諾利斯的孫子，而她拔刀要砍妳。」

「對，那個小男孩咬了我，我的反應很差勁。但是這件事不相干。長官，艾薇．諾利斯了解這個地區，而這間酒吧卻令她害怕。」

「妳知不知道上個月有四個人在錫德納姆的『漫步者的窩』酒吧被斬首？她八成也不會願意去那兒喝一杯。」

「長官！」

馬許繼續說：「助理總監兩隻眼睛死盯著我，我還得去向某個混蛋內閣官員報告調查的進度。他們要確保道格拉斯－布朗家見不得人的事情不會被挖出來，攤在媒體面前。」

「我控制不了媒體，我也不會洩漏調查細節。你是知道的，長官。」

「對，可我需要妳——」

「長官，我需要做我的工作。有話就直說。你是不是在說有些事我不能調查？」

馬許的五官皺在一起。「不是！」

「那你是要說什麼？」

「我是要叫妳只管事實就好。我們早就懷疑漿糊鍋涉嫌幫非法移民找工作，而且那裡也是妓女經常出入的場所。在妳說出安卓莉雅．道格拉斯－布朗失蹤的當晚出現在那裡之前，妳需要鐵打的事實。」

「要是我找到了酒保，讓她來拼湊人像呢？」

「那，祝妳幸運，因為她可能已經躲進一輛貨車的車斗，逃往加萊了！」

「長官！監視器拍到了安卓莉雅，她失蹤的那晚確實搭上了往森林山的火車，而且她的屍體在大街附近被發現。要命，難道這麼明顯的證據還不能支持我可能是對的？」

馬許一臉氣惱。「好。小心一點就是了，調查要低調。媒體在盯著我們。」

「我會的，長官。」

「隨時跟我報告，每一件事，懂了嗎？」

「是，長官。」

馬許看了她一眼，她離開了他的辦公室。

14

他們走在停屍間由日光燈照明的漫長走廊上，愛芮卡身上僅存的熱氣似乎都被抽光了。他們來到了一扇金屬門，摩斯按了內線電話。鑑識病理學家艾塞克·史壯開門讓他們進去。

「早安。」艾塞克輕聲說，投射出鎮定與秩序的氛圍。白色實驗袍遮住了他高大的體格，熨燙得很平整，潔白無瑕，前襟的口袋中露出暗色皮革手機殼。他穿黑色緊身牛仔褲和卡駱馳鞋，暗色頭髮向後拂，露出高額頭。愛芮卡又一次被他柳葉眉下柔和的褐眸吸引。他的解剖室是不鏽鋼加上維多利亞式磁磚。一面牆上有一排不鏽鋼門，房間中央是三張解剖檯，也是不鏽鋼的，被水溝圍繞。安卓莉雅·道格拉斯－布朗躺在一床白布下，在最靠近他們進來之處的檯子上。安卓莉雅現在閉著眼睛。她的頭髮洗過，整齊地向後梳。瘀血變黑了，臉孔仍然浮腫。愛芮卡本來希望為了她的家人好，安卓莉雅的樣子會像是在睡覺，但儘管幫她清潔過，她的身體仍遍佈傷痕。

艾塞克繞著推床移動，輕輕拿掉白布。除了赤裸遺體上的瘀傷和割傷之外，還多出了Y字形的整齊粗縫線，由兩邊的肩膀開始，在胸膛處會合，再向下移到她豐滿的乳房之間，一路延伸到胸骨。

「肺部沒有液體，所以她落水時已經死了，」艾塞克說，「冰雪可以保存腐敗，不過你們會看見皮膚因為泡水過久而發白。頸部的細紮痕跡以及鎖骨骨折都說明死因是勒斃。跟我假設的一樣，頸子周遭的瘀傷是一隻中等大小的手造成的，沒有什麼像是少了手指之類特殊的地方。」

他打住。

「藥檢報告說她血液中有高濃度的酒精含量，再加上少量的古柯鹼。她有幾小時沒有進食，胃是空的，胃部只有那顆斷掉的門牙，可能是她在無意間吞下的，在遭到攻擊時。」

他拿起一只小塑膠瓶，裡頭裝著那顆斷掉的牙齒，就著光查看。

「我找到了一種黏著劑的殘餘，在大多數的膠帶上都有，在她的嘴巴和牙齒上。」

「她被蒙住了嘴巴？」愛芮卡問。

「看來是如此。沒有被強暴的跡象。不過，看起來她在死前不久肛交過，而且像是自願的。我在肛門採檢精液和血液，都沒有發現。不過有保險套的殘留，以及小量的潤滑劑。」

「她使用保險套？」愛芮卡問。

「是那個跟她性交的人使用了保險套。」艾塞克糾正她。

「可你怎麼能確定肛交是自願的？」

一陣不自在的停頓。

艾塞克說明：「自願的侵入式性交和非自願的有一個明顯的差異。自願的性交時，身體通常是放鬆的。非自願的性交往往會有極大的壓力，驚慌和抵抗，造成肌肉緊縮，因而導致內部瘀血和肌膚的擦傷。她的直腸卻沒有損傷。當然了，另一種推論是性交可能是在死後發生的。」

「拜託，上帝，」愛芮卡說，「我希望不是。」

「是有可能，不過我不認為是。她似乎是受到瘋狂的攻擊，兇手像動物一樣撲向她。她兩邊太陽穴附近的頭髮被扯掉了——他還會有那種意願和自制力停下來戴上保險套嗎？」

「現場有發現保險套嗎？」愛芮卡問。

「船屋和划船池附近散落了很多保險套。我們現在正在檢查，需要時間。」他們頓了頓。

「你覺得安卓莉雅是會做那種事的女孩子，肛交？」彼得森問。

「這樣說有點偏見喔。」艾塞克說。

「是啦，大家也都知道，我們可以搞政治正確，或者就事論事。不是說只有某一種類型的女人才會願意肛交嗎？」彼得森說。

「我不喜歡這種思想走向。」愛芮卡說。

「可我們得這樣子思考。」彼得森說。

「你是在說，只有淫蕩的女人會喜歡從肛門上。那些會讓自己置身險境的？」摩斯問。

「你認為這是一件露天性交卻走樣的案子嗎？」愛芮卡問艾塞克。

「我說過，我的工作不是假設某人是什麼人。他們送來我這兒時，我得判斷他們是怎麼死的。你可以看見她的雙手被尼龍繩綑綁，陷入了皮膚，咬得滿深的。她的腿也被綁住了，左腳腳踝還有髮絲狀骨折。」

「這不是貪新鮮的戶外性交走樣，這是綁架，」愛芮卡說，「她可能稍早和未婚夫性交過，然後……要命。我們得去詢問未婚夫。還有別的DNA證據嗎？」

「就算有也可能被水毀了，在她在冰層下的時候。」艾塞克說。

結束後還有幾分鐘的休息時間，接著道格拉斯－布朗夫婦就要來認屍了。摩斯和彼得森利用機會抽菸，愛芮卡發現自己也接受了邀請，雖然她在幾年前就戒菸了。三人站在逃生門的門口，看著一家修車廠的後面。他們能看見店裡一排的舉升架，汽車被架高，技師在底下發亮的地溝裡忙活。

愛芮卡辦過的強暴殺人案不知凡幾。三人默默抽菸，她凝視著對面在忙碌的年輕人，他們既年輕又強壯。一般的男人這輩子有多少次會差一點就強暴女人、殺死她們？有多少人忍住了？有多少人逍遙法外？

「關鍵在安卓莉雅。那是她認識的人嗎？」愛芮卡問，把香菸吐到冰冷的空中，遺忘已久的尼古丁在她的血液中竄流。

「妳覺得她是被誘騙到博物館園區的，還是自己走進去的？」彼得森問。

「證據實在是太少了。沒有DNA。監視器又都失靈。」

「會是刻意安排的嗎？」摩斯問，「監視器。會是內部的人嗎？某個對賽門爵士或是那一家有什麼仇怨的？」

「都怪政府削減預算，那個蹩腳的監視器。而且如果是老手幹的綁架和行刑案，他們真的會把她的手機和證件留在現場嗎？好像不夠乾淨俐落。」彼得森說。

「他們可能是想要讓她很快被指認出來。傳遞訊息。」摩斯說。

「她很有男人緣。會不會是她瞧不上眼的人？」

「有可能。可會是誰呢？她訂婚了。她自從遇見了這個吉爾思・奧斯波恩就好像變成修女了。我們需要跟他談一談。」摩斯說。

艾塞克出現在門口。

「道格拉斯—布朗家的車子剛停進了停車場。」他說。

「我最討厭這個部分了。」摩斯說，以鞋底擰熄抽了一半的香菸，放回菸盒裡。

賽門及黛安娜．道格拉斯—布朗偕同女兒琳達和兒子大衛抵達。愛芮卡覺得滿奇怪的，居然是第一次見到安卓莉雅的弟弟和姊姊。她覺得從安卓莉雅的臉書上已經對他們了解很多了。

黛安娜和賽門一身黑，無懈可擊，而且黛安娜似乎是由賽門和大衛攙扶住。大衛又高又瘦，穿著時尚的緊身黑套裝，戴墨鏡。琳達站在她父親身邊，黑色的A字裙和厚重的冬大衣，很有媽媽的味道。他們都哭紅了眼。

「早。這邊請。」愛芮卡說，帶領他們走向認屍室的門。

賽門一手按住妻子的手。「你留在這裡，大衛。妳也是，琳達。我去就好。」

「爸，我們一起去。」大衛說。他的聲音有濃濃的命令意味，跟他父親一樣，與他呆滯的外表形成鮮明的對比。琳達咬了一會兒嘴唇，隨即點頭同意。愛芮卡帶他們進去。認屍室小小的，感覺就像是一般的公家機關，只有兩張椅子和一張木桌，桌上放了一瓶很不識趣的塑膠水仙花。

「請慢慢來。」愛芮卡說，帶領他們走向一扇大玻璃窗前。另一頭遮著窗簾。愛芮卡注意到窗簾掛反了，泛黃的襯裡對著他們，頂部有些縫線都脫落了。說來也好笑，漂亮的那邊反而留給死者看，親屬和朋友在另一邊等，好像是在後台。

一名助理拉開了窗簾，黛安娜明顯緊繃了起來，看著安卓莉雅躺在白布下。柔和的黃光灑落在認屍室的木鑲板上。愛芮卡始終甩不掉那種感覺，覺得認屍幾乎是抽象的，戲劇的。有些親屬自始至終面無表情，有些則哭成淚人。她記得有個男的，用力捶打玻璃，把玻璃都捶裂了。

「對，是她，是安卓莉雅。」黛安娜說，吞嚥了一下，眼中泛淚。她拿一條白淨的手帕按住精心化妝過的臉。琳達沒眨眼，沒畏縮，只是歪著頭，瞪大眼睛，充滿了病態的好奇。大衛則嚴肅地瞪著看，拚命忍住眼淚。

失控的人是賽門，他哀號一聲，崩潰了。大衛過去擁抱父親，被使勁甩開。大衛到這時才哭了出來，彎著腰，發出哽咽聲。

「我迴避一下。你們慢慢來。」愛芮卡說。黛安娜點頭，她就離開了。

五分鐘後，這家人才終於紅著眼睛出現。愛芮卡和摩斯、彼得森在走廊上等。

「謝謝你們過來，」愛芮卡輕聲說，「下午晚一點是否可以和各位談一談？」

「妳想跟我們談什麼？」賽門問，充血的眼睛此刻既謹慎又難堪。

「我們想多了解一些安卓莉雅的事情，才能知道她是否認識兇手。」

「她為什麼會認識兇手？妳以為像安卓莉雅這樣的人會跟殺人兇手混在一塊？」賽門說。

「不是的，爵士。可是這些問題我們不能不問。」

「安卓莉雅的未婚夫呢？」摩斯問。

「吉爾思能體諒我們只想要一家人一起。我確定他會出席……」黛安娜夫人的話沒說完，可能是明白了她現在必須要籌劃葬禮。

他們看著那家人緩緩穿過下雪的停車場走到一輛等待的汽車邊。上車時，賽門・道格拉斯——布朗瞪著愛芮卡，佈滿血絲的眼睛射穿了她。接著他坐進汽車，車子駛入風雪中。

15

「亞卡盛事」位於肯辛頓一條住宅街道，是一幢未來風的辦公建築，矗立在兩排普通的透天厝之間，有如一座浮誇的雕像送錯了地址。愛芮卡、彼得森和摩斯必須按鈴通過兩道煙灰色玻璃門才能進入服務台。一名年輕的女接待員在敲電腦，戴著耳機，看見了他們，卻一言不發，自顧自敲著鍵盤。愛芮卡探身，摘掉了她的一邊耳機。

「我是佛斯特偵緝總督察，這位是摩斯警員和彼得森警員。我們要找吉爾思·奧斯波恩，謝謝。」

「奧斯波恩先生在忙。等一下，我弄完這個再幫你們排進預約簿。」接待員說，以誇張的動作又戴上了耳機。

愛芮卡再次探身，拉住電線，一把扯掉了她的兩邊耳機。「我不是在請求，我是在告訴妳。我們要見吉爾思·奧斯波恩。」

他們全都亮出了警徽。接待員依然故我，倒是拿起了電話。「是什麼事？」

「他的未婚妻之死。」愛芮卡說。女人撥了號。

「不然她是以為我們是來幹什麼的？是他媽的貓困在樹上嗎？」彼得森嘀咕著說。愛芮卡瞪了他一眼。

接待員放下了電話。「奧斯波恩先生馬上就出來。你們可以到那邊等。」

三人走向一處休息區，有沙發和矮木桌，而且陳列著許多設計雜誌。角落有個小吧檯，擺了一台巨型冰箱，內部照明，裝滿了一排排的啤酒，冰箱旁則是一台銀色的大咖啡機。一整面牆上掛著各式照片，都是「亞卡」籌劃的活動，似乎總不缺年輕的帥哥美女在分送香檳。

「我的屁股這麼大，他是絕對不會雇用我的。」摩斯嘟囔著說。愛芮卡斜睨了她一眼，這才第一次看見摩斯不懷好意地笑。愛芮卡也回以一笑。

幾分鐘後，吉爾思．奧斯波恩從吧檯旁的一道灰色玻璃門後出來。他又矮又胖，側分的暗色頭髮油膩膩的，小眼睛長得很近，鼻子很大，卻沒有下巴。他把自己塞進了一件緊身牛仔褲裡，V領T恤對他的鮪魚肚來說實在是太小了。他腳下蹬的一雙奇怪的尖頭短靴讓他多了一點蛋頭先生❶的味道。愛芮卡很意外這個男人會是安卓莉雅選擇要嫁的人。

「哈囉，我是吉爾思．奧斯波恩。請問有什麼事？」他說，語氣自信做作。

愛芮卡介紹了每個人，接著說：「我們想先表示我們的慰悼。」

「謝謝。的確是很大的震驚，我仍然在努力接受。我不知道是不是有那一天……」他似乎很痛苦，卻無意請他們繼續。

「可以到比較隱密的地方嗎？我們想請教一些問題。」愛芮卡說。

「我已經詳細地說過了，昨天，跟一位史巴克斯偵緝總督察。」他說，懷疑地眯起了眼睛。

「是的，我們很感激你百忙之中撥冗，但是請見諒，這是一宗命案，而我們真的需要確定我

❶ 英國童謠中的一個角色，後來總是以一個擬人化的雞蛋形象出現在各種繪本中。

們掌握了所有的資訊……」

吉爾思注視了他們一會兒，然後似乎是甩開了疑慮。「當然。要喝點什麼嗎？卡布奇諾？濃縮咖啡？瑪奇朵？」

「我要卡布奇諾。」摩斯說。彼得森也點頭。

「好的，謝謝。」愛芮卡說。

「蜜雪兒，我們會在會議室。」吉爾思對櫃檯的接待員說。他扶著玻璃門讓他們通過，他們經過了一間公用辦公室，六、七名年輕男女在敲電腦。沒有一個像是超過二十五歲。吉爾思打開了另一扇玻璃門，進去後就是會議室，有一張長型玻璃桌和許多椅子。牆上掛著一面大液晶電視，螢幕是某個網站，畫面上有好幾排的小縮圖。仔細一看，愛芮卡才明白這些縮圖是棺材。吉爾思匆匆走向玻璃桌上的一台筆電，收起了畫面，電視上就出現了亞卡盛事的商標。

「我無法想像這段時間對道格拉斯－布朗爵士及夫人有多麼可怕。我想我可以在籌劃安卓莉雅的葬禮上盡一份力。」他說明。

「安卓莉雅的正式認屍是在一個小時之前。」摩斯說。

「對，可是你們已經指認是她了，對吧？」他說。

「對。」愛芮卡說。

「突然喪失親友誰也不知道該如何反應。你們一定覺得奇怪……」他說不下去，一手摀臉。「抱歉。我只是需要一個焦點……我需要做點什麼，而安排活動大概就流在我的血液裡吧。我就是沒辦法相信發生了這種事……」

愛芮卡從會議桌上的面紙盒抽了張面紙給吉爾思。

「謝謝。」他說，接過來擤鼻子。

「看來你的公司滿成功的？」愛芮卡說，改變了話題，同時也各自就座。

「對，一切順利。總是有人想把新產品推銷給全世界。不景氣來了又走，但是總是有想要傳遞新觀念、新品牌、新活動的需求。我就是來協助傳達這個訊息的。」

「你在安排安卓莉雅的葬禮時是希望能傳達什麼樣的訊息？」摩斯問。吉爾思尚未回答，接待員就送咖啡進來了。

「謝謝，蜜雪兒，妳是天使，」吉爾思對著她離去的背影說。「嗯，這真是個好問題。我要大家記得安卓莉雅的樣子：一個美麗的女孩子，純潔健康，天真無邪，面前還有一大段的人生……」

愛芮卡把這段話琢磨了一會兒。她看見摩斯和彼得森也一樣。

「咖啡真好喝。」摩斯說。

「謝謝。我們為這個產品辦過發布會，這是公平貿易咖啡，農夫得到的補償高過了市場價格許多，他們的子女也都能夠就學。他們有衛生的環境、乾淨的用水。全套的健保。」

「我都不知道光是喝杯卡布奇諾，我就做了那麼多好事呢。」彼得森說，聲音帶著濃濃的嘲諷。愛芮卡看得出摩斯和彼得森跟她一樣不喜歡吉爾思．奧斯波恩。萬一讓他知道了，事情就難辦了。

「我們今天來，」愛芮卡說，「是想要建立一個安卓莉雅的概括樣貌。我們相信抓住兇手的最佳方式就是拼湊出她的人生，以及她最後的舉動。」

「當然，」吉爾思說，「這件事太震驚了——太令人驚駭。」他的眼睛又盈滿了淚水，他拿團成球的面紙忿忿地擦拭，還吸了幾下鼻子。「我們預定今年夏天要結婚的。她好興奮，都已經開始試婚紗了。她想要穿王薇薇婚紗，而我的安卓莉雅想要什麼我都會給她……」

「不是該她的父母親出錢嗎？」愛芮卡問。

「不是。斯洛伐克的傳統是兩家各出一半……妳是斯洛伐克人嗎？我覺得我聽出了口音？」吉爾思問。

「對，我是。」

「結婚了？」

「沒有。可以請教你和安卓莉雅是在哪裡認識的嗎？」

「她去年六月來我這兒工作。」

「做什麼？」

「我們的展場小姐，不過我不認為她真的了解什麼叫工作。我認識黛安娜夫人幾年了，我們辦的活動經常跟她的花店合作。她說她有個女兒在找工作，拿照片給我看，就定了。」

「你說『就定了』是什麼意思？」彼得森問。

「唔，她很美麗。是我們樂意雇用的那種女孩子——而當然，我很快就戀愛了，哈。」

「她當你的員工很久，然後才展開戀情的嗎？」彼得森問。

「不是的——嗯，我們產生情愫的時間比她受雇的時間要長。她只輪班過一次，介紹酩悅香檳。她很差勁：表現得好像是來參加派對的，而不是來工作的——而且她還喝個爛醉！所以工作上行不通，不過，呃，我們倒是來電……」吉爾思越說越小聲。「咳，這些事重要嗎？我還以為你們是應該出去找殺人兇手的。」

「所以追求的過程滿快的。你們八個月前才認識的，去年六月？」愛芮卡問。

「對。」

「而你很快就求婚了。」

「我說過，我是一見鍾情。」

「那你覺得安卓莉雅也是一見鍾情嗎？」摩斯問。

「喂，我是嫌犯嗎？」吉爾思問，在椅子上不自在地欠動。

「你為什麼會覺得是嫌犯？我們說過我們只是來問問題的。」愛芮卡說。

「可是這些問題我都回答過了。如果你們想要開門見山，我是能夠提供安卓莉雅失蹤那晚我的行蹤的。從一月八日星期四下午三點開始，到九日半夜三點為止，我都在蘇活區畢克街一〇六號的『生鮮香料』主持產品發布會，之後我和團隊回來公司，我們喝了點酒放鬆一下。這一切都有監視器為證。然後六點我們去吃早餐——肯辛頓大街的麥當勞。我有十幾名員工可以為我作證，而且大多數的地點也一定都會有監視器。我住處的門房在早上七點看見我回家，一直到中午我都沒有再出門。」

「『生鮮香料』是什麼？」彼得森問。

「是一種壽司的融合體驗。」

「融合的壽司？」

「我真的不認為像你這樣的人會知道那是什麼。」吉爾思不耐煩地說。

「像我這樣的人？」彼得森問，伸手扭絞他的一綹短雷鬼頭。

「不、不、不，我的意思是，那種……那種進不了中倫敦社會……」

愛芮卡打圓場。「好，沒關係。聽著，奧斯波恩先生——」

「拜託叫我吉爾思。這間公司不用姓氏稱呼。」

「吉爾思。你用臉書嗎？」

「我當然用臉書，」他吹鬍子瞪眼。「我經營的可是活動公司，我們在各種社群媒體上都很活躍。」

「安卓莉雅呢？」

「沒有，她是少數幾個我認識的人裡不用臉書的。我試過……我試過讓她用 Instagram 幾次，可是她……她對科技一點辦法也沒有。」

愛芮卡站了起來，抽出幾張從安卓莉雅的臉書個檔上列印出來的相片，擺在他的面前。

「安卓莉雅用臉書。她在二〇一四年六月停用了。我在猜大約就是你們相遇的時間？」

吉爾思把照片拉過去。「也許她是想要重新開始？」他說，一臉迷惑，顯然是不想對穿著露背裝的安卓莉雅勾搭一位年輕帥哥，而帥哥的一隻手捧著她一邊乳房的相片起反應。

「所以她騙你她不用臉書。」

「唔，說騙太強烈了，不是嗎？」

「那何必要瞞著你呢？」

「我——我不知道。」

「吉爾思。你知不知道森林山的漿糊鍋？」彼得森問。

「不，我不認為我知道。那是什麼？」

「一家酒吧。」

「那我絕對不知道。說真的，我不到河的南岸，從沒去過。」

「安卓莉雅失蹤的那晚去過那家酒吧，她先和一個留著金色短髮的女人在一起，後來是個深色頭髮的男人。你知道他們可能是誰嗎？她在南倫敦，森林山附近，有朋友？」

「沒有，嗯，至少我不知道有。」

「你能想到有誰想要傷害她嗎？她是不是欠了誰錢？」

「不！不，在賽門爵士跟我之間，安卓莉雅從來都不缺什麼。她失蹤的那晚，她跟我說她要跟琳達和大衛去看電影。我鼓勵她跟姊姊弟弟多在一起，他們不是很親近。」

「為什麼？」

「喔，就是那樣嘛——富有的家庭。父母會把孩子交給保姆和老師。手足之間總是會爭寵……嗯，大衛和安卓莉雅似乎比琳達要得寵。我很幸運，我是獨生子。」

蛋頭先生的形象又回到愛芮卡的腦海中。吉爾思，短小微胖，獨自坐在牆上，兩腳搆不著地面。

「你見過一個叫芭芭拉．卡爾多徐歐瓦的女孩子嗎？她是安卓莉雅的朋友。」愛芮卡把一張芭芭拉的照片滑過桌面。

吉爾思俯身查看。「沒有。不過安卓莉雅倒是提起過芭芭拉，好像是她不要安卓莉雅這個朋友了，而且非常的冷酷。就在我遇見她之前不久。」

「你跟安卓莉雅的朋友有多熟？」

「她沒有很多女性朋友。她是試過跟別的女孩子友好，可是她們都會嫉妒她。她——她以前——是那麼美。」

「你跟安卓莉雅的性生活和諧嗎？」彼得森問。

「什麼？是啊。我們才剛訂婚……」

「安卓莉雅失蹤的那天你和她性交過嗎？」

「為什麼又扯上這——？」吉爾思吃了一驚。

「拜託你回答問題。」愛芮卡說。

「唔，好像是有，下午的時候？喂，我不知道這件事跟她失蹤有什麼關係。居然問我們的性生活！關你們什麼屁事！」吉爾思這時面紅耳赤了。

「你們陰道性交和肛交都來嗎？」彼得森問。

吉爾思忽地一下站了起來，把咖啡撞翻了，椅子也倒在地上。「夠了！現在就出去！聽見了沒有？這不是正式偵訊吧？我沒有必要跟你們說話。我有選擇權。」

「你說得沒錯，」愛芮卡說，「可是拜託你回答問題好嗎？安卓莉雅在死前遭受了長時間的殘忍攻擊。我們問這些問題是有原因的。」

「什麼？問我們是不是——是不是有什麼不自然的行為？沒有。**沒有！**我不會娶一個女孩子會……」吉爾思拉扯T恤的領口，無法說出話來。「對不起，但是我需要你們離開。如果你們還想問我什麼，我要律師在場。這簡直是太不道德、太讓人無法忍受了。」

灑出來的咖啡流到了玻璃桌的桌沿，開始滴到地毯上，發出滴答的聲音。

「她被強暴了嗎？她被傷得很重？」他問，這時平靜了下來，話聲融入了淚水。他靠著桌子，以T恤袖子掩面哭泣。

「我們不認為安卓莉雅被性侵，但是兇手對她的攻擊持久又殘忍。」愛芮卡輕聲說。

「天啊，」吉爾思說，深吸了一口氣，又揉擦眼睛。「我就是沒辦法想像——我就是沒辦法想像她受了什麼罪。」

愛芮卡先不打擾他，過了一會兒才往下說。「你能不能告訴我，吉爾思，安卓莉雅是不是有不止一支手機？」

吉爾思抬頭，一臉不解。「沒有，沒有，她有一支施華洛世奇手機。帳單是賽門爵士的秘書處理的。跟琳達和大衛一樣。」

愛芮卡看著摩斯和彼得森，他們站了起來。

「就先這樣吧，奧斯波恩先生，謝謝你。很抱歉必須問這些問題，但是你的回答對我們的調查很有幫助。」愛芮卡碰了碰他的衣袖。「不必送了。」她又說。

他們和蜜雪兒擦身而過，她進來會議室，拿了一大把的面紙，還很不以為然地瞪了他們一眼。

「你們覺得呢？」愛芮卡等站到馬路上之後就問。

「那我就直說了，因為我知道我們都是這麼想的。她怎麼會看上他？根本就是癩蛤蟆吃天鵝肉！」彼得森說。

「而且我覺得他壓根就不了解她。」摩斯說。

「也可能是她只讓他看見她要他看的地方。」彼得森說。

16

午餐之前，安卓莉雅的死訊正式披露，傳遍了各媒體。愛芮卡、摩斯、彼得森接近道格拉斯－布朗宅邸時，屋外的綠地上攝影師的人數大增，融化中的白雪被踩得稀巴爛。這一次他們不必在台階上等待，而是立刻就被引入一間大客廳，這裡有雙面景觀，可以看見前部的樹以及後部的大花園。兩張淡色大沙發和幾張扶手椅環繞著一張既長又矮的咖啡桌。開放式壁爐裝飾著白色大理石，角落立著一架小平台鋼琴，上頭擺滿了各式各樣的裱框照片。

「哈囉，三位警官。」賽門．道格拉斯－布朗說，從一張沙發上起身和他們握手。黛安娜．道格拉斯－布朗坐在他旁邊，沒有站起來。她雙眼紅腫，臉上沒有化妝。大衛和琳達坐在父母的對面。賽門、黛安娜、大衛仍是一身黑衣，但是琳達換了一件格子呢裙和寬鬆的白毛衣，前襟上繡著小貓在追逐毛線球。愛芮卡認出了這件毛衣就是臉書上的那張，安卓莉雅跟芭芭拉一塊穿的。

「謝謝你們的接見，」愛芮卡說，「開始之前，我想先向我昨天的行為道歉。我不是故意的，如果我冒犯了你們，我衷心道歉。」

賽門一臉意外。「喔，都過去了。也謝謝妳。」

「對，謝謝妳。」黛安娜也說，但是聲音沙啞。

「我們是想多了解一些安卓莉雅的生活，」愛芮卡說，坐在這家人對面的沙發上。彼得森和摩斯坐在她兩側。「可以請教幾個問題嗎？」

全家人都點頭。

愛芮卡看著大衛和琳達。「我知道安卓莉雅失蹤的那晚是應該要跟兩位見面的？」

「對，我們說好在漢默史密斯的歐迪恩電影院會合，要看電影。」琳達說。

「哪部電影？」

大衛聳聳肩，看著琳達。

「《地心引力》，」琳達說。「安卓莉雅一直說她有多想看。」

「她有說為什麼取消嗎？」

「她沒有取消，她就只是沒出現。」琳達說。

「好。我們有證人看見安卓莉雅去了南倫敦的一家酒吧。漿糊鍋。你們知道嗎？」

全家人都搖頭。

「聽起來不像是安卓莉雅會去的地方。」黛安娜說，聲音有些虛弱空洞。

「她會不會是去找人的？安卓莉雅在那裡有朋友嗎？」

「天啊，沒有。」黛安娜說。

「安卓莉雅確實是有一大堆朋友。」琳達說，頭一甩，把短瀏海從眼前甩開。

「琳達，這樣說不公平。」她母親虛弱地說。

「是真的啊。她老是在酒吧或是夜店認識什麼人——她是會員的店可多了。她會前一分鐘熟絡得不得了，下一分鐘就決裂。為了什麼小錯就驅逐人家了。」

「比方說呢？」愛芮卡問。

「比方說，模樣比她漂亮的，或是跟她想搭訕的男人說話的，或是太喜歡談自己——」

「琳達。」她父親警告地說。

「我是在實話實說啊！」

「不，妳是在抨擊妳的妹妹，而她不在了，不能跟妳爭辯，再不能了……」賽門的聲音變小。

「妳跟安卓莉雅一起去酒吧和夜店嗎？」摩斯問。

「才不。」琳達說，語氣尖銳。

「妳說『會員』，指的是什麼？」

「夜店的會員。我不確定會是妳去得起的那種夜店。」琳達說，上上下下打量摩斯。

「琳達。」賽門說。

琳達不自在地動了動，三層肉露了出來。「對不起，那樣說很沒禮貌。」她說，又甩了一次瀏海。愛芮卡不由得納悶那會不會是緊張的抽搐。

「沒事，」摩斯好脾氣地說，「這又不是正式的偵訊，我們只是想要多知道一些訊息，幫我們抓到殺害安卓莉雅的兇手。」

「我可以把安卓莉雅加入會員的夜店名單給你們。我會交代我的秘書，要她傳過去。」賽門說。

「琳達，妳在花店工作是吧？」彼得森問。

琳達上下端詳他，神情讚賞，彷彿是剛剛才看到他。「對。是我母親的生意，我是襄理。你有女朋友嗎？」

「嗯，沒有。」彼得森說。

「可惜，」琳達說，卻不怎麼令人信服。「我們情人節會進一些很棒的貨。」

「那你呢，大衛？」彼得森問。

大衛整個人陷在沙發裡，茫然瞪著前方，毛衣領子拉上來蓋住了下唇。「我在念碩士。」他說。

「在哪裡念？」

「倫敦這裡，倫敦大學學院。」

「你主修什麼？」

「建築史。」

「他一直想當建築師。」他母親驕傲地說，一手按著他的胳臂。他卻把胳臂移開了。一時間，黛安娜好像又要崩潰了。

「你最後一次看見安卓莉雅是在何時？」愛芮卡問。

「我們約好要出去的那天下午。」大衛說。

「你跟安卓莉雅常常去倫敦玩嗎？」

「沒有。她比較像卡戴珊❷喜歡耀眼的地方，而我比較喜歡肖爾迪奇。」

「你是說肖爾迪奇的酒吧和夜店？」彼得森問。大衛點頭。彼得森又問：「我住在肖爾迪奇。我在房價上揚之前貸款買了房子。」

琳達死盯著彼得森，活像他是一片奶油蛋糕，巴不得一口吞下肚。

大衛接著說：「對。等我拿到信託基金的那一天，我也要在肖爾迪奇買一棟自己的房子。」

「大衛。」他父親警告他。

「我沒說錯啊。他問了問題，我回答啊。」

房間裡的氣氛變了，幾乎難以察覺。賽門和黛安娜互望了一眼，接著一片沉默。

「那，琳達，妳是花藝師，而大衛在念書。那安卓莉雅在做什麼？」摩斯問。

「安卓莉雅訂婚了，準備要結婚啊。」琳達說，聲音帶著濃濃的譏誚。

「夠了！」賽門大吼。「我不准你們兩個這樣子說話，把氣氛搞得這麼糟。安卓莉雅死了，被殘忍地殺害了！你們卻在這裡對她大肆攻擊！」

「我又沒有，是琳達。」大衛說。

「喔對，每次都是我。每次都是琳達……」

他們的父親不理他們。「安卓莉雅是個美麗的女孩子，但不止如此，她走進哪個房間那個房間就會亮起來。她美麗，又脆弱，又……又……我們的生命中有一道光熄滅了。」

室內的氣氛變了。四個人似乎都在座位上挪動，靠近彼此，成為一家人。

「你們對安卓莉雅的朋友芭芭拉·卡爾多徐歐瓦有多少了解？」

「我認為她算得上是安卓莉雅最好的朋友了，」黛安娜說，「她甚至跟我們一塊去度假。她

❷ 卡戴珊（Kim Kardashian, 1980-）是美國電視名人，以善於經營各大社交媒體而名利雙收。

們有一陣子好親密，後來她就消失了。安卓莉雅說是芭芭拉搬家了。」

「妳知道她搬去哪裡嗎？」

「不知道。她沒留下聯絡地址，也不回安卓莉雅的信。」黛安娜說。

「妳會覺得奇怪嗎？」

「當然奇怪。不過，我認為她是來自一個破碎的家庭，她母親身體不好。不過當然了，有人就是有讓你不斷失望的毛病……」

「她們是吵架了嗎？」

「有可能，可是安卓莉雅——咳，這種事她是不會說謊的，她會告訴我們。安卓莉雅認為——以前認為——是芭芭拉變得嫉妒她了。」

「安卓莉雅的通聯紀錄只能追溯到二〇一四年六月。」愛芮卡說。

「對，她的另一支手機弄丟了，那支手機她從十三、四歲就有了。」賽門說。

「而你幫她買了新的？」

「對。」

「你有舊手機的號碼嗎？」

「你們為什麼會需要？」

「只是例行公事。」

「是嗎？我倒覺得八個月的通聯紀錄就足夠了……」他們看得出賽門越來越不自在了。

「安卓莉雅有另一支手機嗎？」

「沒有。」

「有沒有可能她有另一支手機而你們不知道？」

「唔，不會。家裡管理她的信託基金，她主要是使用信用卡。如果她買了手機，我們會知道，可是她何必買呢？」

「要是我們能夠知道她的舊手機號碼，會很有幫助。」

賽門看著愛芮卡。「對，好，我會交代我的秘書，她可以去找。」

愛芮卡想再發問，卻被黛安娜搶先一步。

「我不知道安卓莉雅為什麼會大老遠跑到對岸去！然後又被綁架殺害。我的寶貝……我的寶貝。她死了！」黛安娜變得歇斯底里，大口吞氣又乾嘔。賽門和大衛開始安慰她，但是琳達又神經質地甩了一下瀏海，挑著毛衣上的一根絨線。

「三位警官，拜託，不要再問了。」賽門說。

愛芮卡發現很難壓抑她的惱怒。「可以看一下安卓莉雅的房間嗎？」

「嗄？現在？你們的人已經來看過了。」

「拜託。對我們有幫助。」愛芮卡說。

「我帶他們去，爹地，」琳達說，「三位警官，跟我來。」

他們跟著琳達出去，經過黛安娜面前，她仍在歇斯底里。大衛朝琳達點了個頭，虛弱地一笑，又回頭去安慰母親。走出門時，他們經過了那架鋼琴，上頭散放著道格拉斯－布朗夫婦及三個孩子的相片——全都笑容可掬，全都幸福快樂。

17

安卓莉雅的臥室很大，而且也像屋子的其他部分，裝飾華麗。一面牆上有三扇框格窗，正對著佈滿媒體的綠地。琳達大步走在前方，靠近窗簾。底下的攝影師立刻行動，閃光燈亮個不停。琳達用力合上了窗簾。

「那些畜牲。我們什麼也不能做，我們被困在這裡。大衛一直在哀嘆他連到台階上抽根菸都不行。爹地說觀感不好。」

窗簾很厚，房間一片昏暗。琳達打開了燈。中間的窗子最大，底下有一張晶亮的大書桌，桌上秩序井然，化妝品的數量多得嚇人：一大瓶刷子和眼線筆，一排各種顏色的指甲油，一摞粉盒，一盒盒唇膏立正站好。鏡子的一角掛著幾十條掛帶和音樂會的入場券：瑪丹娜、凱蒂．佩芮、女神卡卡、蕾哈娜、羅比．威廉斯。

右邊的整面牆都是衣櫃。愛芮卡拉開了鏡子門，香奈兒的Chance系列香水撲鼻而來。衣櫃裡淨是昂貴的名牌服裝，主要是短褲和禮服。底下則堆滿了鞋盒。

「安卓莉雅有零用錢啊？」愛芮卡問，翻揀著衣物。

「她滿二十一歲以後就能拿到信託基金了，跟我一樣。不過大衛還得等，所以就造成了……問題。」琳達說。

「問題，什麼意思？」

「這個家族的男性必須等到二十五歲生日。」

「為什麼？」

「大衛就跟別的二十一歲男生一樣，想要把錢花在女孩子、汽車和喝酒上。不過呢，他比安卓莉雅要體貼多了，即使他的錢比較少。他還是會送我比較好的生日禮物。」琳達又甩了瀏海，雙臂在胸脯上交抱。

「那妳都把錢花在哪裡？」愛芮卡問。

「這個問題很沒禮貌，我也不必回答。」琳達辛辣地說。

衣櫃的一側是一張整齊的四柱大床，鋪著藍白雙色毯子，枕頭上排列著一些絨毛玩具。床的上方有一張「一世代」樂團的海報。

「她其實不再喜歡他們了，」琳達說，順著他們的視線看過去。「她說他們只是小男生，她喜歡的是男人。」

「可是她訂婚了吧？」愛芮卡追問。琳達酸溜溜地笑了一聲。「什麼事這麼好笑，琳達？」

「妳見過吉爾思嗎？他們為了鵝肝硬把飼料往鵝的嘴巴裡填的時候，他一定都是站在第一排看……」

「妳覺得安卓莉雅為什麼會選中吉爾思？」

「得了，警官，這還用問嗎？為了錢啊。他就要繼承威爾特郡的一大片土地和巴貝多的一棟房子了。他的父母親錢多得都數不完，而且已經奄奄一息了。他們很晚才生他，他的母親以為她都停經了呢。」

「安卓莉雅背著吉爾思偷吃嗎？」摩斯問。

「安卓莉雅總是會吸引男人，他們一見到她就會流口水，可憐兮兮的。而她也非常樂在其中。」

「安卓莉雅劈腿嗎？」摩斯追問。

「我不知道她一半的時間都在做什麼，我們的感情不好。可是我愛她，她死了我很難過……」這還是第一次琳達一副快哭出來的樣子。

「那妳呢，琳達？」摩斯問。

「我怎樣？妳是在問我會不會讓男生流口水嗎？妳覺得呢？」琳達不客氣地說，打斷了她的話。

「我是要問妳有沒有男朋友。」摩斯解釋。

「關妳什麼事。妳有男朋友嗎？」

「沒有，我結婚了。」摩斯雲淡風輕地說。愛芮卡盡量不要一臉驚訝。

「沒有，我沒有男朋友。」琳達說。

「這些窗子可以完全打開嗎？」彼得森問，挪向中間的框格窗，彎腰從合攏的窗帘後偷看。

「有防自殺鎖嗎？」

「沒有，可以全部打開。」琳達說，一面欣賞著彼得森的臀部。愛芮卡也走過去，看見了有道防火梯直通地面。

「安卓莉雅有沒有從窗戶爬出去找朋友，在她被禁足的時候？」愛芮卡問。

「我父親母親從來沒有那個時間也沒那個意願禁足我們。我們想出去都會走大門。」琳達說。

「所以你們來去自如？」

「當然。」

愛芮卡跪下來查看床底下。光亮的地板上有一小團一小團的灰塵，但是有一塊地方比別的地方要乾淨一點。她將注意力挪到五斗櫃上，走過去要拉開最上面的抽屜，手停在握把上。「妳介意到外面去等嗎，琳達？」她問。

「為什麼？你們不是來這裡聊天的嗎？」

「琳達，妳有安卓莉雅的相片可以給我看的嗎？」彼得森說，走過來，輕碰琳達的胳臂，弄得她白色的圓臉倏地飛紅。

「嗯，有，我好像有。」她說，含笑看著彼得森。兩人離開了，愛芮卡關上了門。

「老好人彼得森，真肯為團隊犧牲。」摩斯開玩笑說，隨即說：「找到了什麼？」

愛芮卡再回到床鋪前。「在還是失蹤人口案時鑑識人員來過嗎？」

「沒有，史巴克斯來過，到處看了看。我想賽門或是黛安娜陪著他，所以看得並不仔細。」

「床底下有東西滿可疑的。」愛芮卡說。

兩人跪下來，從外套中掏出乳膠手套戴上。愛芮卡趴下來，爬進床底下，摩斯打開手電筒幫她照明。愛芮卡檢查一片比其他地方乾淨的地板，摸著邊緣，然後掏出車鑰匙，插進地板之間，用力撬。不過地板長而床鋪矮，撬不起來。愛芮卡把地板按回去，爬出來。兩人抬住床尾，費了很大的力氣才把它抬開幾呎。

「要命，這可不是宜家（IKEA）的玩意。」摩斯扮鬼臉。愛芮卡繞過去，把地板撬了起來。底下有個洞，擺著一個手機盒。愛芮卡輕輕拿起來，打開蓋子。模壓成形的包裝材仍在裡面，卻沒有手機。不過，倒是有一袋白色小藥丸和一小坨用保鮮膜包起來的黑色東西，像是大麻脂；一大包捲菸紙和一盒天鵝維斯塔斯濾嘴。此外也有一本iPhone 5S的使用手冊以及一套免手持配件仍包在小塑膠袋裡。愛芮卡把包裝材拿出來，底下藏著一張收據，紙張發亮，邊緣有黏黏的黃色物質，弄糊了墨跡。反面是一片白，卻有幼稚的筆跡以藍墨水寫著「妳的我的寶貝 χ」。

「是手機的儲值券。」愛芮卡說，翻過來看。

「可是只有一半的交易碼，」摩斯說，「那個噁心的玩意是什麼？」

愛芮卡拿到鼻端。「乾掉的蛋黃。」

「那堆玩意呢？」摩斯問，回頭看著手機盒。

「不知道。可惜，沒什麼特別的。六顆就能飄飄欲仙，一兩盎司的大麻脂吧？是個人使用的，」愛芮卡說，「我們把它裝起來，叫鑑識人員來檢查房間的其他地方。」

她們下樓時，賽門和大衛正送醫生到門口。

「沒事吧？」愛芮卡問。賽門謝了醫生，打開門。醫生在雨點似的鎂光燈中急步走完小徑，緊抓著皮包，急著想離開火線。彼得森和琳達也在賽門關上門時下樓來了。

「不，沒有一個地方對勁。我太太正承受嚴重的創傷。我想我要請你們離開了，拜託。」

「我們在安卓莉雅的床底下找到了這個。」愛芮卡說，舉高了裝著手機盒以及藥丸的證物袋。

「什麼？不、不、不、不、不，」他厲聲說，「我的孩子不嗑藥！我怎麼知道不是你們栽贓？」

「爵士，我們對藥丸沒有興趣。我們有興趣的是安卓莉雅有另一支手機。在這個盒子裡有一張手機的儲值券，是四個月之前的。你知道有這支手機嗎？」

「不知道。讓我看……」賽門爵士把收著收據的塑膠袋拿過去細看。大衛和琳達好奇地盯著看。

「這是誰的字跡？」

「不知道。會是吉爾思寫的嗎？」

「他念的是高登斯敦❸，他不會把「你的」（your）和「你是」（you're）拼錯。你們怎麼知道這是安卓莉雅的？盒子可能是舊的。」

「你的秘書可曾幫安卓莉雅購買第二支手機？」

「沒有！她不會不告訴我，」賽門說，「你們兩個知道嗎？安卓莉雅在嗑藥？」他問，轉向琳達和大衛。

「我們什麼也不知道，爹地。」琳達說，甩動頭髮。大衛也跟著搖頭。

「好吧，謝謝你，爵士。如果你又發現了什麼，請通知我們。在此同時，我已經請鑑識小組

❸ 高登斯敦是一所位於蘇格蘭北部的中學，菲利普親王及兩位王子都曾就讀於該校。

來查看安卓莉雅的房間。」

「什麼？妳是在請求我的許可？」

「我是在知會你為了調查這件案子，找出是誰殺害了安卓莉雅，我需要一支鑑識小組來檢查安卓莉雅的房間，爵士。」愛芮卡說。

「你們這些人都是為所欲為是不是？」賽門厲聲說，走進書房，摜上了門。

他們走到愛芮卡停在奇西克大街的汽車，她的手機響了。

「我是史巴克斯總督察，我在漿糊鍋。是妳安排要讓那個證人，克莉絲汀娜，做拼湊人像的事。」

「對，你找到她了嗎？」愛芮卡問，希望在胸中湧現。「沒有，根據店主的說法，沒有叫克莉絲汀娜的人在這兒工作。」

「你是在哪裡找到店主的？」

「他住在兩棟房子之外的公寓裡。」

「那跟我說話的女人是誰？」

「我問了員工。有個女孩符合她的樣貌，叫克莉絲汀娜，偶爾會來替需要請假的員工代班，都領現金。其中一個有她的地址，我們去過了。在車站附近，是一間坐臥兩用房，可是沒找到人。」

「那誰是房東？」愛芮卡問。

「房東住在西班牙，而據他和代理人所知，房間空了三個月了。所以這個克莉絲汀娜不是侵估房屋就是報假地址。」

「靠。叫鑑識人員去那裡，採取指紋。到目前為止，只有她一個人看到安卓莉雅跟這對神秘的男女在一起。」

18

他們在五點剛過回到路易申街警局，返回事件室後只見小組成員都是一副疲態，但是一聞到咖啡香就都期待地昂起了頭。

「拿一杯，還有甜甜圈。」愛芮卡說。他們回警局的路上先去了趟星巴克。大家伸個懶腰，推開椅子。柯廉放下了監視器畫面，也走了過來。

「妳太棒了，老大。像樣的咖啡！」他說，揉揉眼睛。

「我是希望你從倫敦路的監視畫面能找到什麼好消息呢？」愛芮卡充滿希望地說，遞出一袋甜甜圈。

「我們交叉比對了公車時刻表和路線，也去跟倫敦交通局調監視畫面，查看在安卓莉雅失蹤的那晚所有途經倫敦路，經過博物館和火車站的公車。另外，現在一大堆黑色計程車都有監視器，所以我們也在追蹤那些——可是我們最快也要到明天才拿得到公車的監視畫面。」柯廉的手在那袋甜甜圈上猶豫。

「拿啊，」愛芮卡說，他就把手探了進去。「催緊一點，時間不等人。我猜你們也聽說了那個酒保，克莉絲汀娜失蹤了吧？」

小組點頭，咀嚼著甜甜圈，啜飲著咖啡。

「安卓莉雅的手機和筆電呢？發現什麼有趣的東西了嗎？」愛芮卡問。

「沒有。嗯，我們找到了我們已經在她的舊臉書上看到的大多數相片，還有一大堆的『糖果傳奇』，她好像對這個遊戲上癮。她的筆電好像是專門用來打遊戲和用 iTunes 的。犯罪現場找到的手機差不多是空的。沒有照片和錄影，也幾乎沒有簡訊。」

馬許總警司把頭探進事件室的門來。「佛斯特總督察，可以說句話嗎？」

「是，長官。摩斯、彼得森——你們能向大家說明我們在安卓莉雅床底下找到的東西嗎？」愛芮卡問。她把最後一點甜甜圈塞進嘴裡，離開了事件室，跟著馬許到他的辦公室去，立刻就報告了床底下找到的手機盒與收據，以及漿糊鍋失蹤的酒保。

說完之後，馬許看著窗外的黑暗。「別把妳的組員操壞了，好嗎，佛斯特？」

馬許似乎放鬆了一些。愛芮卡猜是因為報紙的頭條，焦點從警方的進展轉移到了安卓莉雅的不幸死亡上。至少今天的焦點是一條美麗年輕的生命就這麼被奪走了。

「媒體室在引導媒體走向上面做得很好。」馬許說，彷彿是在依循愛芮卡的思路。

「你是這樣定義這些天的嗎？引導媒體走向？」愛芮卡苦笑著問。

「嘿，裡面還提到妳呢，」他說，讀了起來。「『本案由愛芮卡．佛斯特偵緝總督察負責，她是一名經驗豐富的警官，曾讓犯下多重殺人案的巴瑞．派頓落網。她同時也在曼徹斯特穆斯林社區的榮譽殺人案中，因為高定罪率而獲表揚……』而且他們用的照片很棒，是我們在派頓審判庭上的其中一張。」

「你何不好人當到底，把我的地址也給他們算了？」愛芮卡不客氣地說。「我有幾個月沒收到巴瑞．派頓的信了。不過，他倒確實是寄給我一封信恭喜我害自己的老公被殺。」

一陣沉默。

「對不起，」馬許說，「我以為妳會高興，都怪我沒用大腦。對不起，愛芮卡。」

「沒關係，長官。今天很辛苦。」

「人資部一直在煩我，說妳還沒提供他們住址。」馬許說，改變了話題。

「原來你現在是在幫人力資源部跑腿了？」

「妳也得去看醫生，妳昨天接觸到體液。」馬許再說，指著愛芮卡手背上變髒的繃帶。她這才頭一次回想起艾薇的話，說小男孩是HIV陽性。她震驚的是她居然沒放在心上。

「我沒時間，長官。」

「什麼沒時間？看醫生？還是找地方住？」

「我會去看醫生。」愛芮卡說。

「那妳住在哪兒？」馬許問，「我們需要知道可以聯絡上妳的地方。」

「你有我的手機……」

「愛芮卡。妳現在住在哪裡？」

彆扭的停頓。

「我沒有住處，還沒有。」

「那妳昨天晚上在忙什麼？」

「我工作了一整晚。」

「妳是在領導一件重大的命案調查。妳得調適自己的步伐。今天是第二天。妳要是這樣子下去，到第七天會變成什麼德性？」

「不會有第七天，只要是由我來調查。」愛芮卡不服氣地說。馬許給了她一張卡片。「這是一家免預約的診所。另外，瑪西繼承了一間她父母的公寓，房客剛搬走。距離車站很近，可以幫妳省掉租屋的那套繁文縟節。有興趣的話，晚一點到我家來，拿鑰匙。」

「好的，謝謝你，長官。但是首先我這裡還有工作未了。」

「可以的話，九點以前來。我這個星期要盡量早睡早起。」

愛芮卡回到事件室時，辛警員攔住她，得意地舉著一張紙。

「賽門．道格拉斯－布朗的秘書剛傳真過來安卓莉雅的舊手機上的聯絡人，就是她六月弄丟的那一支。我們已經去調通聯紀錄了，應該明天一早就送到。」

「我覺得這個消息值得再來一個甜甜圈。」愛芮卡說，搖晃著袋子，分送給大家。

「還有妳在安卓莉雅床底下找到的那張收據？是倫敦橋附近的一家省很大（Costcutter）超市的，」柯廉說，「上面有日期和時間的戳記。我才剛跟經理通過話，他會回去找監視畫面。他只保留四個月，所以可能希望不大，不過讓我們保持希望吧。」

「太好了。」愛芮卡說。柯廉咧嘴一笑，從袋中抓了一個甜甜圈。

「不用幫史巴克斯總督察留一個嗎？」摩斯說。

「有需要嗎，我覺得他已經很甜了呢。」愛芮卡說，壞壞地一笑，逗得同事哈哈大笑。她現在覺得在事件室中很自在——這種氣氛，這種同袍之情——但是她也知覺到她的小組工作得太久了，所以她叫他們下班。

「晚安，老大。」大家抓起外套皮包開心地說。事件室緩緩變空，最後只剩下愛芮卡一個人。她拿起桌上電話，撥了馬許給她的號碼。答錄機的聲音說診所暫時關閉，隔晨七點才會營業。

愛芮卡放下電話，拉扯著手背上的髒繃帶，痛得縮了縮。敷料底下的皮膚癒合得很快，只有一丁點的瘀血，淡淡的弧狀痂就是那個小男孩咬她的地方。

愛芮卡把繃帶丟進垃圾桶，回到事件室後部的白板前。稍早感受到的興奮已涓滴不剩，她覺得虛脫，後腦勺漸漸有了頭痛的嗡嗡前兆。她瞪著證物：地圖和照片；安卓莉雅鮮活的駕照相片；死亡的安卓莉雅，瞪大眼睛，頭髮打結，一邊臉頰上的頭髮纏著樹葉。通常愛芮卡能夠及早就對一件案子有所掌握，可是這一件卻似乎是開口越來越大，互相矛盾的事實就如腫瘤的細胞一般繁殖分裂。

她需要睡眠，而為了要睡覺，她這才明白，她需要找到床。

19

愛芮卡離開警局時空著肚子，所以她停在新十字的一家義大利餐廳，吃掉了一大盤培根蛋義大利麵，外加一大塊提拉米蘇，連自己也意外。她轉入馬許住的那條街時，剛過九點。這裡是南倫敦的一隅，花木扶疏，環境優渥。

愛芮卡停下車，找到了馬許家的大門，十一號。她看見屋子一片漆黑，心裡滿高興的。她是寧願去住幾天旅館，順便找公寓，而不是讓馬許可憐她。一樓一扇大寬角窗的窗帘是打開的，她能從那個雙景觀窗房間直接看到希利原公園以及後方的倫敦天際線的燈光。

她正要向後轉回到車上，屋前的雕花排水管裡就有水沖下來。樓上一扇小窗亮了，愛芮卡發現自己瞇著眼睛，沐浴在一片方形的燈光下。馬許從窗子俯瞰，發現了她，笨拙地揮手。她也揮手，站在門外等。

馬許開門時穿著一件格子呢印花睡褲，一件褪色的荷馬・辛普森❹T恤，正拿著粉紅色的芭比娃娃毛巾擦手。

「抱歉，長官，我過來得有點晚。」愛芮卡說。

「沒關係。正好是洗澡時間。」

❹荷馬・辛普森（Homer Simpson）是美國電視動畫《辛普森家族》中一家五口的父親。

「我喜歡你的毛巾。」愛芮卡說。

「不是我的洗澡時間，是……」

「我是在開玩笑，長官。」

「喔，對。」他露齒一笑。好巧不巧，傳來一聲尖叫，兩個嘻嘻哈哈的小女娃跑進了門廳。都留著暗色長髮，一個只穿了一件粉紅色毛衣、運動鞋和襪子；另一個穿著一樣的服裝，只是小牛仔褲落在腳踝上。她搖晃向前，失去平衡，重重摔倒在木地板上。有一會兒，她抬頭看著馬許，褐色大眼想弄清楚是否應該要哭。一名三十四、五的褐髮女子跟在後面跑出來，穿著粉藍色緊身褲和白上衣，烘托出她豐滿的胸脯和沙漏型的身材。她的衣袖捲起，沐浴乳的泡沫沾在露出來的胳臂上。她很美，跟雙胞胎女兒長得很像。

「唉呀，」她說，雙手扠在纖腰上，絲毫不大驚小怪。「妳摔跤了嗎？」

小女孩決定事態嚴重，五官一皺就哭了起來。

「哈囉，愛芮卡。歡迎到瘋人院來。」女人說。

「嗨，瑪西……妳的氣色真好。」愛芮卡說。

馬許抱起了哭泣的小女孩，吻了她哭得發紫、佈滿淚光的臉，瑪西抱起另一個，架在臀上，她正瞪著愛芮卡。

「真的？妳真會說話。我的養生之道就是追在雙胞胎的後面跑。」瑪西吹開潔白無瑕的皮膚上的一綹頭髮。「如果妳要進來，我們可以關門嗎？暖氣都跑掉了。」

「對不起。」愛芮卡說，進入門廳，關上了門。

「這是蘇菲。」馬許說，抱著哭泣的女孩。

「而這是米雅。」瑪西說。

「哈囉，」愛芮卡說。兩個女孩都瞪著眼睛。「唉呀，妳們兩個真漂亮。」

愛芮卡一直都不太懂得怎麼和兒童說話。強暴犯和殺人兇手她都能處理，但是兒童就讓她有點卻步。

蘇菲不哭了，跟米雅一塊瞪著愛芮卡。

「抱歉，我來得真不是時候。」愛芮卡說。

「沒關係。」馬許說。

瑪西接過蘇菲，把她架在另一邊臀上。「好了，跟愛芮卡說拜拜。」

「拜拜。」兩人小小聲說。

「拜拜！」愛芮卡說。

「看見妳真好，愛芮卡。」瑪西又說，隨即搖曳生姿地離開。愛芮卡和馬許都注視著她嬌俏的背影一會兒。

「要不要喝杯酒？」他回過神之後問。

「不用了，我只是來接受你的提議的，公寓……」

「對，這邊來。不過請脫鞋。」

馬許移向走廊盡頭的一扇門，愛芮卡則忙著鬆開鞋帶，隨即跟上去。木地板冷冷的，她覺得只穿著襪子分外的脆弱。穿過門就是一間鄉村風的廚房，有長木桌和椅子。角落是一台紅色「雅家」保溫爐，門邊有台大冰箱，門上用磁鐵貼滿了抽象畫，隨意揮灑各種色彩。木櫃上方的牆也一樣貼滿了畫。

「是瑪西畫的，」馬許說，隨著愛芮卡的視線看過去。「她非常有才華，就是不再有時間作畫了。」

「冰箱上的也是她畫的？」愛芮卡問，但是一出口就後悔了。

「不是，那些是雙胞胎畫的。」馬許說。

一陣彆扭的沉默。

「吶，東西都在這兒，」馬許說，拿起流理台上的一個大信封，交給了她。「公寓不算很遠——在布拉克利的苔桃路，距火車站很近。裡面有份合約，是月租契約，所以我們可以決定持續多久。過兩天再給我支票就行了。」

愛芮卡打開信封，掏出一串鑰匙，很高興不欠馬許的人情。

「謝謝你，長官。」

「時間很晚了。」馬許說。

「對，我應該走了，趕快安頓下來。」愛芮卡說。

「喔，還有一件事。賽門爵士跟珂琳聯絡了，我們局裡的媒體聯絡官。他想要公開呼籲，趁著安卓莉雅的相片還佔著頭版，民眾記憶猶新的時候。」

「當然，這是個好主意。」

「好。明天下午我們會整合出什麼東西來，才能趕上晚間新聞和報紙。」

「很好，長官。我希望明天會有更多的消息供我們使用。」

大門關上之後，愛芮卡走向汽車，離開馬許溫馨的生活。她低頭咬唇，決心不哭。那種生活，有親密的先生和孩子，曾在她的掌握之中。她甚至還延遲過幾次，讓馬克很沮喪。而現在卻是一去不回了。

20

愛芮卡駛入苔桃路，整條街寧靜無聲。她經過了布拉克利火車站，月台燈火通明，空無一人，一列火車從天橋下駛來，繼續往中倫敦前進。愛芮卡向前開，經過了一長排透天厝，找到了尾端的公寓，就在轉角，馬路在此九十度右轉。公寓外有一處空的停車格，但是她的得意維時極短，因為她看見了是住戶專用的。她會需要許可。去他的，她心裡想，照停不誤。

共用的大門推開來就掃過堆積在門後的一堆垃圾郵件，門廳的燈有定時裝置，低聲嗡鳴。她爬上窄梯，行李箱一路碰撞。

公寓是在頂樓，她上了平台就發現她有鄰居——對面還有一道門。

公寓裡感覺暖氣有好一陣子沒開了，也好像沒有電。她開始漫長又寒冷的搜尋，使用手機的光線照明，終於找到了電力箱，原來是塞在走廊一個櫥櫃的後面。電燈應聲而亮。

沿著走廊的第一道門是浴室，小小的，雪白乾淨，只有淋浴間。隔壁是一間小臥室，松木雙人床，一個搖晃不穩的宜家衣櫃。床的上方是另一幅抽象畫。愛芮卡點燃了香菸，注視著畫布的底部，小小的簽名：**瑪西．聖克萊爾**。她叼著菸，把牆上的畫摘下來，塞進走廊櫥櫃裡的幾個塑膠桶後面。

走廊盡頭是客廳兼廚房，也很小，卻摩登，以中性的宜家家具裝點。缺乏個人特色，目前卻最為理想。愛芮卡打開了櫥櫃，尋找菸灰缸。一個也沒有，她就抓了只茶杯。

廣角窗前有咖啡桌和藍色小沙發，愛芮卡一屁股坐下，看著對面的小電視機，螢幕沾滿了灰塵。插頭沒插上，導線和天線都掉在電視架旁邊的地上。

愛芮卡轉向窗子，瞪著黑暗，貧瘠的房間以及她的倒影回瞪著她。等她抽完了菸，她就把菸蒂在茶杯裡擰熄，又點了一根。

21

距離愛芮卡公寓的幾間房子之外，就在馬路急轉彎之處，有條人影蹲伏在一條巷子的盡頭，從頭到腳都是黑的，融入了闇夜之中。這條人影盯著窗後的愛芮卡，看著她又點了一根菸，吐出白煙，白煙在她頭頂上的光禿燈泡上盤旋。

我還以為她會比較難找，人影沉吟道，結果她就在這兒，佛斯特偵緝總督察，亮著燈，把自己展示在窗前，活像是紅燈區的妓女。

報紙使用的照片是愛芮卡比較圓潤、比較年輕的模樣；而此刻窗後的她卻憔悴枯槁、元氣耗盡……幾乎像個男孩子。

愛芮卡瞪著人影的方向，頭歪向一邊，香菸的光點距離她的臉龐僅有幾吋。

她看得見我嗎？人影稍微退入暗處一些。她就像我在監視她一樣監視我嗎？不，不可能。這個臭女人沒那麼厲害。她是從光亮的屋裡看著自己的倒影，一定對她看見的東西感覺他媽的沮喪。

佛斯特偵緝總督察被指派來調查安卓莉雅一案十分引人矚目。用谷歌搜尋就能發現佛斯特服務於曼徹斯特警務處時曾被捧為明日之星，年僅三十九就升上了偵緝總督察，因為她逮捕了巴瑞．派頓，殺害了六名年輕女性的年輕夜店圍事。

可是巴瑞．派頓想要被抓到。她是抓不到我的。她的前途早完了，早毀了。她帶領五個警察衝進了鬼門關，連她的白痴老公都在內。他們讓她來調查這件案子是因為他們知道她會失敗，他們要找個替死鬼。

氣溫驟降，今晚又會寒冷刺骨。但是靠得這麼近，監視著佛斯特偵緝總督察，實在是刺激。馬路路頭有輛汽車經過，人影退縮進巷子裡，等著車燈經過。一隻黑貓咕嚕一聲鬼鬼祟祟走在牆頭，發覺了有人，僵住不動。

「我們差不多是雙胞胎呢，」人影低聲說，舉起一隻戴手套的手，輕輕靠近。黑貓讓他撫摸。「乖貓咪……乖。」

黑貓和這人的視線交錯，隨即悄然無聲躍下牆頭，消失在另一端。人影注視著戴著皮手套的雙手，翻過來，伸展手指。

我受安卓莉雅的氣太久了，可我從沒想過我會那樣做。實現了勒死她的幻想，把生命從她的身體裡擠出來……

日子一天天過去，這個人變得更加自信，幾乎是趾高氣揚，不認為安卓莉雅的屍體會被發現，覺得她會永遠冰封在水下。冬天會過去，春天氣溫漸漸和暖，她也會隨之腐化——腐化到她的美麗面具不見，而比較像是真正的她。

可是才四天，她就被發現了。完整無損……

一聲關門聲。人影抬頭看，發現佛斯特偵緝總督察的窗戶燈光暗了，她離開了公寓，正走在人行道上要去開車。

人影微笑，矮身躲避，快速撤退，融入了黑暗巷子的陰影之中。

22

愛芮卡喜歡開車。哪一種車倒無所謂——不必非得是外國車不可。但是必須安全溫暖。她行駛在南倫敦空蕩的街道上，汽車感覺像個繭包裹住她，比那間公寓更像是家。

經過布拉克利墓園時，她微微別開臉，墓碑在街燈下閃爍著幽光。車子向右偏，她才明白她需要減速。積雪在白天稍微融化了些，但是晚上氣溫又下降，使得馬路變得危險。

她把手機調成免持模式，撥到警局。沃夫巡佐接了，她問他能否給她一張這地區最惡名昭彰的夜店名單。

「我能問是為什麼嗎？」他說，聲音小小的。

「我想喝一杯。」

一陣停頓。「好吧，有美人魚、手中鳥、雄鹿、皇冠——皇冠不是，那是威瑟斯本的，是另一家皇冠，在剛特路路口，快被釀酒廠列入黑名單了。當然了，還有漿糊鍋。」

「謝了。」

「佛斯特總督察，讓我知道妳在哪裡。要是妳需要後援——」

愛芮卡掛斷了。

接下來三個小時她就消磨在她的漫長職涯中所見過最雜亂的酒吧裡，但是讓她困擾的倒不是那種破敗、灰塵，或是喝醉的人，而是出現在酒吧中的人臉上的絕望。他們沉坐在角落裡，或是把僅有的零錢投入吃角子老虎，散發的是那種毫無希望的氛圍。

更令人不安的是，這些酒吧就在富饒郊區的幾哩之處。叫「美人魚」的酒吧隔壁就是一家創意印度餐廳，還主打最近榮獲米其林一顆星評價。明亮的內部從戶外就清晰可見，坐滿了衣冠楚楚的開心客人。而「手中鳥」，愛芮卡在這裡給了一個帶著嬰兒乞討的年輕女孩二十鎊，但隔壁就是一家時尚的葡萄酒吧，顧客都是光鮮亮麗的女人和她們富有的先生。

只有她一個人注意到嗎？

午夜時愛芮卡來到了剛特路的「皇冠」。這是一家外觀老派的酒吧，正面是紅色的，掛著銅燈。酒吧快超過法定營業時間了，但是愛芮卡塞給門口的小夥子一張二十鎊鈔票。

酒吧內擠滿了人，氣氛粗放。窗上都是蒸汽，空氣中瀰漫著啤酒、汗水和廉價香水的味道。每個人似乎都像是艱苦謀生的人，卻盡力換上了最好的衣服。愛芮卡正在懷疑這群人是怎麼回事，就看見了她在找的人。

艾薇坐在後面的一張小吧檯凳上，就在一台閃著光的吃角子老虎旁。她身邊坐了一個龐大的年輕女人，金色長髮有著黑色髮根，嘴唇穿環。愛芮卡緩緩過去，從醉態可掬的人群中側身而過。她走到艾薇前面時，能看見她的瞳孔放大，兩隻眼睛現在有如黝黑陰森的兩潭水。

「妳他媽的跑來幹啥？」艾薇說，極力想聚焦。

「我只想談一談。」愛芮卡高聲喊，壓過噪音。

「這是我買的。」艾薇大喊，晃動一根手指。愛芮卡看到高腳凳四周有幾個購物袋。

「不是這件事。」愛芮卡說。

艾薇身邊的女人一臉威脅。「沒事吧，艾薇！」她說，身體前傾，死盯著愛芮卡。

「沒，」艾薇說，「她要請我們喝酒。」

愛芮卡給了女人一張二十鎊鈔票，心裡明白這個晚上她花了不少錢。女人從小凳子上起身，消失在人群中。

「孩子呢？」愛芮卡問。

「誰？」

「妳的孫子？」

「樓上。睡覺。幹嘛，妳想打他們？」

「艾薇……」

「哼，排隊等著吧，親愛的。他們今天可把我惹火了。」

「艾薇。我需要跟妳談一談漿糊鍋。」愛芮卡說，坐上了空出來仍溫熱的凳子。

「嗄？」艾薇說，努力對焦。

「妳記得嗎？我們談過的那家酒吧。漿糊鍋，倫敦路的。」

「我不去那裡。」艾薇口齒不清地說。

「我知道妳不去那裡。為什麼妳不去？」

「因為……」

「拜託，別打馬虎眼。為什麼不去，艾薇？」

「去妳的！」

愛芮卡又揚起一張二十鎊鈔票。艾薇盡力對焦，接著一把攫住，塞進了劣質牛仔褲的褲腰裡。

「好吧，妳要談什麼？」

「漿糊鍋。」

「那裡有壞東西。壞男人……壞……」艾薇說，一面搖頭。

「那裡有壞男人？」

「對……」艾薇的眼珠子滴溜溜亂轉，好像看見了什麼——不在這間酒吧裡的東西。她的頭猛地一歪。

「艾薇。那個壞男人。他叫什麼名字？」

「他很壞，我跟妳說，親愛的……」

「妳聽說過那個死掉的女孩，安卓莉雅嗎？」愛芮卡掏出手機，找出安卓莉雅的相片。「這就是她，艾薇。她叫安卓莉雅。她很美，一頭褐髮。妳覺得安卓莉雅認識這個壞男人嗎？」

艾薇設法注視了照片一會兒。「對，她很美。」

「妳見過她？」

「幾次。」

「妳見過這個女孩幾次，在漿糊鍋裡？」愛芮卡問，把手機舉在艾薇臉前。

「我以前也是大美人……」艾薇的眼珠亂轉，身體漸漸往高腳凳下滑。

「幫幫忙，艾薇，清醒一點，」愛芮卡說，抓住她把她扶正。「拜託再看一次照片。」

艾薇瞪著看。「壞男人總是最可怕的，可也是最好的。妳讓他們想幹什麼就幹什麼，即使會很痛，即使妳不想要……」

愛芮卡看著吧檯，看見了那個嘴唇穿環的龐大女人並沒有在買飲品，而是在跟一群男人說話，而他們一直看著愛芮卡和艾薇。

「艾薇，這件事很重要。妳說的是安卓莉雅嗎？她跟這個壞男人在漿糊鍋見面？他有深色頭髮。拜託。我需要線索，名字……」

艾薇流口水，吹出泡泡，泡泡破掉。她的舌頭在口腔裡轉動，愛芮卡看見了她的一口爛牙。

「我看見了她，跟他和一個金髮賤貨。笨女孩，她們兩個都跟他陷得太深了。」艾薇說。

「什麼？艾薇？一個黑髮男人跟一個金髮女人？」

「這是正式的查訪嗎？」有個人說。愛芮卡一抬頭就看見一條熊一樣的大漢，紅金色頭髮一束一束的。

「我沒請她來，」艾薇說，緊接著又說：「她是他媽的條子。」

「不是，不是正式查訪。」愛芮卡說。

「那我得請妳離開。」大漢說，聲音脅迫卻冷靜。

「艾薇，要是妳想起什麼來，或是看見了什麼，這是我的電話。」愛芮卡從皮夾克裡掏出紙筆來，草草寫下了手機號碼，把紙塞進艾薇的牛仔褲口袋裡。大漢一手勾住愛芮卡的胳臂。「不好意思，」她說，「你這是在做什麼？你以為你是誰？」

「我是老闆。這裡的每一個都是受邀來的，我在免費請大家喝酒，而妳沒有受邀，所以我得叫妳離開，不然我就犯法了。」

「我說過我不是來正式查訪的，不過我隨時都可以把它變成正式查訪。」愛芮卡說。

「這是守靈會，」大漢平靜地說，「而且我們有不准豬玀進來的門禁。」

「你剛才罵我什麼？」愛芮卡問，極力保持鎮定。一個模樣像地精的矮子也過來了。

「妳認識我阿母？」他指控地問。

「妳母親？」愛芮卡問。

「對，我就是這麼說的。我阿母，珍珠。」

「你是誰？」

「少他媽的在我媽自己的守靈夜上問我是誰？妳他媽的又是哪棵蔥？」

「原來這是你母親珍珠的守靈夜啊？」愛芮卡問。

「對，妳他媽的想怎麼樣？」

愛芮卡環顧四周，大家都紛紛注意這邊。

「冷靜點，邁可。」店主說。

「我不喜歡她的態度，受夠了瘦巴巴的婊子。」邁可說，上下打量她。

「你需要冷靜下來，先生。」愛芮卡說。

「先生？妳在嘲笑我嗎？」

「不是，我是警察。」愛芮卡說，亮出了證件。

「一隻豬玀跑來幹什麼?你跟我說你會找她談……」

「我是跟她談過了,邁可。這位警察正要離開。」

「這裡有隻該死的豬玀!」有個瘦弱的紅髮女人哀號,她搖搖晃晃走過來,只穿了一隻粉紅色無帶便鞋。玻璃碎裂聲,兩個男的大打出手。紅髮女人把啤酒潑向愛芮卡,搖動手指,擺出「有種就來呀」的姿態。愛芮卡感覺到腰被攫住,起初她以為是被攻擊了,卻是店主扛著她,把她高舉在半空中,店內的人朝她咒罵吐口水。全憑他的力氣和高度才殺出了一條路,把她送到了吧檯後面。

「快點滾蛋。從這裡出去,廚房。走後門進一條後巷。」他說,舉起一隻手阻止想要擠過小小的活板門闖入吧檯後的人群。一只玻璃杯在愛芮卡的頭頂上炸裂,打碎了一只伏特加量杯。吧檯的另一頭,擲酒杯的女人掀開另一道活板門,眾人湧入吧檯後,衝向愛芮卡。

「出去!」店主說,推著她穿過一幅發臭的門簾,她踉蹌衝進了一條幽暗的走道,撞上薯條箱,打翻了一木箱的空酒瓶。音樂聲大作,卻淹沒不了後方酒吧中的混亂與打碎玻璃聲。她能看見店主盡力要擋住門口,卻被推來搡去。愛芮卡找到了一扇通往廚房的門,廚房裡既污穢又油膩,她推開了一道逃生門。冰冷的空氣鞭笞她濕掉的皮膚,已經散發出啤酒的臭味了;她發現她站在一條巷子裡。

愛芮卡朝馬路疾奔,經過了酒吧窗戶輻射而出的蒸汽和混亂,跑到她的停車處,幸好,車子仍在正門外等待。

她坐進車裡,疾馳而去,覺得鬆了口氣、意興遄飛,腎上腺素飆升。緊接著她想起了艾薇仍在酒吧裡。艾薇見過安卓莉雅，跟那個深色頭髮的男人和金髮的女人。

安卓莉雅失蹤的那晚艾薇也在漿糊鍋嗎？所以說漿糊鍋的酒保說的是實話？

23

翌晨愛芮卡一到警局就被叫進了馬許總警司的辦公室。她帶著一張支票付房租，以及一份租約。一進辦公室就看見史巴克斯總督察坐在馬許對面，讓她頗為意外。史巴克斯的臉上掛著傲慢。

「長官？」

「妳是在玩什麼把戲，昨晚跑到皇冠去？」馬許質問她。

愛芮卡看看史巴克斯又看看馬許。「我只喝柳橙汁……」

「現在不是開玩笑的時候！妳闖進了珍珠．蓋德的守靈會，攪得天翻地覆。妳知道蓋德家族是什麼人嗎？」

「不知道。我應該知道嗎？」

「他們是一群低下階層的人渣，擁有南倫敦的巨型貨運網絡。不過呢，他們一直在跟我們合作。」

「跟我們合作，長官？你是要我在事件室裡幫他們添一張辦公桌嗎？」

「少耍嘴皮子。」

史巴克斯盡量不要樂在其中，托著腮盯著兩人的你來我往。愛芮卡注意到他的兩隻食指都留著長指甲。

「長官。你如果叫我來是要修理我的，那我寧可私下被你修理。」

「妳的職位並沒有比史巴克斯總督察高，而他也是這件調查案裡的一員。你們應該要一塊合作。我猜妳去皇冠是去調查的吧？」

愛芮卡先不說話，而是在史巴克斯旁邊坐下來。

「好吧。既然是開會，行。把我們在南倫敦的臥底同仁都告訴我。」

史巴克斯放下了手。「蓋德家族八個月來一直在提供我們線報，這些線報可望讓我們捕獲價值幾百萬鎊的假菸和假酒。」

「交換條件呢？」愛芮卡問。

馬許打岔說：「我不必告訴妳，佛斯特總督察。我們已經在能做什麼、不能做什麼上面盡量通融了。妳知不知道在南倫敦這裡的生態有多敏感？為了回報這些線報，我們已經睜一隻眼閉一隻眼……唔，違法營業之類的。結果妳昨晚就亮著證件和一副盛氣凌人的態度闖了進去。」

「他們說是守靈會，長官。」

「是他媽的守靈會！」

「好吧，對不起。看起來你們這裡的做事方法跟我們在曼徹斯特不一樣。」

「我們並沒有不一樣，」史巴克斯說，透著令人氣結的鎮定。「只不過我們在行動之前會徹底研究過我們的情資。」

「你說什麼？」愛芮卡說。

「我在說昨晚的事。」

「你確定？」

「夠了！」馬許大喝，一拳擊在桌上。

愛芮卡吞下怒火，以及對史巴克斯的痛恨。「長官。我去皇冠是有目的的。這一趟有助我取得殺害安卓莉雅的兇手的新線索。」

馬許坐了下來。「說下去。」他說。

「我現在有了第二個目擊證人看見安卓莉雅在她死亡的當晚出現在漿糊鍋，跟一個深色頭髮的高個子男人以及一名金髮女郎說話。新的證人甚至還暗示安卓莉雅跟這個男人有染。」

「這個新證人是誰？」

「艾薇．諾利斯。」

史巴克斯翻個白眼，看著馬許。「幫幫忙——艾薇．諾利斯？又名琴．麥卡賓、貝絲．柯拉斯比、寶莉．歐布萊恩？」

「長官，她——」

「她是個出了名的害人白忙一場的傢伙。」馬許說。

「可是長官，我有種感覺，我追問這個男人時，她很害怕。是真正的恐懼。我也相信，尤其是現在我們在安卓莉雅的床底下找到了手機的包裝盒，我相信安卓莉雅還有一支手機，而且她瞞著家人。我認為她交了一些不想讓她的未婚夫吉爾思．奧斯波恩知道的朋友……」

「安卓莉雅的舊手機，她去年丟掉的那支，通聯紀錄昨晚送來了。」史巴克斯說。

「不，我認為安卓莉雅還有一支手機，她仍然在使用的手機。她四個月前買了一支預付機，我們在她的床底下找到了盒子。」愛芮卡說明。

「那也不算什麼。可能是給朋友的，」史巴克斯說。「反正呢，回到那支真正存在的舊手機的通聯紀錄。我昨晚看了一遍，發現了一些有趣的線索。」

「什麼線索？」愛芮卡問。

「她的通話紀錄上出現幾個名字，我跟安卓莉雅的臉書即時通帳戶比對過了。其中一個傢伙叫馬爾可．傅羅司特……有印象嗎？」

馬許看著愛芮卡。

「有。他是個咖啡師，安卓莉雅跟他交往過一陣子吧。是個義大利人，在蘇活區的咖啡店工作？」

史巴克斯點頭，接著說：「他打了幾百通電話到安卓莉雅的舊手機去，為時十個月，在二〇一三年五月到二〇一四年三月之間。」

「我為什麼不知道通聯紀錄送來了？」愛芮卡質問道。

「昨晚很晚才送來的。我還以為妳可能會想睡個美容覺。」史巴克斯說。

「史巴克斯，廢話少說。」馬許說。

「好。所以我就回頭去看我詢問道格拉斯－布朗家的紀錄。在安卓莉雅宣告失蹤的時候，他們提到過這個馬爾可．傅羅司特。安卓莉雅確實在二〇一三年初跟他約會過一個月，後來就把他甩了，他也從那時開始打電話。他也去過他們家幾次，不肯接受不這個答案。賽門爵士還叫過警察去拜訪這個馬爾可・傅羅司特，跟他談過他對安卓莉雅這種不健康的興趣。」

「為什麼之前不告訴我？」愛芮卡問。

「我的筆記都在檔案裡。」

「我根本沒拿到。」

「噯，又沒人攔著妳去拿。」

「好了，好了，好了，大家成熟一點，」馬許不耐煩地說，「說下去，史巴克斯總督察。」

「好。所以我就回頭去看安卓莉雅的新手機，我們也知道，裡頭沒有多少可看的。她也用這支手機查看電郵，有一大堆派對和活動的電子邀請函——」

「對，小組都檢查過了，有幾百封。她是許多私人俱樂部的會員。」愛芮卡說。

史巴克斯繼續說：「有一封邀請函是一月八日週四在利沃里舞廳的活動，就是她失蹤的那晚。是由她所屬的一家俱樂部主辦的時髦熱舞秀。」

「對，在同一晚安卓莉雅也受邀參加倫敦的幾個派對。我說過，她收到的邀請函多如牛毛……而且她也約好了要在電影院跟她的姊弟會合。」

「可是那一家人都說她很健忘，隨時會改變心意。如果說她決定要去做別的事情，也是很合她個性的。」史巴克斯說。

愛芮卡雖不情願卻不得不同意。

史巴克斯繼續說：「利沃里舞廳其實就在闊夫頓公園站的對面，地圖上跟森林山站很近——

精確一點說，就在兩哩外。要去森林山或是闊夫頓公園需要從倫敦橋搭車，但是兩個火車站完全是不同的路線。假設是安卓莉雅坐錯車了呢？她幾乎不使用大眾運輸，可能就是因為如此她才會盛妝打扮跑到森林山去。」

愛芮卡和馬許都一聲不吭。

「我把最精采的部分保留到最後，」史巴克斯說，「昨晚，我聯絡上了這個利沃里舞廳的熱舞派對的主辦人，他把受邀名單寄給我了。馬爾可・傅羅司特也在其中，他也收到了同一張電子邀請函。這讓我們有機會……」

愛芮卡能看見馬許在腦子裡斟酌這件事。

「這個線索非常有希望，」他說，站了起來，來回踱步。「我的下一個問題是，這個馬爾可・傅羅司特在哪裡？」

「不知道。我忙了一整晚才拼湊出這條線索。」史巴克斯說。

「聽著，史巴克斯，我們是有歧見，我也巴不得這是一條有力的線索。可是這樣子不足以構成動機。受邀名單上有多少人？」愛芮卡問。

「三千個。」

「三千個。那你為什麼會覺得安卓莉雅會去這個利沃里舞廳的附近？她是在森林山火車站下的車，而她的屍體是在距離車站半哩處發現的。」

馬許繼續來回踱步，苦苦思索。

愛芮卡往下說：「我現在有兩名證人目睹安卓莉雅在失蹤那晚去過漿糊鍋。」

「其中一個無影無蹤，另一個是出了名的有毒癮、有酒癮的妓女。」馬許說。

「可是長官，我認為艾薇．諾利斯是──」

「艾薇．諾利斯是人渣，」史巴克斯說，「她的一個專長就是在停車場大便在警車的引擎蓋上。」

「長官，至少宣布我們有兩條線索，」愛芮卡說，「如果你覺得我的不可靠，那你也得承認史巴克斯的純粹是間接的推測！我覺得我們可以利用今天下午的記者會，請民眾提供跟安卓莉雅同在漿糊鍋的這對男女的線索。」

馬許搖頭。「佛斯特總督察，我們現在處理的人是媒體巴不得抓出來吊死風乾的。道格拉斯－布朗爵士、他的夫人和家人，當然還有安卓莉雅，她不幸不能親自現身來為這些指控辯解。」

「長官，我不是在指控！」

「長官，大家都知道漿糊鍋是妓女出沒的地方，」史巴克斯說，「那裡是臨檢的重地。有個傢伙在樓上的公寓製作兒童色情片被逮捕了。」

「我同意史巴克斯的意見，」馬許說，「我們發布的任何安卓莉雅．道格拉斯－布朗的訊息都會被媒體扭曲凌遲。我們得確定是事實。」

「要是我能把艾薇．諾利斯帶進來錄證詞呢？」

「她不可靠。她之前就作過偽證。」馬許說。

「可是，長官！」

「夠了，佛斯特總督察。妳要跟史巴克斯總督察合作追查馬爾可．傅羅司特和安卓莉雅同樣收到利沃里舞廳派對邀請函的這條線索。聽清楚了嗎？」

「是，長官。」史巴克斯咧嘴笑著說。

愛芮卡點頭。

「好，你可以走了，史巴克斯。還有，別太開心了。還是有個女孩死掉了，這一點可沒變。」史巴克斯一臉挨罵的表情，離開了辦公室。

馬許看了愛芮卡一會兒。「愛芮卡，盡量弄出點私生活來。我非常支持我的屬下積極主動，可是妳需要照著規矩來，隨時知會我妳的行動。今晚休息一下，洗洗衣服好了。」

愛芮卡這才明白她的皮夾克上仍殘留著昨晚的啤酒。

「妳去看過醫生了嗎？」馬許又說。

「沒。」

「今晚下班之後，我要妳去看我們的值班醫生。這是命令。」

「是，長官，」愛芮卡說，「這是公寓的租約。」

「好，好。妳覺得怎麼樣，還行嗎？」

「是。」

愛芮卡從馬許的辦公室出來之後，看見沃夫正在走廊上等她。

「我沒通風報信，是皇冠的老闆打電話給他，然後他就要看值班台的工作日誌。」

「沒關係。謝謝你。」

沃夫走去換衣服，在漫長的夜班之後準備回家。愛芮卡不由得思索，倫敦的犯罪地下世界裡還有誰能拿起電話直接打給馬許總警司的。

24

早晨才過了一半，路易申街警局的事件室就忙碌不堪了。電話響，傳真機和印表機不停運轉，警察衝進衝出。愛芮卡和史巴克斯坐在一角，連同馬許及珂琳．斯坎倫，這位警局的媒體聯絡官雖然嚴厲卻相當有媽媽的味道。四人在商量記者會上可以透露的情報。

「那，我先引言，接著就讓賽門爵士說話，」馬許說，「我覺得他想用自動提詞機，有辦法嗎？」

「應該不是問題。我們會需要他的定稿在兩個小時之內傳送過來，輸入機器。」珂琳說。

「好，」馬許說，「那，賽門爵士會說：『安卓莉雅是個無辜的、愛玩樂的二十三歲女孩，還有整個人生在她的眼前……』這時我們後面的螢幕就會亮起她的照片。『她沒有傷害過誰，沒有造成別人的痛苦，然而我，一個傷心的父親，卻要在這裡呼籲目擊了一樁恐怖罪行（a horrific crime），我女兒的命案的證人……』不是應該用『an』嗎？」

「『an』其實是錯誤的，」珂琳說，「不過一般人都這麼誤用。只有在接下來的字是母音開頭時才用『an』……」

「我們要這場記者會是公開的、務實的向大眾溝通，」愛芮卡不客氣地說，「就不要浪費時間討論什麼文法正不正確了吧！」

「好，那，就『a horrific crime』吧。」馬許說。

讓愛芮卡覺得難受的是這場記者會竟然奠基在她認為的間接證據之上，而她覺得由她團結起來的小組居然對史巴克斯經不起推敲的理論那麼熱心。她不得不承認以局外人來看，利沃里舞廳推論是比較可信的。她咒罵自己這麼笨，居然單槍匹馬去找漿糊鍋的酒保和艾薇．諾利斯。她應該要帶著摩斯或是彼得森的。她看著他們兩人忙著接電話，想要追查出馬爾可．傅羅司特的下落。

她在腦海裡掂量傅羅司特推論，一道懷疑之光閃過——但她的直覺隨即發動。她的直覺告訴她她了解安卓莉雅跟那個髮色深的男人和金髮女郎在漿糊鍋見面是一條重要的線索。即使她的兩名目擊證人都不可靠，但是不可靠的兩個人居然不約而同指認出同樣的事情？艾薇和克莉絲汀娜都是在法律的另一邊戰戰兢兢求生存的人，她們如果說什麼也不知道，沒見過安卓莉雅，對她們是最有利的……愛芮卡霍地明白馬許是在跟她說話。

「佛斯特總督察，妳在想什麼？我們應該要提到蒂娜．透娜影片嗎？珂琳覺得要。」

「嗄？」

「利沃里舞廳。是非常知名的老地方，珂琳覺得這種事會深印在民眾的記憶中，讓他們記得呼籲，說不定可以鼓勵民眾提供線索。」

愛芮卡仍是一臉茫然。

「蒂娜．透娜在一九八四年曾在利沃里舞廳拍攝過她的〈私人舞者〉（*Private Dancer*）音樂帶。」珂琳說。

「是嗎？」愛芮卡問。

「對，所以我們是否應該把這件事也公布，連同舞廳的照片？」

愛芮卡點頭，俯視他們在編纂的預定行程。「我們要在什麼時候說安卓莉雅出現在森林山？她的手抓包是在倫敦路上發現的。」

「這種公開呼籲會上我們需要縮減事件，呈現出清晰精確的訊息。要是我們說她在某個地方，然後又去別的地方，民眾會混亂；他們需要連續性。」珂琳解釋道，有點教導笨孩子的味道。

「我了解這些事情是如何運作的，謝謝。可是這次的呼籲是個蒐集線索的大好機會。這個對安卓莉雅是如何失蹤的重大關鍵只是一筆帶過。」愛芮卡說。

「我們知道她可能出現在該地區，可是我們沒有具體的證據。沒有監視畫面或是目擊證人。兇手一定使用了車輛，他可以把皮包從車窗中丟到倫敦路上。」馬許說。

「我自己的案子有多少證據我很清楚，長官！」

一個小時後開完會，愛芮卡不情願地同意了記者會的內容，絲毫沒有提到安卓莉雅出現在漿糊鍋的附近，也淡化處理她可能出現在倫敦路上。

愛芮卡出來到販賣機去，看見柯廉巡佐正在投幣買卡布奇諾。

「還好嗎，老大？我們從交通局弄到了公車的監視畫面，還有一些跑倫敦路的黑車監視畫面。」他說。機器嗶一聲，他彎腰拿出一只塑膠杯，吹開泡沫。

「我來猜一猜，什麼都沒有？」

柯廉喝了一大口咖啡，搖搖頭。「不過這個馬爾可．傅羅司特好像還真難找。最後一個工作地點是老康普敦街的尼祿咖啡店，可是他不在那兒上班了。他的手機也停用了。」

「繼續找。說不定他跟芭芭拉・卡爾多徐歐瓦一塊跑了。」

「哈！這倒是新的推論，老大。」

「那就加到單子上吧。」愛芮卡悶悶地說，投幣下去選了大杯的濃縮咖啡。

25

路易申街警局的事件室變成了熱線電話中心，而且會由BBC、天空和其他二十四小時的新聞頻道直播。六名制服員警調派過來接電話。

愛芮卡、史巴克斯、馬許和珂琳一小時之前就離開了路易申街警局，前往大理石拱門附近的薊花飯店，也就是記者會召開的地點。

摩斯和彼得森利用時間調查頭號嫌犯馬爾可・傅羅司特的行蹤。他們排除了尼祿咖啡店登記的住址和薪資資料，追查半天卻是進入死胡同；馬爾可一年之前就不在舊康普敦路的這家店工作了。他們也找了他父母的地址，但是馬爾可的父母在去年半年內相繼離世。馬爾可跟他們同住在一間租來的公寓裡，現在已搬去和他的姑媽姑丈同住了。摩斯從房東那兒拿到一組電話號碼，撥打之後，響了兩聲他的姑丈就接聽了。

位於大理石拱門的薊花飯店中的會議室極為寬敞，一扇窗子也沒有。漫無止境的花紋地毯覆蓋地板，一排排的椅子面對著小平台，幾乎都坐滿了。記者拿著照相機靜候。燈光架設完畢，已經有兩家電視台記者在那兒對著鏡頭測試。房間一側架起了兩面大型平板電視螢幕，畫面中是BBC新聞頻道及天空新聞的即時轉播。音量雖然是關閉的，但是兩面螢幕上都有跑馬燈，預告記者會即將開始，警方會籲請民眾協助調查安卓莉雅・道格拉斯－布朗命案。

平台上設了張長桌，點綴著小麥克風。一名飯店的女性員工端著托盤移動，在每張椅子前放一只玻璃杯和一小瓶水。後方是三面螢幕，畫面是藍色的倫敦警察廳標章。

警方與媒體的關係總是讓愛芮卡覺得不自在，今天拒人於千里之外，指控他們入侵、扭曲真相，隔天又邀請人家來開記者會，簡直就像是一場戲劇表演。

珂琳恰好就在這時出現在愛芮卡的旁邊，請她到後台區去化妝。

「只是拍點粉，讓妳的臉不會反光。」她說。但是照她看手錶的樣子來看，可能得花上滿長的時間才能讓愛芮卡上鏡頭比較不會一副鬼樣。

飯店為警方和家屬特別在隔壁準備了一間小一點的會議室。一組沙發被聚攏來，桌上擺了水和柳橙汁。

馬許穿著他的總警司制服，一名年輕女郎正拿著一管粉底霜和一塊長方形海綿在忙著修飾他的臉。他旁邊另一個人在給史巴克斯總督察化妝。兩人忙著和坐在對面的賽門及黛安娜談話。今天，安卓莉雅的父母也是一身黑衣，主要發言的人是賽門，黛安娜則握著他的一隻手，不時點頭，輕拭眼淚。兩人看過來，愛芮卡尊重地點頭。黛安娜也回禮，但是賽門忽視她，回頭又跟馬許和史巴克斯說話。

「他們應該馬上就好了，接著就輪到妳了。」珂琳說。愛芮卡走過去桌邊拿了一杯水，這裡有面窗，可以俯瞰大理石拱門附近的交通。琳達和大衛從房間後方的門出來，走向桌子。

「哈囉。」愛芮卡說，給自己倒了些水。

「嗨。」大衛說，舉著杯子，等愛芮卡幫他添水。他穿著牛仔褲和皇家藍毛衣，膚色非常白。琳達穿了一件黑色長裙和鮮紅色毛衣，前襟有一片塑膠圖案，畫的是一排瘦巴巴的白色小貓以後腿站立，穿著康康舞的舞裙。上頭寫著「**我們在跳喵喵！**」感覺既俗氣又不得體。

珂琳回來了，跟愛芮卡說他們差不多好了。

「我最討厭化妝了。」琳達說，給自己倒了杯柳橙汁。

「妳又不會上電視。」大衛說，小口喝著水。

「你知不知道吉米．薩維爾❺上電視都不化妝？他說他要大家看見真實的他……好諷刺，你不覺得嗎？」琳達說，甩開眼前的瀏海。愛芮卡不知道該說什麼，只能點頭。

「我七歲的時候還寫過信給他，」琳達接著說，「我要他幫我安排去參觀迪士尼片廠，畫隻貓拍動畫片。知道嗎，他們用一大堆差異很小的畫來拍動畫……」

「我相信佛斯特總督察知道動畫是怎麼拍的。」大衛說，朝愛芮卡會心地翻個白眼。

「當然啦，我根本就等不到回信……就連吉米．薩維爾都拒絕了我。」琳達乾笑了幾聲。

「天喔。妳能不能就正常個一次？妳穿著這件蠢毛衣來，又開變態的玩笑！」大衛厲聲說，砰地一聲放下杯子，轉身走開。琳達嚇了一大跳。

「我不是在開玩笑，我是真的想要去迪士尼片廠。」琳達說，臉紅了，又甩開額頭上的瀏海。珂琳出現了，帶愛芮卡去化妝，她暗中慶幸。

馬許和史巴克斯現在陪著賽門和黛安娜站在大會議室的門口附近。化妝師動作很快，才剛幫

❺吉米．薩維爾（Jimmy Savile, 1926-2011）是英國第一代DJ，也是BBC的知名節目主持人。

愛芮卡化好妝，就有個戴耳機的年輕人過來，說還有兩分鐘。愛芮卡的手機響了。

「抱歉，我需要妳關機，會干擾收音。」他說。

「我馬上就好。」愛芮卡說，看見了摩斯的名字。她挪向窗邊接電話。

「老大，是我，」摩斯說，「妳跟警司和史巴克斯在一塊嗎？我打過他們的手機……」

「他們關機了，跟麥克風和收音有關。」愛芮卡說，發現她在摩斯的名單上排第三。

「我們追蹤到馬爾可．傅羅司特了，他跟他姑丈住在北倫敦。」

愛芮卡能看見記者會就要開始了。摩斯接著說：「馬爾可．傅羅司特一直在義大利的普利亞，兩天前才回來。他跟他姑媽姑丈利用聖誕節去探親，開他姑丈的車子。那個姑丈在安吉爾區附近開了一家便利商店，他們帶回來一大批的橄欖油和肉類等等的。」

「那馬爾可．傅羅司特就有不在場證明了。」愛芮卡說，內心越來越興奮。

「對。他在國外還用了信用卡。不可能是他殺了安卓莉雅。」

珂琳出現在愛芮卡的手肘邊。「我們得走了，佛斯特總督察，還有，這個得關掉。」她說。

「做得好，摩斯。」

「是嗎？這可又回到一開始了，我們不知道是誰殺了安卓莉雅……嗯，還有妳的推論。」

「我得走了，摩斯，稍後再說。」愛芮卡說，掛斷了電話，把手機關機，看見其他人都往會議室移動。賽門當先，緊接著是馬許，再來是史巴克斯。

那麼馬爾可．傅羅司特並沒有殺害安卓莉雅，愛芮卡心裡想。史巴克斯的推論剛剛瓦解了。

她和漿糊鍋的酒保以及艾薇的談話在她的腦海中有如小針戳刺著她。安卓莉雅被看見跟一名髮色深的男人和金髮女郎在一起……他們仍然身分不明。無論兇手是誰，都仍逍遙法外。

馬許、史巴克斯和賽門消失到記者會中了。黛安娜留在沙發上。她又在哭了，琳達和大衛正在安慰她。

「我們需要妳進去，快點。」珂琳壓低聲音對愛芮卡說。

吉爾思．奧斯波恩從後面的門衝進來，裹著一件龐大的冬大衣。他衝向黛安娜，解開圍巾，同時為遲到道歉。

「我錯過記者會了嗎？」他說。黛安娜淚眼矇矓地搖頭。

「快點，佛斯特總督察！」珂琳說。

愛芮卡做了決定——這個決定會有難以想像的後果……她深吸一口氣，撫順頭髮，進了記者會。

26

摩斯、彼得森、柯廉以及其他的組員都留在路易申街警局裡，聚集在一面大平板電視前。BBC新聞倒數，接著是整點新聞，螢幕上出現了記者會的廣角鏡頭。長桌上坐著史巴克斯總督察、佛斯特總督察以及馬許總警司。馬許身邊則坐著賽門．道格拉斯－布朗，他一臉煩悶憔悴。

賽門拿著稿子唸，畫面上插入了在媒體上流傳許久的安卓莉雅的駕照相片，外加較新的一張：安卓莉雅跟琳達、大衛和父母親最後一次的家庭度假。大家都對著鏡頭微笑，後方是大海。大衛笑得靦腆，而琳達圓墩墩的臉上仍是一副怒容。

「佛斯特總督察說得對，真的很感人，」柯廉說，「可是感覺像是經過包裝的悲傷展示。這樣能夠鼓勵民眾打電話進來嗎？」

螢幕上，賽門．道格拉斯－布朗唸完了他的聲明，鏡頭拉長。馬許總警司正要發言，愛芮卡卻傾身將他的麥克風拉過去，對準麥克風，說了起來。

「造成安卓莉雅失蹤的事件令人困惑，而我們需要你們的協助。如果有人在一月八日晚上看見過安卓莉雅，請站出來。那天是星期四。我們相信安卓莉雅在晚上八點到午夜之間曾經去過一家位於倫敦路上的酒吧，酒吧叫漿糊鍋——就在南倫敦，森林山區。酒吧中的一名員工看見安卓莉雅和一名髮色深的男子以及一名金髮女郎說話。民眾可能也看到安卓莉雅在晚上八點到午夜之間走在倫敦路上，往霍尼曼博物館的方向，亦即她陳屍的地點。如果你們有任何的線索，無論多小，都請和我們聯絡。打這支馬上會出現的號碼到事件室。」

「本來就是這樣安排的嗎？」事件室中的彼得森問。

「不是。」摩斯說。

螢幕上，馬許總警司有片刻不知所措，也不知該說什麼。他瞪了愛芮卡一眼，把麥克風拉回來。「我們想、呃、補充一點，呃……這是安卓莉雅被看到的一條線索……我們也相信安卓莉雅可能是要去利沃里舞廳參加派對，那裡就在森林山車站附近，她在一月八日在該處下車。」馬許和她唱反調，語氣更為有力。一陣沉默。鏡頭再度拉長。

「要命，被他搞砸了。感覺像是他捏造的，而不是佛斯特。」摩斯說。

鏡頭在會議室的長景以及與會記者之間跳動，更添混亂，最後才落在馬許總警司的身上，他終於回到正軌，照稿說完了呼籲。最後一句說：「我們現在已有警員就位，準備接聽你們的電話和電郵。謝謝。」

鏡頭從記者會轉回BBC攝影棚中的主播。她後方的螢幕上打出了事件室的聯絡電話以及電郵地址，她逐一唸出，再次籲請民眾提供消息，重複了漿糊鍋和利沃里舞廳的名字，同時為只有一張利沃里舞廳的相片而致歉。

路易中街警局的事件室中警員們不安地面面相覷，緊接著電話就響了起來。

27

記者會一解散，實況轉播的鏡頭一關，愛芮卡就站了起來，心跳如雷。記者及攝影師蜂擁擠向出口。賽門轉向馬許，褐眸中燒著怒火。

「你們他媽的是在玩什麼把戲？」他恨恨地說，「我們不是已經說好了該如何進行嗎？」他幾乎是絕望地看著記者離開。

馬許和史巴克斯站起來。「佛斯特總督察，說句話。」馬許說。愛芮卡深吸一口氣，離開了平台，不理會後面的聲音，越過地毯，加速朝會議室後方的門前進。一穿過門口，就發現有逃生門，她快步奔下三層樓梯，衝進了一條小巷子裡。

她站在那兒喘氣，雨點輕打她濕黏的皮膚。她知道她剛才做的事情會有嚴重後果，可她不是總堅持自己的信念嗎？她的信念告訴她這麼做才正確。她做了對的事情，為安卓莉雅，為了無權回答的她。

她邁步就走，沒注意到下雨了，匯入了牛津街上熙來攘往的人群，迷失在思緒之中。她的直覺，她感受到的篤定，漸漸消退。她應該要留下來面對後果的。她這一走，他們就會討論她做的事，驟下結論。他們會逕自做決定，計畫下個步驟。

她遲疑了，停下腳步。雨點敲打著人行道，四周的人尖叫，低著頭，拉起兜帽或撐起雨傘。前去搭公車或地鐵的道路被阻擋了，行人發出不悅的聲音，有人爆粗口。現在是尖峰時段，愛芮卡需要思索，計畫下一步該如何。如果她回去，會顯得軟弱。她再次出發，隨著人群移動。

在她後面，隔著一些人，有條人影尾隨。同一條人影監視愛芮卡站在窗後抽菸，這一次，這個人並不完全是一身黑，卻能輕鬆融入戴著兜帽撐著傘的人群中。接近大理石拱門地鐵站時，人群似乎變多變慢了，那人只隔著兩個人跟在愛芮卡後面。

愛芮卡是街上少數幾個沒戴兜帽的人，正低頭行走，豎著皮夾克的衣領。

她的確不能小看了。她去過那家該死的酒吧，跟別人說過話。她知道的比我想像中要多。會是表演嗎，那種焦慮和絕望？在記者會之前，我還以為她是受損的貨品。曾經精明幹練的條子現在燒毀成殘骸了。

那人現在很靠近愛芮卡了，兩人之間只隔著一名魁梧的生意人，淡色雨衣上雨跡斑斑。愛芮卡把衣領拉緊，碰到了頸背上的金髮。

她孤家寡人。傷心哀痛。她可能有自殺傾向。這麼多的人。我倒樂意拜訪拜訪她，這個瘦巴巴的臭婊子——趁她在床上給她一個驚喜。掐住那個瘦巴巴的喉嚨，掐到肌腱暴突，看著她的眼睛變暗。不過還有一個人得拜訪……

人群來到了龐德街地鐵站，停滯不動。愛芮卡向前蹭，躲到大遮陽篷下方，等待人群向前走。那人慢慢挪近，隱身在擁擠的人群中，塞了一個白色信封到愛芮卡的皮夾克口袋裡。幾秒之後，車站入口的壅塞解除了。那人丟下愛芮卡，隨著人群移動，融入其中：只是另一個急著趕路的路人甲。

28

愛芮卡從布拉克利車站大廳出來，看見日光下的新家，一時不免迷惑。街道忙碌，一輛皇家郵車經過，停在一個郵筒前，長相年輕的郵差下車，打開郵筒拉出滿滿一布袋的信。車站對面有一家咖啡店，兩個女人坐在露天座上，裹著夾克抵禦寒冷，一面抽菸，厚厚的紅色口紅印在白瓷茶杯上。唇上穿環的英俊侍者來到她們的桌邊，說了什麼，看著她們的空杯，逗得女人尖聲歡笑。

愛芮卡掏摸皮包，拿出香菸，點菸時手在發抖。她的焦慮感在搭乘回程火車時與時俱增。她的心臟在胸腔中狂跳，彷彿她是透過微微模糊的玻璃在看世界。英俊的侍者仍在和女客聊天，她們也輕鬆俏皮地回應。

「喔——不、不、不、不、不。」有個人說。

愛芮卡回頭望。一名穿著西南火車制服的大肚腩男人站在她旁邊，灰髮，鬍子也摻雜了灰絲。

「你說什麼？」愛芮卡問。

「妳是想要被罰一千鎊嗎，親愛的？」

「嗄？」她說，覺得頭暈。

「在車站抽菸是違法的。不過我知道我們該如何解決，妳只需要向前走一步，走啊。」

不明所以的愛芮卡向前跨了一步。

「好了，親愛的，解決了，妳不在車站的範圍內了！」他指著她的腳，她這時站在從火車大廳前經過的平滑柏油路面上。

「行了唄。」她不安地說。

那人警戒地注視她。直到現在她才明白對方是好心好意的，但是來不及了，他走開了，嘴裡還嘀嘀咕咕的。愛芮卡蹣跚前進，心跳更快，一面吸菸。咖啡店的女人這時正在瀏覽酒單，跟英俊的侍者有說有笑。一個老人在轉角一家書報店轉動金屬架，挑選卡片。兩名老太太徐徐而行，拎著沉重的購物袋，談興極濃。

愛芮卡扶著一棟屋子外面的矮牆，穩住自己。忽地想到她壓根就不知道如何做一個「正常」人。她敢看死屍，偵訊暴力性侵犯，她被吐過口水，被刀子威脅過，但是活在真實的世界中，成為社會的一員，卻嚇壞了她。她一點也不知道該怎麼孤伶伶一個人活下去，一個朋友也沒有。

她早先做的事情現在衝擊又回來了。她挾持了重大命案記者會，萬一是她錯了呢？她匆匆回公寓，頭暈的情況加劇了，衣領上也冒出一顆顆冷汗。

進門之後，她跌坐在沙發上。房間天旋地轉，視界邊緣模糊。她眨眨眼，環顧小客廳。模糊的一團跟著她的視線，她覺得胃收縮，連忙奔向浴室，及時吐在馬桶裡。她跪下來乾嘔，然後又吐了。她沖了水，在洗手台漱口，不得不扶著洗手台的兩邊，因為地板好似突然傾斜，在腳下搖晃。回瞪著她的鏡中人模樣慘不忍睹：眼睛凹陷，皮膚泛著白綠色。模糊的斑點越來越大，在她的視界中心擴散。這時她的臉在鏡中只是白花花的一團。她是怎麼了？她踉蹌走回客廳，緊扶著牆、門框，然後一頭栽向沙發邊緣。她的視界中心這時完全是一團模糊。她歪著頭，不得不利用周邊視線來找到她的皮夾克，原來一半披在椅臂上。她從一邊口袋找到了手機，歪著頭，看著手機仍未開機。

熱血在她的腦袋奔騰，噁心與驚惶湧升。她快死了，她就要孤伶伶死去了。她找到了手機頂端的按鍵，按下去，但是螢幕上一片旋轉的圓碟卻告訴她手機正在啟動中。她向前一倒，臉朝沙發。她嚇壞了，猛烈的頭痛在她的後腦勺漸漸成形，她這才明白很可能是偏頭痛的先兆；說時遲那時快，房間似乎來了個三百六十度大旋轉，一切都變成黑色。

29

愛芮卡覺得她正穿過黑暗，摸索著朝遠處的鈴聲前進。鈴聲似乎近了點，然後她的耳朵豎了起來，鈴聲極靠近她的頭。她一側的臉抵著什麼軟軟的東西，隱隱有炸物和香菸的味道。她的膝蓋頂著硬木地板。她往後坐在腳跟上，抬起了頭，發現自己是在她的新公寓裡。是她的手機在響。外頭天黑了，街燈從沒有窗帘的窗子照進來。

手機發亮，在咖啡桌上震動，隨即安靜下來。她口好乾，而且頭痛得要命。她搖搖晃晃站起來，走到洗碗槽喝了一大杯水。放下杯子之後，記憶湧回。一絲希望是她的視線恢復正常了。她的手機又響了，她以為是馬許，就接了起來，想要長痛不如短痛。

熟悉的聲音說：「愛芮卡？是妳嗎？」

她嚥回眼淚。是馬克的父親愛德華。她都忘了他的聲音和馬克有多像了，帶著溫暖的約克郡口音。

「是我。」她終於說。

「我知道過了很久——嗯，我只是想打電話來說對不起。」他說。

「為什麼要說對不起？」

「我說了一些話。讓我後悔的話。」

「你有權利說，愛德華。我有一半的時間受不了看到我自己……」她的隔膜忽然傾斜，她又哭又打嗝，話說得不清不楚，想要告訴這個她愛如父親的人她有多抱歉，她沒能保護他的兒子。

「愛芮卡，親愛的，不是妳的錯……我看過了聽證會的抄本。」他說。

「怎麼會？」

「我去要求的。資訊自由法案……他們把妳丟在熱炭上拖。」

「是我活該。我應該要更深入調查的，我可以再三核對……」她開口說。

「妳不能用應該和可以來過日子，愛芮卡。」

「我永遠也不會原諒自己。要是能回到從前就好了。我絕不會……」她說，以手緣擦掉熱淚。

「好了，夠了。我不想再聽妳多說一個字，不然妳就得付我錢了！」他開玩笑道。玩笑說得滿勉強的。隨即是一片沉默。

「你好嗎？」愛芮卡問。笨問題，她心裡想。

「喔，我一直都在忙……我現在在打草地滾球。沒想到我會打，可是，唉，不能閒著。我這把年紀去打，打得實在是差勁……」他話沒說完。「愛芮卡親愛的，現在有墓碑了。我幫馬克立了石碑，樣子滿雄偉的。」

「是啊？」愛芮卡說，閉上了眼睛。她想到了地下的馬克，病態的想要知道他是什麼樣子。只是白骨：白骨，穿著一套漂亮的西裝。

「歡迎妳來看，隨時都歡迎，親愛的。妳覺得妳幾時會回家？」

家。他稱之為家。愛芮卡再也不知道家在何方了。

「我回來工作了，我在倫敦。」愛芮卡說。

「喔，好。」

「我會去的，可是目前我得上班。」

「那很好，親愛的。妳現在在做什麼？」他問。愛芮卡覺得不能跟他說她在追捕一名殘忍的殺人兇手。不知道他是否看了新聞。

「我在倫敦警察廳，新的小組。」

「好，好，ㄚ頭。有事情忙……等妳放假了，我很想見見妳。」

「好。」

「我常常經過你們家，有對年輕夫妻租了，人不錯，不過我也沒去敲過門。不確定該怎麼解釋我是誰。」

「愛華德，屋子的每樣東西都收藏起來了。我什麼也沒丟。我們應該翻揀一下箱子，我確定一定有什麼東西……」

「還是別急吧。」愛德華說。

「你是怎麼知道我的新電話的？」愛芮卡問，這才明白她用的是新手機。

「我打給妳姊。她說妳一直睡在她家的沙發上，是她給我的電話。妳不介意吧？」

「當然不介意。對不起。只是警察當慣了，什麼都要調查……」

「愛芮卡，我只是想讓妳知道妳並不孤單。我知道這裡的人不是很客氣，大部分的人也不能怪他們，可是妳也失去了他……」愛德華的聲音沙啞。他往下說：「我只是想到妳孤伶伶的一個人就很心痛。妳還有我，親愛的，無論好壞。」

「謝謝你。」愛芮卡柔聲說。

「唷，打到倫敦來可得花我不少錢，那我就掛了……聽見妳的聲音真好，愛芮卡。可別生分了。」

「你也是——我是說，不會的。」

嗒一聲，再嗶一聲，他掛斷了。愛芮卡一手按著胸口，深吸一口氣。一股暖流流過全身，她用力眨眼才忍下了淚水。

她的手機又響了。她看見是摩斯。

「老大，妳在哪裡？」她說。

「家裡。」

「妳一定不相信。又發現一具屍體了。這一次是在布拉克維爾公園的水裡。」

「被害人身上有證件嗎？」愛芮卡說。

「有，是艾薇．諾利斯。」

30

位於達利奇的布拉克維爾公園和露天泳池距離霍尼曼博物館不到三哩路。愛芮卡飛馳過大笨鐘，鐘亮了，指著十點十五分。豆大的雨點打在擋風玻璃上，很快就變成滂沱大雨。愛芮卡啟動了雨刷，俯身看著前方。兩名制服警員逐漸清晰，站在游泳池入口的封鎖線外。愛芮卡停車，步入雨中，大雨敲打在四周停放的車輛上，有如雷聲。

「佛斯特總督察。」愛芮卡大吼，壓過雨聲，同時舉起了證件。警察撩起封鎖線讓她通過。

公園和泳池在夏季是野餐和游泳的勝地，但在一月漆黑濕冷的夜裡卻淒涼陰沉。摩斯和彼得森跟在愛芮卡後面通過封鎖線，帶了強力手電筒，光束照亮了前方一連串的水泥小徑，他們經過了一間釘上木板的冰淇淋店和一座油漆剝落的涼亭，來到了一處空地，卻什麼也看不清。遠處雷聲轟隆，閃電破空，照亮了一處白色鑑識帳篷。泥濘的水邊鋪了一條塑膠路，三名犯罪現場助手穿著白色連身服正跪在泥巴中，俐落地採集一雙鞋印的模子。一名犯罪現場警察在帳篷裡等候他們，他們很快穿上了連身服。這時大雨打得帳篷咚咚響。

「請站在箱子上。」一名鑑識人員說，指著一連串的平台。平台圍繞著屍體，以免破壞了泥土下的證據。

他們從一個平台走向下一個平台，來到了艾薇的屍身旁。她油膩的頭髮從泛黃的臉上撥開，表情凍結住，跟安卓莉雅一樣瞪大眼睛、驚恐交加。她的鼻子被打扁了，血跡凝固。她身上的大衣和毛衣跟愛芮卡前幾天見過的是同一件，但是腰部以下全裸。看著她的腿令人心痛：枯瘦，遍佈傷疤、瘀青和針孔。她的陰毛是灰色的，糾結成一團。

犯罪現場攝影師拍了照，帳篷充滿了鎂光燈及高頻的尖叫聲。艾塞克．史壯默默站在一個箱子上，朝他們三人點頭。

「是誰發現她的？」愛芮卡問。

「一群爬籬笆進來探險的小孩子。」

「他們現在人呢？」

「妳的手下陪著他們，在馬路對面的社區中心。我們已經採集DNA了。」

「他們有沒有看見什麼？」愛芮卡問。

「沒有，太黑了。有個男孩絆到了她的屍體，摔了一跤。」

「他一定嚇壞了。」摩斯說，俯視著艾薇。

「她的鼻子斷了。我認為她的顴骨也是。她的頸子上有大片的綑縛痕跡，」艾塞克說，蹲下來輕輕把艾薇的毛衣拉平。「我也認為她斷了四根肋骨；解剖之後會比較清楚體內的傷勢。她帶著一百鎊現金，鈔票對折塞在胸罩裡。」

「那我們可以排除是隨機攻擊或搶劫案了？」摩斯說。

「在我解剖完之前我不想做這種結論，不過屍體的現金原封未動，很明顯攻擊者的心裡就沒有搶劫的意圖。性倒是有。初步檢查，她的陰道中有精液。」

「大家都知道艾薇是妓女。」摩斯說明。

「兇手會不會是用現金引誘她的？」彼得森說。

「我們不能憑這一點就如此假設，假設性交是彼此同意的，」艾塞克嚴厲地說，「骨盆四周有大範圍的瘀傷。」

「她的胳臂呢？」愛芮卡問，一時間極害怕她的胳臂被砍斷了。

「她的胳臂被綁在背後。」艾塞克說。他的一名助手過來，小心抬起了泥地上的艾薇；兩條胳臂都被緊緊壓在身下，被泥巴弄得很滑溜，沾滿了石頭。艾塞克以戴著手套的一根手指擦拭她的手腕。

「看到了沒？是用塑膠繩綁的，經常使用在工業或是包裝商品上。」

「她的鞋子呢？」愛芮卡問，看見了艾薇的腳。她滿腳泥巴，而且浮腫，血管破裂，腳趾甲又長又髒。

「我們在泥巴裡找到了，」艾塞克說，「兩邊太陽穴也少了一些頭髮，看來是從髮根拔掉的。」

他把艾薇的頭往側面撥，露出大片的粉紅色頭皮，上面有乾涸了的斑斑血跡。攝影師蹲下來拍照。鎂光燈照亮了她的皮膚，幾乎像是透明的，額頭上一絲絲藍色血管。

「安卓莉雅的頭髮也被拔掉了。」愛芮卡輕聲說。

「死亡時間？」彼得森說。

「從器官溫度看，我會說她並沒有死亡很久，但是屍體曝露在零度氣溫和雨水中，所以這一點還有待澄清。」

「我們叫警員挨家挨戶詢問，同時搜索這一區。」彼得森說。

他們看著攝影師工作，從各種角度拍攝艾薇。一名協助艾塞克的年輕女性輕輕為艾薇的手套上塑膠袋，以便保存DNA證據。艾塞克移向帳篷角落匆匆架設的長椅，帶著透明的證物袋回來。

「這是我們在她身上找到的東西：一串鑰匙，六個保險套，一百鎊現金，一張信用卡，名字是馬修・史蒂芬斯，一張紙上寫著電話號碼。」

「是妳的電話。」摩斯說，瞧了愛芮卡一眼。

「我前幾天晚上為了安卓莉雅的命案跟艾薇談過話；她給了我一些線索，可是我覺得她很害怕。我說她可以打給我……」愛芮卡說不下去了，因為她明白線索都隨艾薇一起埋葬了。

「她有打給妳嗎？」彼得森問。

「不知道。我得查手機。」

她在記者會之前就沒查看過訊息了。她說聲抱歉，走回到帳篷的門口。一條人影正沿著池畔工作，走近之後，愛芮卡看出是史巴克斯總督察。

「你怎麼會在這裡？」愛芮卡問。「你不是第一線的單位。」

「馬許總警司要求我接下高級調查官的職位。」史巴克斯說。儘管目前情況嚴峻，他的洋洋得意仍是欲蓋彌彰。

「什麼？晚上十一點的命案現場？」愛芮卡問。

「妳應該要接電話的。總警司一直打不通。」史巴克斯說。

「我這邊還沒弄完。我可以明天再和馬許討論這件事。」愛芮卡說。

「我得到了清楚的指示。我晉升高級調查官，而我要妳離開現場。」

「你要我離開？」

「不，我是命令妳離開。」

「史巴克斯總督察，我才剛到命案現場，而還有很多事——」愛芮卡說。

「我說了，這個命案現場現在由我來指揮，而我命令妳迴避！」史巴克斯大吼，失去了自制。

「只要你對犯罪現場的處理步驟有一點知識，我想你就會發現鑑識病理學家才對犯罪現場有最終的主導權，才有資格下命令。」艾塞克說，跟摩斯和彼得森一塊出現在愛芮卡的後面。「佛斯特總督察是以高級調查官的身分進入犯罪現場的，我也會在她以高級調查官的身分在場時完成我的報告及檢驗。好了，史巴克斯總督察，你有可能會污染犯罪現場，如果你想要留下來觀察，我要請你遵守適當的程序，套上連身服，閉上嘴巴。」

史巴克斯總督察張嘴欲言，但是艾塞克俯視著他，挑起了一道精心修飾的眉毛，看他有沒有膽子反駁。

「明早八點整路易申警局會有簡報會，我們會重新定調這樁調查。不要遲到了。」史巴克斯對摩斯和彼得森說。兩人點頭。史巴克斯瞪了愛芮卡好一會兒，這才悻悻然離開，由一名制服員警陪同。

「謝謝。」愛芮卡對艾塞克說。

「我不是為了讓妳感謝才這麼做的。我對警調的政治不感興趣，我只對保持現場有興趣，好讓妳做妳的工作，查出誰是兇手。」艾塞克說。

愛芮卡脫掉了連身服，裝袋準備送回實驗室。她在涼亭斑駁的前簷下找到了遮雨處，點燃一根菸，聽她的語音信箱。馬許有四通留言，一通比一通憤怒。賽門和黛安娜．道格拉斯－布朗顯然在愛芮卡「為自己的目的挾持了記者會」之後「驚駭莫名」，而馬許也一樣。他命令她早上立刻去向他報到。訊息結束之前他說：「不理我的電話只會被視為進一步抗命，公然挑戰我的權威。」

她聽到最後的一則訊息，一開始就雜亂扭曲；她聽見有人咒罵，接著是硬幣投入公用電話中。「對，我是艾薇……艾薇．諾利斯。如果妳能給我錢，我會把妳想知道的事告訴妳。我需要一百鎊……」緊接三聲的嘟嘟響，更多咒罵，接著線路就斷了。愛芮卡再聽一遍。是七個小時前留下的。愛芮卡打給柯廉巡佐，他有氣無力地接聽。

「嗨，柯廉，我是佛斯特總督察，你還在局裡嗎？」

「是的，老大。」他疲倦地說。

「記者會的反應如何？」

「我們接到了二十五通電話，老大。這兩個小時才變少了。我們正等著看夜間新聞會不會再播出熱線號碼。」

「跟我說我們得到了有用的線索？」愛芮卡樂觀地問。

「十四通都是已知的瘋子和胡鬧的人打來的，他們只要看到電視上有類似的案子都會想認罪。有一個人到現在還在說是他殺了黛安娜王妃。我們還得過濾一遍，全部刪除，這很耗時間。

另外十通電話是記者打來的，主要是打聽消息。」

「那加起來是十四通。」

「最後一通是艾薇．諾利斯打來的，她在記者會開始之前兩小時打的。我們追蹤到皇冠酒吧的公用電話。她語無倫次，但是留下了姓名，說她想要跟妳說話。妳查了訊息嗎？我打給妳，卻沒有人接？」

「有，她也打給我了。我們才剛發現她的屍體。」

「我操。」柯廉說。

「對，我操。聽著，明天一大早我就會進局裡，發現了什麼就告訴我。」

「呃，老大……」

「什麼事？」

「我接到的命令是所有新的線索都要跟史巴克斯總督察報告。」

「好，可是艾薇這件事，也算是牽扯到我個人。」

「當然，老大。」

愛芮卡掛上了電話，摩斯和彼得森也走過來。她跟他們說了艾薇的留言。

「她之前謊報過太多次了，」摩斯說，「她會死掉也只是早晚的事。」

「他們要移走屍體了。小組需要盡快為鑑識科封閉現場，下大雨他們得動作快，」彼得森說，「看來我們要向史巴克斯總督察報告了？」

「是啊，看來是。」愛芮卡說。片刻沉默，彼得森和摩斯似乎很失望。

「那，再見吧。」愛芮卡說。

她回去開車，坐在黑暗中，雨水拍打車頂。摩斯和彼得森開車經過，照亮了她的車內，隨即又讓她陷入黑暗。艾薇之死感覺很惡劣。她把手從大衣裡抽出來，點亮了後照鏡上方的燈。齒痕消退了，痂也在癒合。艾薇是在做什麼？她是被誘騙到布拉克維爾泳池來的嗎？她是自願來的？她這一走，她的孫子怎麼辦？

愛芮卡發動汽車，駛入了雨幕之中。

31

那人向前傾，一把扯掉厚厚的保暖頭套，大吐特吐起來。嘔吐物落在如墨的水裡，濺起了骯髒的水花，聲音甚至比落入水池的大雨聲還大。殺人之後滌淨罪惡是正常的。那人接著癱倒在濕地上，享受著雨淋的感覺。

追蹤艾薇．諾利斯有如探囊取物。以她的年紀，她是習慣的動物，一直潛藏在卡特福德大街街尾的一盞路燈下。她的模樣比平常還要噁心，毛茸茸的外套兜帽上的味道活像是乾掉的嘔吐物，她的鼻孔四周還有乾掉的血跡。

「我叫寶莉，你是要口交還是全套的？」艾薇是這麼說的，一看見昂貴的汽車停在她旁邊，眼睛都亮了起來。她只有在爬進乘客座時才看清了那人，然後中控鎖就鎖上了。

「哈囉，艾薇……我要妳的一樣東西。」那人以圓滑的聲音說。

艾薇開始求饒，驚慌害怕，一邊道歉，說下次不敢了，嘰哩咕嚕說個不停，口沫橫飛，噴到了昂貴汽車的儀表板上。「我跟你說，我不是自己要跟那個條子說話的，她威脅我。她威脅要把我的孩子帶走……她只知道那個女孩安卓莉雅跟一個黑頭髮的男的和一個金髮的女孩子在一起……我什麼也不會再說了！」

那人伸出一隻戴手套的手，給了艾薇兩張五十鎊鈔票。

「你要我幹什麼？」艾薇緊張不安地問。

我不知道她是被生活打擊得太慘重，抑或是她以為有一線機會我會讓她在事後離開，反正她收下了鈔票。

艾薇並沒有質疑地點荒僻，到達之後，她也任由他把手綑綁在背後。她甚至沒有建議先設定一個安全詞❻。

「千萬別打我的臉，」她說。「我知道我已經是一張老臉了，不過不打臉會讓我賺錢容易一點……」

就在這時我失控了，往她的臉上打了一拳。她並不驚訝，只是失望。我再打，這次更用力，她露出認命的表情。她的失望清單又多了一項。我一把一把撕扯她的頭髮……打斷她的鼻子……我的手掐在她的脖子上，長過一分鐘，她也只是一臉訝異。就在這時，她知道她活不成了。

遠處，在佩克漢萊綠地的另一端，一輛警車飛馳而過，警笛大作。那人躺在池塘邊的一叢灌木底下，享受著被雨洗滌的感覺。

我的汽車就停在幾條街外，可是我還不能回去開車。

還不能。

要等天光。

要等我乾淨了。

❻在性虐待的性行為中會預先設定好某詞語，作為受虐一方要對方停手時的暗號。

32

愛芮卡沒睡多久，她睜著眼睛躺著，聆聽著雨水無情地敲打窗戶。她沒辦法把艾薇從心中驅逐。她茫然的眼睛充滿了驚恐，彷彿是仍看著兇手的臉。愛芮卡在猜那是一張什麼樣的臉。老邁或年輕？膚黑或雪白？兇手是否孔武有力，抑或是一個不起眼的普通人？

她不記得有睡著，但她睜開眼睛就發現日光從窗帘柔柔地滲入了臥室。黎明了，而她不記得在此之前幾時有過無夢的一覺。她把窗帘拉到旁邊，看見雨停了，天空是淡淡的灰色。是日光。她俯身向床頭几，拿起手機看時間。手機接上了充電器，卻沒有電。

她咒罵一聲，移向客廳，看見爐子上的數字鐘也是一片烏黑。她打開藏著電箱的小櫥子，扯下瑪西的畫，來回按開關，卻無濟於事。從臨街的廣角窗看著底下空蕩的馬路，她完全猜不出是幾點了。她打開大門，穿過平台到對面敲門。幾秒之後，她聽見了鑰匙轉動聲，門閂拉開，鍊子叮叮響。門打開了幾吋，一名年老的嬌小女士從門縫往外看，滿頭白髮像蛋白霜。

「抱歉打擾妳了，」愛芮卡說，「妳能告訴我現在幾點了嗎？」

「妳是誰？為什麼想知道幾點了？」老太太懷疑地問。

「我是妳的新鄰居。我想大概是停電了，我唯一的時鐘就是手機上的，可是手機沒電了。」

老太太拉起開襟毛衣的薄袖子，看著緊緊扣在手腕上的小金錶。「十點二十了。」她說。

「早上十點二十？」

「對。」

「妳確定？」愛芮卡驚恐地說。

「是的，親愛的，有手錶的人是我。我家好像沒停電。」她說，打開了她家走廊的燈，又關上。「妳大概是需要去繳電費，親愛的。妳之前的房客有好久都沒繳電費了。有一次連警察都來了——真不知道警察幹嘛要浪費時間來催繳帳單。不過妳的房東顯然是一位滿高階的警察，所以是我就會小心一點……」

愛芮卡在十點四十五分趕到路易申街警局，上氣不接下氣。沃夫在前檯，繞到她旁邊。

「佛斯特總督察，我奉命帶妳去見馬許總警司；緊急事件。」

「我知道怎麼走。」愛芮卡不客氣地說。她直接往馬許的辦公室走，敲了門。馬許打開門。

「進來坐下。」他冷冷地說。歐克利助理總監坐在馬許的位子上。馬許反而坐在自己辦公桌旁的椅子上。他的辦公室匆匆整理過，有一張聖誕卡的一角從櫃子門突了出來。

「早安，佛斯特總督察。請坐。」歐克利說，聲音冷靜清脆。他的衣著一絲不苟：制服潔淨，灰髮髮線分明，沒有一根頭髮跳絲。他的皮膚曬得發亮。他就像一隻老狐狸。一點也不性感，卻狡詐老練，打理得無可挑剔。愛芮卡想起了她曾讀過如果餵狐狸最好的食物，牠就會有最亮麗的毛皮。愛芮卡坐下來，注意到馬許正戴上一副乳膠手套。

「我們可以看妳的手機嗎？」歐克利說。

「為什麼？」

「妳是命案被害人艾薇．諾利斯最後一個打電話的人，語音信箱和妳的手機現在都是調查的物證。」他的語氣獨斷，不容置疑。愛芮卡拿出手機，交給馬許。

「沒開機。」馬許說，將手機翻過來，按下開機鍵。

「沒電了。」愛芮卡說。

「這是分配給妳的手機，為了公務之便，卻沒電了？」歐克利問。

「我能解釋……」

「請唸出序號。」歐克利說，不理會愛芮卡。馬許的動作很快，打開手機殼，讀出序號，歐克利抄了下來。

「不用手機也是可以讀取我的語音信箱的。」愛芮卡說，而馬許正把她的手機放進透明證物袋中封好。

歐克利不理她，打開了一個檔案夾。「佛斯特總督察，妳知道妳為什麼會在這裡嗎？」

「我想我知道，長官。我只是不知道你為什麼會在這裡？」

「三天前，沃夫巡佐歸檔了一份正式報告，記述了妳和艾薇．諾利斯的七歲孫子馬修．保森的遭遇。而艾薇．諾利斯的屍體在昨晚被發現。」

「我知道，長官。我是第一批趕到現場的人。」愛芮卡說。

「沃夫的報告上說在本局的服務台發生的事件中，妳打了那個男孩的後腦勺。這點妳有什麼話說？」助理總監抬頭看她。

「報告上是否有說當時那個男孩的牙齒正咬著我的手？」愛芮卡說。

「妳為什麼會跟那個孩子那麼靠近？」

「他坐在我的行李箱上，長官。不肯下來。」

「他坐在妳的行李箱上，」歐克利重複道，身體向後靠，用筆輕敲牙齒。「妳在這個七歲小男童的攻擊中受傷了嗎？」

「是的，我的手被咬了。」愛芮卡說。

「沒有。」

「然而報告卻到此為止。標準程序是妳必須讓醫生檢查，他可以幫妳證明。妳看過醫生嗎？」

「為什麼？」

「傷口又不會危及性命。不像某些人，我寧可做實際的警察工作而不是整天寫文書。」

「不會危及生命。然而這種事卻能很快就危及事業。」歐克利說。愛芮卡看著馬許，但是他一聲不吭。

歐克利翻閱檔案。「我調出了服務台的監視畫面，確實拍到了全部的爭吵。艾薇．諾利斯拿刀威脅妳，前檯巡佐介入解決。不過六分鐘後又拍到妳在停車場，而艾薇．諾利斯和她的三個孫兒坐進了妳的車子。」

他傳過來一張大幅相片，清楚拍到了艾薇和孩子站在愛芮卡的車外。下一張照片是愛芮卡從打開的車窗拿出一樣東西，再下一張是艾薇和孩子坐上了愛芮卡的車。

「那天非常冷，我覺得他們可憐，就載他們一程。」

「那妳在照片中是拿什麼給艾薇？」

「現金。」

「妳載他們一程？送去哪裡？」

「卡特福德大街。」

「然後呢？」

「我放他們下車。」

「哪裡？」

「一家立博簽注店；艾薇不想讓我看到她住在哪裡。他們下了車，就消失在兩間店之間。」

「是下了車，還是逃下車？他們在妳的車子裡有沒有發生什麼事？你們雙方有進一步的肢體暴力嗎？」

「沒有。」

「二十四小時後妳又被看到和艾薇．諾利斯在一起，這一次是在私人的守靈會上騷擾她。」

「那是美其名的違法營業，長官，而艾薇是在公共場所。我沒有騷擾她。」

「妳知道皇冠的店主正式提出了警察騷擾的投訴嗎？」

「有嗎？是利用當警方線民的空檔嗎？還是說這就是他當線民工作的一部分？」

「我可不會在這一點上太囂張了，佛斯特總督察，」歐克利冷冷地說，「這些指控累積的速度相當令人心驚。妳的手機號碼在命案現場艾薇．諾利斯的屍體上出現，而且她身上還有一百鎊現鈔。而在這張照片中妳又給她鈔票……」

「電話號碼是我給她的，我請她提供線索。」

「我們有她留在妳手機裡的留言的抄本，她說，我引述：『如果妳能給我錢，我會把妳想知道的事告訴妳。最少一百鎊應該就夠了。』」

「等等，你們已經讀取我的手機的私人留言了？你的意思是我殺了艾薇．諾利斯？」

愛芮卡看著馬許，他起碼還知恥，知道要別開臉。

「不是，我們並沒有說是妳殺害艾薇．諾利斯的，佛斯特總督察。不過看著證據，卻不由得讓人擔心妳這位警官或許有些失控。」歐克利說。

「長官，你也知道我們都有自己的線人。我們會請線民喝一杯、聊一聊——塞點小錢，換點情報，不過我並沒有給艾薇．諾利斯一百鎊。」

「佛斯特總督察，我能否提醒妳付錢買情報並不是正式的警方策略。」馬許說，終於開口了。愛芮卡一聽見這句荒唐的話就笑了出來。

馬許的聲音高了八度。「在記者會的官方聲明上，妳也直接違背了我的命令。妳貿然插嘴，未經協商，未經核准。為了毫無根據的直覺藉記者會為喉舌。誰知道妳造成了什麼損害……」

「直覺？長官，我有一條強力的線索指明安卓莉雅．道格拉斯－布朗在遇害之前幾小時曾和一個男人在一起，這件事的目擊證人有酒保和艾薇．諾利斯。」

「對，那個似乎不存在的酒保跟一個不可靠的證人，現在也死了。」歐克利助理總監說，仍冷靜得令人發火。他接著說：「妳對道格拉斯－布朗爵士有什麼不滿嗎？」

「沒有！」

「他提供軍事合約的角色是飽受爭議，也影響了警察與軍隊各部的政策。」

「長官，我唯一的任務就是要抓到殺死安卓莉雅・道格拉斯－布朗以及艾薇・諾利斯的兇手。難道我是第一個覺得兩者的情況極其相似的嗎？」

「這麼說妳現在相信兩件案子的兇手是有關聯的？」助理總監說。

「我能否補充一句，長官，這不是我們在調查的方向。」馬許很沒骨氣的說。

愛芮卡頓了頓。「沒錯，我相信兩件案子是相關的。我相信照我的調查方向追查下去會是抓住這名兇手的最佳契機。」

「我重複一遍，這不是我們的調查方向。」馬許說。

「那我們的調查方向到底是什麼？」愛芮卡反問，死盯著馬許。「史巴克斯總督察鎖定的頭號嫌犯只撐了三個小時，結果對方卻有不在場證明！」

「佛斯特總督察，要是妳撥空來參加今早的簡報，妳就會知道了。」馬許說。

「我家停電了，我的手機沒辦法充電。所以我沒辦法收到訊息或是通知。你查我的紀錄就會知道這種事從來沒有發生過。」

一陣沉默。

「妳還好嗎？心理上，佛斯特總督察？」歐克利助理總監問。

「我沒事。為什麼問這個？」愛芮卡問。

「這兩個月來妳的經歷對任何人來說都是莫大的壓力。妳率領了一支十二人小隊去羅奇代爾查組毒品，只有七個人生還……」

「我不需要你來幫我把我自己的檔案唸給我聽。」愛芮卡說。

歐克利往下說：「你們情報不足卻衝了進去……妳似乎急於建功，就和現在一樣。妳看不看得出來這件事可以解釋成是妳的衝動行為？」

愛芮卡緊抓著椅臂，極力保持冷靜。

助理總監繼續說：「那天五名警察殉職，妳先生馬克．佛斯特偵緝警司也不幸在內。妳因此而停職。妳似乎可以藉此學到珍貴的一課，可是妳並沒有，而且——」

愛芮卡發現自己站了起來，俯身在辦公桌上，搶過檔案，撕成了兩半，再摔回桌上。「這根本就是狗屁倒灶。我昨天會搶著發言是因為我相信安卓莉雅被看到和兩個人在一起，他們可以提供殺人兇手的消息。賽門．道格拉斯－布朗不喜歡，所以現在他在要求這件案子該如何調查！」

她仍站著，驚愕不已。

歐克利助理總監向前傾，以練習過的音調說：「佛斯特總督察，我現在正式解除妳的職務，同時調查妳的行為，並且重新評估妳在英格蘭及威爾斯的執法能力。妳要交出所有的武器、正式的證件以及交通工具，靜候進一步的通知。在我們的調查結果出爐之前，妳會繼續收到全薪，而在妳收到命令時，妳要由警方正式的精神科醫師檢查。」

愛芮卡用力咬住口腔內側，命令自己閉嘴。她交出了警徽。「我只想要抓住兇手，但是你們兩個似乎還有別的任務。」她轉身離開了辦公室。

沃夫跟那名制服警員在外面等。「對不起，我們得送妳出去。」他說，鬆弛的臉慚愧地低著。愛芮卡跟著他走向大門，經過了事件室。史巴克斯總督察正站在白板前，向小組簡報。摩斯和彼得森抬頭看見愛芮卡被押送出去，兩人都別開了臉。

「輕鬆抹掉。」愛芮卡壓低聲音說。他們來到了值班台，沃夫要她交出車鑰匙。

「現在？」

「抱歉。」

「拜託，沃夫！那我要怎麼回家？」

「我可以請一位同仁送妳回去。」

「送我回去？算了。」愛芮卡說。把鑰匙放在值班台上，走出了路易申街警局。

一走到馬路上，愛芮卡就忙著找公車站或是計程車，但是繁忙的環狀路上什麼也沒有。她往路易申車站邁步，在皮包裡找零錢，卻只找到信用卡。她正在皮夾克的深口袋裡翻找舊面紙和垃圾，手卻摸到了一個方方硬硬的東西，掏出來一看是個白信封，很厚，看來很貴。信封正面什麼也沒寫，她翻過來，手指插進折口，拆開了信。裡頭是一張對折的紙。

她猝然止步，車輛呼嘯而過。是一份報紙的影印，寫的是馬克及她的四名同事殉職的那次查緝行動。有張照片拍的是羅奇代爾的那棟屋子，小徑上躺滿了屍體，四周是鮮血和碎玻璃；屋子上空有警方的直升機在盤旋，吊起兩名同事，稍後他們會在醫院死亡。還有一張粗糙的黑白照片，是一名幾乎難以辨認的警察躺在擔架上，渾身是血，抬起一隻手，手指軟弱無力。這是馬克生前的最後一張照片。上頭以紅色麥克筆寫著：**妳就跟我一樣，佛斯特總督察。我們都殺了五個人。**

33

這幾天媒體對於安卓莉雅命案的報導有了改變，愛芮卡在記者會上的聲明點燃了更加負面的媒體反應。起初只是對安卓莉雅過去的戀情含沙射影，慢慢地火山噴發，挖出了許多安卓莉雅的腥膻情史，並且暗示她男女不拘。到這個週末，小道報紙又點燃了一團挖瘡疤的火球。一名安卓莉雅的前男友，自稱是表演藝術家，出面把他的故事賣給了一家八卦小報。翻拍自錄影帶的相片秀出了兩人口交以及肛交的畫面，還有安卓莉雅在地下性愛窟中被綑綁鞭笞，穿著一件透明的塑膠洋裝，戴著口枷。八卦小報謹慎地為照片打上了馬賽克，但是讀者絕不會看錯她是在做什麼。大報譴責八卦小報的行徑，但同時也提出自己的看法，火上加油。右翼報紙找到了新的方法來攻擊賽門．道格拉斯－布朗，而在他們的眼中，安卓莉雅有可能，只是有可能，是自找的。

愛芮卡在新公寓中度過了漫長又孤寂的四天，努力想安頓下來。她繳清了電費，盯著新聞報導。她去醫院檢查，搭公車去路易中醫院，說明她是警察，接觸過體液和鮮血。她做了血液及尿液採樣，獲知她必須三個月後再回來驗血。整件事都冰冷專業，讓她覺得渺小，是在這個世界上一個無足輕重的小人物。獨自一個在公寓裡，她一直瞪著那張信看，竭力想通是如何放進她的口袋裡的。她失神了嗎？她怎麼會什麼也沒注意到？她的心思回到找到信之前的幾天，回到她去過的地方——但誰都有可能，什麼地方都有可能。目前，她把信放進了透明的證物袋裡。她知道她應該要交出去，但心底深處卻叫她留下來。

第五個晚上，愛芮卡來到布拉克利車站對面的書報店，買了當天的報紙，看見《每日郵報》的頭條是：**高階警官被調離安卓莉雅案**。

內文詳細透露在犯了一連串的高調錯誤及疏漏之後，愛芮卡．佛斯特偵緝總督察被停職，靜候全面調查。文中說佛斯特被指行為不穩，洩漏命案相關消息給媒體，不當揭露機密線民的消息，「極可能」導致艾薇．諾利斯的死亡。

文章附了一幀愛芮卡坐在乘客座的相片，瞪大著眼，嘴型扭曲，伸手抵著儀表板。下方的文字是：**浮躁的警察愛芮卡．佛斯特**。照片是在霍尼曼博物館外的犯罪現場拍的，那時摩斯的車子在冰面上打滑。

愛芮卡丟下了報紙，什麼也沒買就離開了。

回到家後，她煮了杯濃咖啡，打開電視。BBC新聞正預備播出整點頭條，接著安卓莉雅．道格拉斯－布朗的臉孔出現在螢幕上，文字說明警方逮捕了一名叫馬爾可．傅羅司特的男子。

接著由主播報導。「二十八歲的馬爾可．傅羅司特原本不在警方的調查名單上，但後來發現他謊稱在安卓莉雅．道格拉斯－布朗被殺時不在國內。」

資料片秀出了馬爾可——英俊黑髮的青年——戴著手銬從公寓大樓的入口出來，低著頭，由兩名制服警察押送上警車。他坐進警車時，他們扶著他的後腦勺，接著警車就飛馳而去。

鏡頭切向賽門．道格拉斯－布朗與吉爾思．奧斯波恩，兩人和馬許站在蘇格蘭場的旋轉招牌外。

「今晨警方搜索了馬爾可．傅羅司特的家，找到了與被害人有關的證物。據信幾個月來嫌犯對安卓莉雅・道格拉斯－布朗發展出不健康的迷戀，導致了她的被綁架與遇害。」馬許說。

賽門這時向前站，一臉沉痛，雙手插在西裝口袋中抽動。「我要感謝倫敦警察廳的辛苦，努力不懈調查一宗疑點重重的案子。我想說我對於新的調查小組有十足的信心，我也感謝他們的不屈不撓，抓出殺害安卓莉雅的兇手。我們當然會持續和警方密切合作。謝謝。」

報導交回到攝影棚，又換上另一則新聞。愛芮卡抓起昨天新買的預付電話，打到路易申街警局。是沃夫接的。

「我是佛斯特，你能不能幫我接柯廉巡佐？」

「老大，我不應該……」

「拜託，很重要。」

一聲嗶，接著是柯廉接聽。

「這個馬爾可・傅羅司特一定沒有足夠的罪證可以逮捕吧？」愛芮卡直接了當地就說。

「把妳的電話給我，我等會兒打給妳。」柯廉說。他掛斷了，十分鐘過去。愛芮卡正在想他是在呼嚨她，電話就響了。

「抱歉，老大，我得長話短說，因為我是躲在停車場講手機，奶頭都要凍掉了。馬爾可・傅羅司特聲稱他人在義大利，可我們過濾了安卓莉雅失蹤那晚從倫敦橋車站起的所有監視畫面，他在安卓莉雅上車之後二十分鐘也在森林山搭上了火車。當然，沒有監視畫面能證明他在現場，可是他謊報去向，又叫他的姑媽姑丈幫他提供假的不在場證明，結果搬石頭砸了自己的腳。」

「那也可能是倒楣的巧合。」愛芮卡說。

「他住在肯特的女朋友也幫他提供了不在場證明。可是他一說謊，我們就有動機了。我們會羈押他三天。」

「那艾薇・諾利斯的命案呢？」

「副座接手了，」柯廉說，「喂，老大，妳的推論可能不太妙喔。」

「喔，這會兒變推論了是吧？」愛芮卡說。柯廉沒回答。愛芮卡能聽見汽車呼嘯經過警局停車場。

「妳還好吧，老大？」

「還好。拜託把我這句話傳出去，我很確定大家都看過報紙。」

「我不認識報上寫的那個人。抱歉。」

「謝謝。」

「還有什麼我能幫得上忙的嗎？」

「你可以隨時跟我聯絡。即使你的奶頭真的會在停車場凍掉。」

柯廉哈哈笑。「我會盡量讓妳知道進展的，老大，可以嗎？」

「謝了，柯廉。」愛芮卡說。掛斷後，她伸手拿外套。該去拜託一下艾塞克・史壯了。

34

剛天黑不久，艾塞克．史壯正在與停屍間相連的辦公室裡，播放著雪莉．貝西的「表演」（*Performance*）專輯唱片，而他正準備寫艾薇．諾利斯的驗屍報告。他珍惜這種平靜的時光。他最愛的音樂，燈光略暗。跟驗屍的暴力性質有鮮明的對比：切開一具身體，給器官秤重，分析腸胃的內容物，採取DNA證據，再把施加在屍體上的暴力行為拼湊起來構築出一套論述——它死亡的故事。

一杯薄荷茶微微冒出蒸氣，擺在他的電腦螢幕邊，細緻的薄荷葉仍在剛加好水的杯子中旋轉。隱隱有一聲嗶，他的電腦螢幕上出現一個視窗，是藍灰色的監視畫面，愛芮卡．佛斯特總督察就站在實驗室外的走廊上，抬頭看著攝影機。他的手遲疑了一下，隨即按鈕讓她進來。

「這是正式拜訪嗎？」艾塞克到門口迎接她。

「不是。」她說，把袋子拉到肩上。她穿著牛仔褲和毛衣，疲倦的臉上沒有化妝。她轉頭看著清洗得很乾淨的不鏽鋼檯。

「從官方的立場，妳無權到此。妳已經被調離這件案子了。」

「對。沒警徽，沒配車。我只是一般民眾。」

艾塞克不作聲，凝視了她一會兒。「那喝杯茶如何？」他說。

他帶她進入他的辦公室。〈老虎灣來的女孩〉（*The Girl From Tiger Bay*）正柔柔地播放著，愛芮卡選了他辦公桌旁的一張舒服的單人沙發。艾塞克走向角落桌子，上頭擺著水壺。他的辦公室整整齊齊，擺滿了書架。一支iPod接著博思揚聲器在發光。喇叭旁的書架與其他的不同，別的塞滿了醫學參考書，而這一個書架放著小說——主要是犯罪驚悚小說。

「你空閒的時候不會還在看辦案故事吧？」愛芮卡說。

艾塞克啟動了電水壺，轉過來，乾笑幾聲。「不是，這些是贈送本，出版商送的。我是幾本巴賽羅繆偵緝總督察小說的顧問……薄荷茶好嗎？我在盡量避開咖啡因。」

「滿不錯的。我今天也應該要避開咖啡因。」她說，「喝了四杯咖啡了。」

一扇高窗旁有一小盆薄荷，艾塞克把盆子轉過來，挑了幾葉。

「我之前的伴侶是史蒂芬・林利，巴賽羅繆總督察小說的作者。」他說。

「喔。」

「喔，我是gay，還是喔，跟一個寫犯罪小說的人在一起真奇怪。」

「喔，不會啊。」

艾塞克把葉子丟進杯子裡，等著水煮沸。

「其實呢，是有點奇怪，你會跟一個寫犯罪小說的人約會。」愛芮卡說。

水滾了，艾塞克把熱水倒進杯子裡。「他的一個鑑識病理學家就是以我為藍本的。後來我們分手了，這號人物就被殺了。」

「怎麼殺的？」

「被仇恨gay的人施暴，屍體丟進了泰晤士河裡。」

「真可惜，筆的力量大過了寶劍。」愛芮卡說，接下熱氣騰騰的杯子。

艾塞克回辦公桌後坐下，把椅子轉過來面對她。「艾薇・諾利斯的陰道中有兩種精液。她的手臂被綁住，而且她是被勒斃的。我們的攻擊者離開沒有多久。她死了不到一個小時。」

「DNA資料庫有吻合的嗎？」

「我們兩個精液都查過了，沒有結果。」

愛芮卡點頭，幾乎是下意識地看著手背。

「那是咬痕嗎？」艾塞克問。

「對，是艾薇的孫子咬的。」

「艾薇的血液報告回來了。她有海洛因毒癮，也是HIV陽性。很有可能她也傳給了她的孫子。」

「他咬我的時候咬破了皮。」愛芮卡說，輕啜著茶。

「那麼我建議去做HIV測試。」艾塞克在紙上寫了一串號碼，遞給她。「來，這是我做測試的診所，乾淨迅速，而且不留姓名。病毒可能會等到六或九個月才會出現症狀，妳得再測試一遍。」

「謝謝。」

「妳打算怎麼辦？」

「我得參加正式的聽證。精神評估。當然還有健康檢查。」

「要是妳診斷出HIV……」

「船到橋頭自然直。眼前怕死可不在我的清單上。」

唱片結束了，室內有股怡人的寂靜。艾塞克看著她，在內心爭論是否該再說什麼。

「別放棄這件案子。」艾塞克說。

「我覺得是這件案子放棄了我。」愛芮卡說。

「我在回顧我的報告。有三件案子，由我主刀的解剖，被害人都是東歐女孩，全都疑似被人口販子送進英國來的。三個都被強暴勒斃，雙手被綁，丟進倫敦各處的水域裡，頭髮被拔掉，腰部以下赤裸。」

「什麼？幾時？」愛芮卡問。

「第一個是二〇一三年三月，第二個同年十一月，第三個是二〇一四年二月。就在不到一年之前。」

「什麼？為什麼沒有標記出來？」愛芮卡問，向前坐。

「外在情勢往往會否決掉拼湊證據的需要。不幸的是，這三個女孩子都是妓女，無論她們是否是自願的。她們被其他的命案淹沒了，當妓女差不多早晚都會送命。這些案子從沒有歸結在一起，每件都還有待調查。」

「一窮二白的東歐妓女被勒死——唉，倒楣事年年都有。但有頭銜的百萬富翁的年輕女兒被勒死……」

「對，報導起來就相當不同了，對吧？」艾塞克也同意。

「你之前為什麼沒說？」愛芮卡問。

「艾薇的死提醒了我。當然了，安卓莉雅跟這些女人不同，她並沒有被強暴。不過呢。另外三個女孩被發現時屍體已經腐化，而且她們是性工作者。有可能她們被強暴了，但並不是在被殺的同時。艾薇．諾利斯也是妓女，而且體內有兩種精液。有可能兇手也沒有強暴她。」

「天啊！」愛芮卡說，站了起來。「這可是重大的突破欸。我們現在有四起命案跟安卓莉雅相關了。」

「而我當然是一發現就把這條線索告知了史巴克斯總督察。」

「幾時？」

「昨天早晨。」

「那他怎麼說？」

「我一句話也沒聽到。我想他是專心在查他的頭號嫌犯，那個義大利小子。」

「他至少應該要跑跑資料，查核這幾起命案發生時傅羅司特的行蹤。要命！我能看檔案嗎？」

「不能。」

「不能？」

「我想過要告訴妳。不過我決定不說。結果妳就跑來了，嗯，我看人的眼光很準……」他的眼睛飄向犯罪小說架。「唉，看別人的眼光很準，就是不會挑情人。」

「拜託，我可以看檔案嗎？」

「不行，很抱歉。我覺得太不公平了，媒體把妳寫成那樣，可是妳真的需要冷靜下來。妳需要戰略思考。難道不能請妳的某位同事提供妳消息？」

「是有可能。你真的不再多透露一點？」

他伸手拿紙。「我會把她們的姓名以及死亡日期給妳。不過不能追溯回我身上，聽見了沒有？」

「我保證。」愛芮卡說。

艾塞克從監視畫面上看著愛芮卡匆匆走過走廊，緊抓著那張名單，希望她能夠言而有信。

35

愛芮卡回到布拉克利車站後立刻就進了咖啡店，點了咖啡，打開筆電，開始搜尋網路。有了姓名和日期，沒多久她就找到了細節。第一名被害人是十九歲的泰緹安娜・伊娃諾瓦，斯洛伐克人。二〇一三年三月一名獨自到漢普斯特西斯公園池塘游泳的人發現了她的屍體。那年開春天氣溫暖，她的屍體嚴重腐敗。媒體使用了泰緹安娜參加舞蹈大賽的相片，她穿著黑色緊身衣，鑲邊是晶亮的銀流蘇，擺出舞姿，單手扠腰。她一定是舞團的一員，但是其他團員被剪掉。她髮色深，非常美麗，而且模樣比實際年齡要年輕。

第二名被害人是茉嘉・布拉托瓦，十八歲，捷克人，失蹤八個月後在二〇一三年十一月被發現。瑟朋亭泳池的公園管理員發現她的屍體和樹葉及垃圾一起漂浮在泄水閘門邊。媒體的照片上她站在陽光普照的陽台上抱著一隻黑色小貓，也是暗色頭髮，而且非常美麗。她的後方是一排排的公寓大樓。

第三名被害人是凱若琳娜・托鐸洛娃，也是十八歲。她的屍體在二〇一四年二月發現。有個男人一大清早出去遛狗，他的狗在攝政公園的一個湖邊找到了她的屍體。凱若琳娜是保加利亞人。媒體上的相片是在自動快照亭拍的。她為了晚上的派對而盛裝打扮，一件白色低領上衣，深色頭髮中還有一綹粉紅色挑染。照片中有一個女孩摟著她，可能是朋友，但是她的臉打上了馬賽克。

愛芮卡覺得很挫折，看不出更多內情；命案細節都只是一個大概，在媒體的死亡報導中幾乎不值得注意。

在媒體的報導中三個女孩的另一個共同點是她們都是來英國打工的，後來「淪落」為妓女。愛芮卡倒是懷疑轉變是否有那麼緩慢。這些女孩是否被誘騙來英國，以為會有更美好的生活，或是好工作？學習英語的機會？

愛芮卡從臨窗座位上抬頭看著咖啡店外面。外頭雨下得很大，敲打著店門口的遮陽篷，幾個人躲在下方避雨。她喝了一口咖啡，全涼了。

愛芮卡剛滿十八就離開了斯洛伐克，也是為了相同的理由，來打工。她在一個蒼茫的十一月早晨離開了故鄉，從首都的公車站出發，長途跋涉到英國的曼徹斯特，英文也不認得幾個。

她工作的家庭還不錯。孩子們很可愛，但是做媽的對愛芮卡的態度就很冷淡，活像東歐人算不上是人類。愛芮卡覺得他們住的那條郊區馬路陰森森的，這棟屋子的男主人和女主人之間也氣氛緊繃。他們拒絕讓她在第一年的聖誕節提前回家，那時愛芮卡的母親因為肝硬化而病倒，一年半後，他們決定不再需要打工換宿了，就給愛芮卡下了最後通牒，要她三天後離開，根本沒問她是否有地方可去。

不過愛芮卡明白她很幸運，跟其他人相比的話。泰緹安娜、茉嘉、凱若琳娜也像她一樣和家人道別嗎？愛芮卡記得首都破敗的公車站：一排又一排的公車月台。每個月台上都有生鏽的金屬柱，撐起一面大遮篷，而且月台潮濕得要命。她曾疑心是不是被那些道別的青少年的眼淚弄濕的，因為要告別一個美麗的國家，而在這個國家裡成功的不二法門就是離開。

這三個死掉女孩的父母也哭過嗎？他們連自己的女兒再也回不去了都不知道。而她們抵達倫敦之後又發生了什麼事？是如何落入皮肉生涯的？

熱淚滾下愛芮卡的臉龐，侍者過來收咖啡杯，她別開臉，忿忿地擦乾眼淚。

她已經把這輩子的眼淚都流完了，現在該是行動的時候了。

36

隔天下午，愛芮卡覺得她已窮盡了小老百姓能有的一切選項了。她又煮了一杯咖啡，斟酌著她的選項，忽然聽見門鈴響。她愣了好一會兒才明白是她的公寓大門。她走出公寓，下樓去公用的前廳。一開門就看見摩斯等在台階上，一臉高深莫測。

「妳是在家訪嗎？」愛芮卡問。

「聽妳說得好像我是討厭的雅芳推銷員似的。」摩斯說，諷刺地一笑。

愛芮卡讓路給她進來。她沒想到會有訪客，只得把沙發清理出來給摩斯坐。她抓起了咖啡几上幾天以來的髒盤子，茶杯裡的菸蒂也快滿出來了。摩斯沒吭聲，逕自坐下來，抖下她揹的背包。

「要喝茶嗎？」愛芮卡問。

「好的，老大。」

「我不再是妳的老大了。叫我愛芮卡。」她說，把髒盤子放進洗碗槽裡。

「還是叫老大吧。直呼名字挺怪的。我就不要妳叫我凱特。」

愛芮卡愣住，一手懸在一盒茶包上。「妳叫凱特．摩斯？」她轉身看她是否在開玩笑，但是摩斯懊惱地點頭。「妳媽叫妳凱特．摩斯？」

「我被取凱特這個名字的時候，另外一個，稍微瘦一點——」

「稍微！」愛芮卡忍不住笑。

「對，那個稍微瘦一點的凱特・摩斯還不是出名的超級名模。」

「牛奶？」愛芮卡嘻嘻笑著說。

她忙著泡茶，而摩斯則忙著從背包裡掏出公文。愛芮卡端著馬克杯和餅乾走回來。

「杯子不錯。」摩斯說，喝了一口。「妳怎麼會泡這麼好喝的茶？不是在斯洛伐克學的吧？」

「不是。是馬克，我先生。他把泡茶的儀式深耕到我的心裡了，還有我公公……」

摩斯一臉不自在，怪自己把話題引到這麼敏感的事情上。「靠，對不起，老大。嘿，組裡的人沒有一個愛看……看，呃，就那個啦。而且我們都不知道……」

「馬克。我早晚得能夠談起他。失去了一個人，不只是他們走了，你周遭的人也不想要談他們。害我有點氣瘋了。他就好像是被刪除了……對了，妳為什麼會來，摩斯？」

「我覺得妳在查什麼，老大。艾塞克・史壯送了一些檔案過來。史巴克斯總督察死也不肯承認有關聯，可是有三個年輕女孩死亡的情況跟安卓莉雅和艾薇類似。三個都在水裡，手都被綁著，頭髮被拔掉。也是勒死的。還有強暴的證據，可是她們是性工作者。」

「對，我知道。」愛芮卡說。

「好，還有呢。我們在安卓莉雅床底下找到的手機盒。柯廉追查了盒子裡的IMEI碼❼，跟安卓莉雅的舊手機，就是她說遺失的那一支的IMEI碼吻合。柯廉後來聯絡上了網路供應商，把串

❼ IMEI碼全名為「國際行動裝置辨識碼」，即通常所說的手機「串號」，相當於每支手機的身分證。

號給了他們，他們證實了這支手機並沒有停用。」

「我就知道！所以安卓莉雅謊稱手機遺失，其實一直在用，而且買了一張新的SIM卡。」愛芮卡得意地說。

「對。追蹤到的最後一個信號是一月十二日在倫敦路附近發出的。」摩斯說。

「是有人偷去用了？」

「不是，」摩斯說，抽出一張地形測量局的地圖，攤開來。「信號是從地下二十呎的一條排水溝裡發出的，排水溝貫穿整條倫敦路，沿著森林山車站的火車軌道，再接上這條線的下一個車站，榮譽橡樹公園。」

愛芮卡注視地圖。

「排水溝是一條大支流，」摩斯接著說，「幾天來大量的融化雪水和雨水流入了地底，流經這條排水溝。」

「也會把一切都沖走，包括手機。」愛芮卡幫她說完。

「對。」

「那，顯然手機電池還有電？」

「什麼也沒偵測到。那是一支iPhone 5S，網路商說在電池沒電之後五天它還會通報它的位置——當然，五天已經過了。」

愛芮卡看著地圖，看見摩斯沿著倫敦路到榮譽橡樹公園畫了一條紅線，全長只比一哩半多一點。

「那，推論是什麼？手機在安卓莉雅被綁走時被丟進了排水溝裡？」

「對。可是史巴克斯總督察和馬許總警司都聽不進去，他們深信馬爾可・傅羅司特就是他們要抓的人，而且歐克利這些大官也逼他們要這麼相信。他們搜查了他的筆電，裡頭有一大堆安卓莉雅的照片，他寫的信，谷歌的搜尋歷程也是她去過的地方、她要去的地方……」

「這可是重大的突破，可是妳為什麼來我這裡，摩斯？」愛芮卡問，站起來再去沖茶。

「我們偵訊馬爾可時我也在場，他——曾經——對安卓莉雅很痴迷。可是他就不像是個會殺人的人。而且他的手也很大。艾塞克讓我們看了安卓莉雅身上的掌印。我也說不上來，只是直覺。」

「妳認為不是他。」

「我是懷疑，可只是直覺。我覺得這支手機可以讓調查出現一線曙光。」摩斯說。

「那，妳得找一隊人馬下去排水溝裡，起碼去找一找。」愛芮卡說。

「對，可是由誰下令，老大？我可沒那個資格。妳也是光桿司令。那得花上一大筆錢，再加上人力，誰肯簽發這種命令？小組現在全都為了起訴馬爾可・傅羅司特在忙。」

愛芮卡想了想。「還有別人跟妳一樣覺得不是馬爾可・傅羅司特嗎？」

摩斯點頭。

「彼得森？柯廉？」

「還有別的人。我們影印了泰緹安娜・伊娃諾瓦、茱嘉・布拉托瓦和凱若琳娜・托鐸洛娃的檔案。」

她將檔案交給愛芮卡，她翻閱了一遍，看著女孩的相片——全都仰天躺著，腰部以下全裸，濕頭髮黏著雪白的臉。眼中充滿恐懼。

「你覺得他是故意不合上她們的眼睛嗎？」愛芮卡問。

「有可能。」

「如果是同一個兇手，安卓莉雅又是怎麼攪進來的？」

「兇手冒險離開了舒適圈？她是不同類型的女孩。」摩斯說。

「只在金錢上面。這些女生都很相像。髮色深，美麗，身材好。」

「妳覺得安卓莉雅也賣淫嗎？妳看過報上寫的嗎？」

「她不缺錢。我認為她主要是把性當作一種刺激。」愛芮卡說。

「追逐刺激的快感。」摩斯幫她說完。

「要是安卓莉雅迷戀上這個兇手呢？她喜歡黝黑英俊的男人。」

「那艾薇．諾利斯呢？她的死和之前的被害人特徵相同，可是她不符合模式。她不年輕了，也不像其他女孩一樣美豔。」

「說不定是另一回事？她們的共同點是她也是妓女。萬一是她看見了安卓莉雅和兇手在一起，在酒吧裡？殺死她是為了滅口。」

摩斯不作聲。

愛芮卡過了一會兒才明白她們是坐在黑暗中。太陽下山了。愛芮卡走向廚房抽屜，拿出了她收到的信。走回來，把信放在摩斯的面前。

「靠。妳在哪裡找到的？」摩斯問。

「在我的口袋裡。」

「幾時？」

「就在我被停職之後。」

「妳為什麼不呈報？」

「我現在不就呈報了嗎。」

摩斯抬頭看著愛芮卡。

「我知道。要命，這表示我們有了一個連續殺人犯。」愛芮卡說。

「一個可以靠妳很近，把這個放進妳口袋的連續殺人犯。妳要我安排一輛警車在外面嗎？」

「不用。他們已經覺得我瘋了。我被要求去做精神評估。我可不想再火上加油，說有人跟蹤我……」愛芮卡看著摩斯的臉。「這些年來，我收到過不少仇恨郵件。」

「可那些都是親自送來的嗎？」

「我沒事，摩斯。還是先專心想下一步吧。」

「唔，好吧……我已經叫柯廉交叉比對不利於馬爾可．傅羅司特的活動的日期了，可是我們不知道這些女孩子的確切死亡日期。」

「我們需要找到那支手機。安卓莉雅很可能一直在跟這個傢伙聯絡。手機上可能會有他的號碼、留言和郵件。甚至是相片。那支手機是關鍵。」愛芮卡說。

「我們需要取得手機的資源。」摩斯說。

「我去找馬許。」愛芮卡說。

「妳確定？這樣不會有點冒險嗎？」摩斯說。

「我跟他認識很久了。」

「他是前男友？」

「天啊，才不是。我跟他一起受訓，他老婆還是我介紹的。這樣總能套點交情吧，」愛芮卡說，「如果不行，反正我也沒什麼損失。」

37

馬許總警司硬是吃下了第二份焦糖布丁，他已經吃飽了，可是布丁實在是太好吃了。他抓住小烤盤，湯匙戳破脆脆的焦糖。之前瑪西一直纏著他要他聖誕節送她廚師的噴燈，答應會每週都幫他烤焦糖布丁。她幾乎算是履行了承諾。

他看著她，沐浴在餐廳的燭光下，坐在他的隔壁，正跟一個圓臉黑髮的人交談，馬許忘了他叫什麼來著。他整晚都在聽瑪西是否會說到這人的名字，但迄今為止運氣不佳。忘了她的藝術課老師叫什麼名字，等一下在臥室裡就絕對什麼好事也不會有——而馬許迫切渴望她。她的長髮披在肩上，那身飄逸的白衣強調出她的胸部曲線。他環顧長餐桌上的另外三名客人，想著他們有多麼的相形見絀：一個中年女子，搽著大紅唇膏，居然顯得既可鄙又高雅；一個老男人留著雜亂的鬍子和長指甲，馬許深信他只是為了白吃一頓大餐才來的；另一個瘦巴巴的娘娘腔，灰褐色頭髮綁了個馬尾。他們都在熱烈討論薩爾瓦多．達利[8]。

馬許正在琢磨他們仍在吃甜點時就供應咖啡會不會沒禮貌，這時門環敲響了。瑪西向馬許歪歪頭，皺起眉頭。

「別讓我打斷你們，我去。」他說。

[8] 薩爾瓦多．達利（Salvador Dalí, 1904-1989）是著名的西班牙加泰隆尼亞畫家，以超現實主義作品而聞名於世。

愛芮卡不耐煩地再敲了一次門。她看見屋裡有人，大廣角窗的窗帘合上了，笑聲隨著柔和的光圈滲透出來。幾分鐘後，門廳的燈亮了，馬許打開了門。

「佛斯特總督察。有什麼事嗎？」

她發現他穿著筆挺的米色斜紋布褲和藍襯衫，捲起衣袖，樣子還滿英俊的。

「長官，你不接我的電話，而我需要跟你談一談。」她說。

「不能等嗎？我們有客人。」馬許說，注意到愛芮卡緊抱著一堆像是檔案的東西。

「長官，我相信安卓莉雅．道格拉斯－布朗以及艾薇．諾利斯的命案跟另外三件命案有關。年輕女孩的死狀和安卓莉雅一樣。命案從二〇一三年起就週期性發生。全都被棄屍在大倫敦區的水域裡……」

馬許氣惱地搖頭。「我不相信，佛斯特總督察——」

「長官，她們都是年輕的東歐女性，」愛芮卡說。翻開了一份檔案，舉起凱諾琳娜．托鐸洛娃的相片。「看，這個女孩子才十八歲，被勒死了，雙手被塑膠繩綁在背後，兩邊太陽穴的頭髮被拔掉。她像垃圾一樣被丟在水裡。」

「我要妳離開。」馬許說。

她不理他，又抽出兩張照片。「泰緹安娜．伊娃諾瓦，十九歲，茉嘉．布拉托瓦，十八歲。一樣，被勒斃，雙手也被綁在背後，頭髮被扯掉，棄屍在水裡。全都在中倫敦方圓十哩的範圍之內，就連外形都是一樣的。暗色長髮，沙漏型身材……長官，史巴克斯總督察兩天前就收到這些檔案了。相似之處不容忽視，就算是剛畢業的警察——」

走廊上有扇門開了，釋出了一陣笑聲，瑪西走向前門。「保羅，是誰啊？」她說，接著就看見了愛芮卡舉起的照片，是半裸的凱若琳娜在水中腐化。

「怎麼回事？」她說，看看愛芮卡又看看馬許。

「瑪西。拜託妳回裡面去，我在處理這個——」

「我們來問問瑪西的看法。」愛芮卡說，打開另一份檔案，拿起一張茉嘉．布拉托瓦的全身照，驚恐的臉上瞪大雙眼。毫無血色的肌膚上黏著枯葉和植物，陰毛覆著血跡。

「妳好大的膽子！這裡是我家！」瑪西大喊，一手摀住嘴巴。愛芮卡不肯合上檔案。

「這個女孩子才十八歲，瑪西。十八歲。她來到英國，以為是來打工換宿的，結果卻被迫賣淫，而且絕對是定期被強暴，然後被兇手相中，殘忍地勒死了。光陰似箭，對不對？妳的兩個小女兒現在多大了？一晃眼的工夫她們就會十八了……」

「她為什麼來？你們為什麼不在上班的時候處理？」瑪西大喊。

「夠了，愛芮卡！」馬許大喝一聲。

「他不肯在上班的時候處理！」愛芮卡說，「拜託，長官，我知道一支屬於安卓莉雅．道格拉斯－布朗的手機有跡可尋，給我找到那支手機的資源。那支手機上有安卓莉雅的生活記錄，她秘而不宣的。我相信那份資訊能夠帶領我們逮捕殺死她以及這些女孩的兇手。再看一眼這些照片，看啊！」

「這是怎麼回事？保羅？」瑪西問。

「瑪西，進屋去。**現在**。」

瑪西再看了照片一眼，回頭往客廳而去。一陣大笑聲，她關上門後就停止了。

「妳好大的膽子，愛芮卡！」

「不，長官，是我們好大的膽子。這件事無關我。對，我殺到你家門口來是沒規矩，是不得體。可是我什麼罵名也不在乎，我在乎的是這些女孩的遭遇。我們如果連查都不查，你今晚真的睡得著？想想我們剛加入警隊的時候，我們什麼權力也沒有。你現在卻可以做決定，長官。你。媽的，你可以安排我加入搜索隊，在審理委員會上開除我，我現在真的不在乎——可是看看這些，看啊！」愛芮卡又舉高照片。

「夠了！」馬許大吼，用力甩上門，愛芮卡聽見上鎖聲。

「唉，至少我試過了。」她對著照片說。合上了檔案，輕輕放回袋子裡，掉頭走到馬路上。

38

那人在夜幕降臨時出現在愛芮卡公寓對面的巷子裡，就在摩斯警員從大門出來，駕車離開之前。

這個蕾絲邊小胖妞來幹嘛？這倒是新發展。

看著佛斯特總督察的一舉一動幾乎讓人越來越上癮了。再加上傾盆大雨，戴著兜帽、低著頭，背包裡裝著三件不同的雨衣，跟蹤她實在是輕而易舉。

融入的秘訣就在於別刻意。每個人都他媽的太注意自己了。

那人的眼睛被樓上的愛芮卡吸引過去，她正瞪著窗外抽菸。

她在想什麼？另一個警察摩斯跑來幹什麼？佛斯特總督察應該被調離這宗案子了……

忽然，愛芮卡站了起來，合上了百葉窗。幾分鐘後，她走出大門，拎著袋子，往車站走。那人撤退，疾奔出巷子去開車，隨即駛入大馬路，想要放慢速度，保持正常，融入車流。

愛芮卡才剛轉入布拉克利車站，那人的車子就駛入了車站的臨停區。前方有一輛汽車正要駛離，那人利用機會停車，盯著愛芮卡走過天橋到對面的月台。前面的司機駛離了停車格，還揮手致謝。那人嘻嘻一笑，也揮手致意，隨即疾馳回愛芮卡住的那條街，經過了她漆黑的公寓，停在幾條街外。

汽車引擎停止之後，那人用一分鐘的時間打量佛斯特總督察的公寓大樓後方。一道高牆圍住了大樓的後面，有條小巷沿著一側前行。大樓從原本的一幢獨立房屋改建成公寓時，後面留下了一堆新舊不一的窗戶、排水管和陰溝。

那人下了車，從後車廂拿了一個背包。

我現在不打算這麼做，可情勢好像是升溫了。從外面看已經不足以給我……

往佛斯特總督察的公寓走時，兩名通勤族走過，談得很熱絡，絲毫沒注意到他。到了愛芮卡公寓的外面，那人爬上了圍牆，已經仔細思考過該如何爬上頂樓。

沿著圍牆慢慢移向大樓背後，踩到窗台上，抓住排水管，一條腿勾住上方的窗台，爬上去，利用排水管。

窗台是平滑的石頭，那人因為出力而氣喘不已，暫停了一下。到目前為止都成功……

利用避雷針，一條粗排水管當槓桿，然後再三扇窗，交錯排成一列。一、二、三……

那人爬到了愛芮卡的浴室窗台，全身是汗。窗戶關著，這也在預料之中。不過，窗戶旁有個小排氣扇，便宜貨，裝設得也差。戴手套的一隻手覆住那方塑膠格，那人抓緊邊緣，用力一拉，啪的一聲，塑膠格就摘掉了，露出了銀邊的通風管。那人把一隻胳臂往裡推，感覺到戴手套的指關節碰到了內側牆上的通風口塑膠殼。用力一拳就敲掉了。塑膠殼擦過浴室牆，連著電線懸吊著。

那人從背包的側口袋中拉出一根衣架，穿進通風管，鉤了半天，終於鉤住了裡頭的窗把，打開了窗戶。那人行動快速，頭先爬過去，伸長雙手，按住了馬桶座。

我進來了。

從遠處監視佛斯特總督察這麼久，終於進來了令他振奮不已。浴室雖小卻機能十足。打開浴室櫃，那人看見裡頭裝了一盒衛生棉、一條感染藥膏和一袋除毛貼片。已經過期了。

真讓人心碎。她帶著一包舊的除毛貼片。

那人把浴室櫃裡的東西都收集起來，再走向空臥室。沒有什麼特別的味道。女人味有時是既有趣又奇異的。其他人的味道就令人反胃……

我聞到的只有老菸槍……油炸食物。一點廉價香水。

那人拉開被子，在床墊上整齊地排列出浴室櫃裡的東西，再拉上被子，這才移向客廳。客廳漆黑，只有街燈的橘光。咖啡桌上散佈著用過的杯子和一只菸灰缸，另外還有警方檔案的影本。

那人用戴手套的手拿起一張，怒火暴竄。那是茉嘉．布拉托瓦的相片。活著的茉嘉．布拉托瓦，然後是死掉的，在水裡腐化的。

佛斯特總督察知道了。她把每個點都連起來了，而那個蕾絲邊小胖妞在幫她！

外頭平台上有聲音，樓梯吱嘎響，那人潛行到門口，從窺視孔看。

一名白髮老婦人登上平台，走近前門，臉孔在窺視孔中變得腫脹。她聽了聽，隨即轉身走向自己的家門。

那人突然覺得需要離開，需要跑遠，需要計畫。

是佛斯特總督察逼我的。

我得殺了她。

39

愛芮卡回到公寓之後洗了個長長的熱水澡，裹著毛巾出來，走進浴室，坐在床上，思索著今晚發生的事。回溯起來也並沒有比第一次的回顧好多少。

她走去給手機充電，猛地停步，拉開了鴨絨被。床墊上陳列著她的浴室櫃中的東西。

她一下子站了起來，走向臥室窗。窗戶是關上的，到底下的巷子完全沒有立腳之處。她移到客廳，打開了燈。房間仍是她離開時的模樣。百葉窗合著，檔案和咖啡杯散置在桌上。她走過前門，門上並沒有信箱。她鎖門了嗎？當然鎖了，她心裡想。她回到浴室，打開了洗手台上方的櫃子，裡頭空無一物。

在她洗澡時窗戶是關著的，她也沒打開。不，她心裡想，她只是太累了，忘東忘西的。一定是她自己把這些東西從櫃子裡拿出來的。她發覺浴室煙霧瀰漫，就去拉小通風扇的繩子。毫無動靜，她又拉一次。

「靠。」她說，以手背擦掉鏡上的凝水。為什麼馬許也是她的房東？她最不想做的事就是跟他聯絡。她關掉電燈，回到臥室，把床上的東西拿走，覺得緊張不安。是她從浴室櫃子裡拿出來的？還有她收到的信呢？

可別人要如何進來？一定得有鑰匙。

隔天早晨，愛芮卡收拾好公寓，正在思考是否該打給局裡，告訴他們可能有人闖入她的公寓——用「闖入」二字可能是很妥切的說法——就聽見樓下的門墊上有郵件落地。篩揀過鄰居的帳單之後，她把信件都放在門邊桌上，找到了一封給她的信。她住進新公寓後的第一封信。是倫敦警察廳要求她在七天內去做精神評估。

「我沒瘋，對吧？」愛芮卡自言自語，只是半開玩笑。等她上樓後，她的手機響了。

「愛芮卡，我是馬許。妳有六個小時跟泰晤士水務的一支小隊合作。要是找不到手機，就到此為止。聽懂了嗎？」

希望在愛芮卡的胸中萌芽。「是。謝謝你，長官。」

「手機幾乎是不可能在底下。妳看到我們這兒下的雨了嗎？」

愛芮卡看著外面，雨水敲打著窗戶。

「我知道，長官，可是我願意賭一賭。我破過的案子還有比這個線索更渺茫的。」

「妳可沒在破這件案子。妳被停職了，記得嗎？妳只需要把證物交給史巴克斯總督察。馬上。」

「是，長官。」愛芮卡說。

「其他的細節由摩斯傳達。」

「非常好，長官。」

「還有，妳要是再那樣鬧一次，跑到我家來，當著我老婆的面揮舞變態的犯罪現場照片……妳就不會只是停職了。妳的事業也完蛋了。」

「不會再有下次了，長官。」愛芮卡說。喀嗒一聲，馬許掛電話了。愛芮卡忍不住微笑。「每一個強人的背後都有一個女人知道該怎麼嘮叨他。做得好，瑪西。」

愛芮卡走路去和摩斯及彼得森會合。進入排水道的人孔是在榮譽橡樹公園教堂旁的墓園邊上，距離愛芮卡的公寓只有幾哩。教堂和火車站只隔幾百碼，座落在小山丘上。雨停了，雲層也微露空隙，愛芮卡和摩斯在塗著「泰晤士水務」標章的廂型車邊見面。彼得森端著一盤外帶咖啡，正在分送給一群穿連身工作服的人。

「這位是麥克，他的小組會協助搜索。」摩斯說，為他們引介。

「我是愛芮卡．佛斯特。」她說，傾身跟他握手。這些人效率極高，大口喝完咖啡，不出片刻就把巨大的人孔蓋抬了起來，滾到一邊。

「看到妳真好，老大。」彼得森說，笑嘻嘻地給了她一杯咖啡。

麥克把他們帶到小廂型車裡，裡頭架設了一排的監視器、一間小淋浴室，以及下去排水道裡所有人員的無線通話器。一個監視器上亮著一直更新的衛星天氣圖，炭灰色的大倫敦區上有密密麻麻的線條和區塊。

「這就是生與死的差異，」麥克說，用原子筆輕拍著螢幕。「底下的排水道結合了雨水和廢水。突然的一陣暴雨就能淹沒排水道，沒幾分鐘就會有浪潮一樣的水沖進泰晤士河。」

「在這些科技發明以前你們都怎麼做？」彼得森說，指著螢幕和衛星天氣圖。

「靠兩隻耳朵啊，」麥克說，「如果有暴風雨，我們會把最近的一個人孔蓋掀高六吋，再往下砸。鏘鎯的聲音會在底下的水道裡迴盪，希望讓底下的人能收到警告，及早逃出來。」

「在底下工作的人只有男的嗎？」摩斯問。

「怎麼？妳要找工作？」麥克挖苦地說。

「真好笑。」摩斯說。

他們下了車，看著天空。頭頂的雲層似乎散開了，但是地平線的顏色卻變黑了。

「我們最好快一點。」麥克說，移向四個人，他們在人孔上架好了絞盤，正在穿戴安全索。愛芮卡走過去看，豎道上有鐵梯深入一片漆黑。

「那我們要找什麼，手機嗎？」麥克說。

「是一支 iPhone 5S，我們相信是白色的，但也可能是黑色的。」摩斯說。她交給每個人一張護貝的照片。

「我們知道手機在底下將近兩個星期了，可如果你們找到了，請盡量不要摸。我們需要保存仍然殘留的鑑識證據。我會給你們證物袋，找到後必須立刻放進去。」愛芮卡說。

他們每個都接下了一只透明證物袋，卻一臉懷疑。

「那是要怎麼找？是要我們等這支手機自己浮出來嗎？」

「我們真的很感激各位的協助，兄弟們，」彼得森說，「你們在非常關鍵的時刻伸出援手，這件令人痛心的案子關聯到四個被殺的年輕女孩。找到這支手機可以提供很大的一塊拼圖。就請你們盡量不要不戴手套去摸。」

男人的態度有了一百八十度的改變，立刻戴上頭盔，檢查起頭燈和無線電。一切妥當之後，他們全都圍立在人孔旁，看著麥克伸入一支探針。

「我們在檢查是否有毒氣，」他說，「我們在底下要擔心的不只是屎尿而已。還有碳酸，以前礦工叫它窒息氣；礦坑氣，會爆炸；還有硫化氫，腐敗分解的過程會產生的氣體……大家的化學偵測器都在衣服裡了嗎，夥計們？」

大家都點頭。

「天啊，難道你們不想換到超市去上班？」摩斯問。

「這個薪水比較高。」小組中最年輕的說。他第一個下去，緩緩從人孔開口往下爬。他們看著其餘的人沒入黑暗，頭燈照亮了排水道褐色污穢的內壁。愛芮卡看著俯身注視的摩斯和彼得森，三人交換了緊張的一眼。

「好像大海撈針。」彼得森說。漸漸地，底下的頭燈變淡，他們被留在沉默之中。麥克上了廂型車去監看他們的進度。

一小時後仍沒有回報，他們在寒風中跺腳。接著警用無線電上傳來呼叫聲，錫德納姆有家超市出事了，有個人拔出槍，開了幾槍。

「我們今天要待命，」摩斯說，抬頭看著彼得森。「我們最好趕過去。馬許說了這件事不是第一優先。」

「你們兩個去吧，我留在這裡等。」愛芮卡說。摩斯和彼得森匆忙離開，她一個人留下來，再一次領悟到她沒有警徽，沒有權限。她只是一個女人在打開的人孔邊上閒晃。她上了廂型車，問麥克進度如何。

「什麼也沒找到。我們差不多到了我不想讓他們再更往前的階段了。下水道叉出好幾個方向通到中倫敦。」

「好吧，盡頭在哪裡？」愛芮卡問。

「倫敦附近的污水處理廠。」

「那……」

「一支小手機會出現的機率很渺茫，」他說，「又不是一隻吞了鑽石戒指的狗，妳……」

「對，我懂。」愛芮卡說。她下了車，坐在一根樹樁上抽菸。教堂聳立在寒風中，遠處有一列火車經過。一個半小時後工作人員紛紛出現，渾身是泥，筋疲力盡，全身是汗。大家都搖頭。

「跟我想的一樣，手機可能不知道沖哪兒去了。搞不好還出海了。排水道從一月十二日起就打開過兩次，會有一大堆東西流過，這麼大的水壓，不會有什麼東西留在底下的。」麥克說。

「謝謝你，」愛芮卡說，「我們試過了。」

「不，是他們試過了。」麥克說，指著小組。「我跟妳的老闆說過，根本就沒有希望，只是白費力氣。」

愛芮卡不由得想，會不會就是因為如此馬許才幫她安排此事的。她在雨中走路回家，仍然堅信必須找到安卓莉雅的手機。她想到了她收到的信以及在床上的東西。

她覺得只有她一個人知道警方抓錯了人。

40

三天過去了，摩斯或彼得森都沒有消息。愛芮卡的熱忱和樂觀逐漸流失，無事可做只讓情況更惡劣。第三天，她準備要打給愛德華，面對去看馬克的墓碑這件事，卻在這時手上的手機響了。

「老大，妳一定不會相信，」摩斯說，「安卓莉雅的手機找到了。」

「什麼？在下水道裡嗎？」愛芮卡問，抓緊了筆。

「不是。是在阿納利一家二手手機店。」

「那距離這裡只有幾哩路。」愛芮卡說。

「對。柯廉把IMEI碼傳給了本地的二手機店家，說如果有這個號碼的手機出現，就要他們立刻和事件室聯絡。」

「結果真的聯絡了？」

「他也說了會支付他們一支全新iPhone 5S的售價，一定讓他們很心動。」

「那怎麼會出現在阿納利？」愛芮卡問。

「一個女人找到的。上週大量的雨水和雪水害森林路比較低矮的尾端的下水道溢了出來。下水道不堪負荷，結果高壓的水就湧出路面，把柏油路衝破了。我們猜手機就是那個時候沖出來的。她看見了，而且手機的狀況還滿好的，她覺得可以拿去換幾個錢。」

「手機還能用嗎？」

「不能，螢幕也嚴重龜裂，不過我們拿去給電腦組，他們已經排到工作單上的第一項了。他們會從網路記憶體裡盡量弄到東西。」

「摩斯，我這就過去。」

「不行，老大，稍安勿躁。妳要是想過來，就等到有理由可以衝進來，義正辭嚴中斥他們的時候。」

愛芮卡正想抗議。

「真的，老大。我保證一有消息就會打給妳。」摩斯掛斷了。

漫長緊繃的六小時之後，摩斯打來說電腦犯罪科從安卓莉雅的手機中取得了相當數量的資訊。

愛芮卡搭計程車到摩斯給她的地址，在中倫敦的電腦犯罪科外和她會合，電腦犯罪科的建築就在塔橋附近，辦公大樓毫無特色。兩人搭電梯到頂樓，來到了一處開闊的辦公室。每張桌子都在忙，坐在桌前的人都是疲憊的警員，盯著電腦螢幕，旁邊是手機或筆電的碎片，或是一團電線和電路板。

最後方的牆面有一排類似景觀套房的淡色玻璃窗。愛芮卡一想到這些警員不得不看的螢幕內容就忍不住打哆嗦。

一名矮小英俊的男人在茶水間等待她們，他穿著脫線的毛衣，自稱李．葛拉漢。她們跟著他穿過辦公室到一間大儲藏室去，裡頭擺了一架又一架的電腦、手機、筆電，全都裝袋密封。她們經過了一個矮架，有台筆電包在塑膠袋裡，表面有一層乾涸的血跡。

他帶她們到最遠一角的雜亂辦公桌前，安卓莉雅的手機就放在上面，破損龜裂。背殼摘掉了，接上了有兩個螢幕的電腦。

「我們從這支手機上取得了很多東西，」李說，坐下來調整一個螢幕。「硬碟的狀況很好。」

摩斯拉來兩張椅子，兩人在李的旁邊坐下。

「照片有三百一十二張，」李接著說，「十六則錄影，幾百則簡訊，從二〇一二年五月到二〇一四年六月。我用臉部辨認系統跑過了所有的照片，這個系統可以進入全國的犯罪資料庫，利用臉部辨識來尋找吻合的人。結果出現了一個名字。」

愛芮卡和摩斯看著彼此，興奮不已。

「他叫什麼名字？」愛芮卡急切地問。

李敲打鍵盤。「不是男的，是個女的。」他說。

「什麼？」愛芮卡和摩斯異口同聲說。李掠過一連串拇指指甲般大小的圖像，點開了一個：一張熟悉的臉。

「琳達．道格拉斯－布朗在警方的資料庫裡？」摩斯詫異地問。照片中，琳達和安卓莉雅坐在酒吧裡；安卓莉雅自信地瞪著鏡頭，一身奶白色上衣完美無瑕。釦子沒扣，露出深深的乳溝，一條銀項鍊落在她的乳房之間。而琳達則紅著一張臉，髮如亂麻。穿一件高領黑毛衣，衣領拉得很高，就在雙下巴之下。毛衣繡著小貴賓狗在嬉戲。她的頸上戴著一個金色大十字架，一隻手掛在安卓莉雅的肩上，露出酒醉的笑臉。

「這是被害人的母親嗎？」李問。

「不是，是被害人的姊姊；兩人相差四歲。」愛芮卡說。三人有一會兒沒出聲。

「喔，好。我調出了她的犯罪紀錄，剛剛才印好。」李說。

41

李幫她們在辦公室裡找到了一個空的工作站，讓她們翻閱琳達的檔案。

「天啊，琳達的紀錄可以追溯到好幾年前。縱火、偷竊、商店行竊……」愛芮卡說，「去年七月到十一月間，安卓莉雅的未婚夫吉爾思．奧斯波恩報案過三次，說琳達騷擾他，寄恐嚇信給他。」

「三次都有警員找她談過話。」摩斯說，一面閱讀。

「對，卻沒有逮捕。吉爾思．奧斯波恩第一次報案是在二〇一四年七月，說是收到琳達寄的侮辱信件，其中一封她威脅要殺掉他的貓，再殺掉他。第二次報案是在一個月後。他的公寓被闖入，他的貓被毒死了。琳達的指紋出現在他的屋子裡，但是她的律師宣稱會有她的指紋是因為她最近去參加過他和安卓莉雅的訂婚晚宴。

「琳達也在吉爾思．奧斯波恩的公寓被闖入後幾分鐘被監視器拍到她出現在下一條街上。然後她有條件認罪，說她是在公寓遭闖入之後進去的，她想救那隻貓，因為從窗外看，那隻貓的情況好像很不好。」

「聽起來她的律師很厲害。」摩斯說。

「也許，不過反正都沒有足夠的證據來坐實奧斯波恩的指控。第三次報案是在去年十月，琳達造成了吉爾思辦公室八千鎊的損失。她朝一面大玻璃鑲板扔磚頭。看，監視器拍到了。」

照片曝光過度，而且是黑白的，但是卻能看見一個龐大的身影，穿著長風衣，頭戴棒球帽，帽簷遮住了臉。那人的胳臂向後伸，準備丟磚頭時，風衣打開了，露出了底下的毛衣，毛衣上的圖案是一隻在跳舞的貴賓狗。

摩斯的袋子裡裝著筆電，她拿出來，打開電源。「我們來看安卓莉雅的手機照片。」她說，插入了隨身碟，裡頭都是安卓莉雅的手機照片。她們等著筆電啟動開機。小小的光點開始閃動，接著螢幕上掠過一大堆的照片。

安卓莉雅在幾個派對上的照片，有許多張自拍，安卓莉雅上身赤裸對著浴室鏡的自拍，誘惑地捧著一邊乳房，頭向後仰。然後是一系列在某家酒吧的照片，看來像是和琳達同去的那一家酒吧。

「停，倒回去！」愛芮卡說。

「不能停，我們得讓它下載。」摩斯說。

「拜託。」愛芮卡不耐煩地說，筆電停在一張一團黑的照片上，顯然是誤拍的——接著照片又開始下載，終於結束。愛芮卡開始瀏覽。

「好，有了，這些是最近的相片，酒吧裡拍的。」愛芮卡說。

「妳覺得那是誰？」摩斯說，兩人凝視著螢幕。一名三十出頭的高個寬肩男人和安卓莉雅合影。髮色很深，一雙褐色大眼睛，輪廓分明的俊臉上有剃得很短的鬍碴。

頭兩張相片是安卓莉雅把手機拿遠的自拍，每一張她都依偎著男人的胸膛。他的長相極其俊美。

「髮色深的男人。」愛芮卡說，聲音輕柔興奮。

「先別太興奮了。」摩斯說，但語氣同樣振奮。愛芮卡向前點閱照片。看來都是在同一場派對上拍的：背景都是人，坐著或是在跳舞。安卓莉雅放肆地拍攝她和這名男子，而他也開心地縱容她。一開始的姿勢是肩並肩，安卓莉雅仰頭以充滿愛意的眼神看著他。接下來的照片中他吻安卓莉雅，兩人的嘴唇交鎖，看見一點舌頭，她的紅色指甲刮著他如斧鑿的下巴。

「這些是去年十二月二十三日拍的。」摩斯說，注意到照片的日期。

「那張琳達和安卓莉雅的合照，是同一晚拍的。是同一場派對……」

全國犯罪資料庫辨識出琳達的臉孔的照片冒了出來。

「看樣子是派對快結束了，她們的樣子滿狼狽的。」愛芮卡說。

「琳達跟那個男的都在場。可能是他拍的照片。」摩斯說。

兩人又繼續看照片。拍照日期隔了幾天，然後她們看見了在床上拍的照片，被單是淡色的，安卓莉雅跟那個深髮男子同床共枕，也是拿著手機自拍。他的胸膛很陽剛，覆滿了暗色胸毛。安卓莉雅一條胳臂墊在赤裸的乳房下。後面的照片越來越清楚：那人的白牙噙住安卓莉雅的乳頭，安卓莉雅笑盈盈地躺在床上的正面全裸照。然後是安卓莉雅的臉孔佔據了螢幕。她的嘴含住了那人的陰莖，他似乎捧著她的下巴，一隻大拇指停在她的顴骨上。

下一張照片突然沒那麼限制級。安卓莉雅跟這個人是在十二月三十日拍攝的，手牽著手在街上。兩人都是一身冬衣，背景是熟悉的鐘塔。

「靠，那裡是霍尼曼博物館。」摩斯說。

「而且是她失蹤前四天。」愛芮卡說。

「妳覺得就是這個男的被看到在酒吧跟她說話嗎？」摩斯問。

「他很可能是殺死她的人。」愛芮卡說。

「可是他沒有前科；全國犯罪資料庫並沒有辨識出他……」

「他的樣子像俄國人，或是——很難說——羅馬尼亞人？塞爾維亞人？他在海外可能有前科。」

「可我們不知道名字，那得查很久。」摩斯說。

「可是我們知道有一個人可能會知道。琳達．道格拉斯－布朗，」愛芮卡說，「她在同一晚被拍照。跟他在同一間酒吧裡。」

「我們要把她帶來問話嗎？」摩斯說。

「不，等等。」愛芮卡說。

「等等？什麼意思？她顯然有所隱瞞，老大。」

「我們帶她來問話之前得非常小心。我們一行動，道格拉斯－布朗家立馬就會找律師來。看來他們花了不少錢讓琳達走在正途上。」

摩斯停頓。「妳知道妳的公寓可以怎麼樣嗎，老大？」

「怎樣？」

「插點鮮花。」

「對，我們應該去一趟花店。」愛芮卡說。

42

「裘卡斯塔花藝店」就夾在肯辛頓大街上的一家高雅珠寶店和一幢大理石辦公大樓之間。櫥窗已經先為迎春而裝點好了。店裡有真正的青草地毯，還有水仙、鬱金香、風信子，紅的、粉紅的、藍的、黃的花朵爭奇鬥豔。草地上坐著幾隻復活節瓷兔，有幾隻從蘑菇和巨型斑點蛋後面探出頭來。店的門面，靠近玻璃之處，有一小幅安卓莉雅的照片，對著鏡頭微笑，坐在紅色天鵝絨墊子上……

摩斯過去開玻璃門，卻看見旁邊有個白色的門鈴，一張列印的牌子上寫著：**需要服務請按鈴**。

愛芮卡按了鈴。一會兒之後，一名上了年紀的矮小婦人從厚重的眼皮下注視她們，她的頭髮緊緊往後梳，就是在道格拉斯－布朗家應門的同一位老婦。她揮手要她們走開。愛芮卡又按了一次鈴。在她把門打開，門鈴聲放大時，她們才了解玻璃有多厚。

「幹什麼？」她不客氣地說，「我們跟警察談過了，你們也羈押了一個人。我們正在籌備葬禮！」她正作勢要甩上門，卻被摩斯攔住了。

「我們想找琳達說句話，拜託，她在嗎？」

「你們已經抓到人了，不是嗎？還纏著這家人不放幹什麼？」老婦重複道。

「這件案子還沒破，女士。我們相信琳達能夠幫助我們確定一些細節，讓犯人快速定罪。」摩斯說。

老婦人盯住她們，厚重的眼皮下眼珠子轉來轉去，皮膚抽動起皺，讓愛芮卡想起了變色龍。她打開了門，退到一旁讓她們進去。

「腳底擦乾淨。」她說，打量著外頭潮濕的人行道。

她們跟著她來到一處開放式座位區，純白的裝潢。後面的牆壁擺了一大張透明玻璃會議桌，不但會發光，還會變色。四壁上裝飾著裘卡斯塔花藝之前的作品：婚禮，產品發表會。老婦人消失在裡間的一道門後，不一會兒，琳達出來了，捧著滿懷的黃水仙。穿著黑色A字長裙，白色圍裙下又是一件貓咪毛衣。這一次是一隻龐大的虎斑貓，兩眼倦怠慵懶。

「我母親不在，她上床休息了。」她說。聽她說話的語氣活像她母親怠惰偷懶似的。她走向大桌子，把水仙花放在玻璃桌面上，開始分成一束一束的。愛芮卡和摩斯也走過去。「妳來幹嘛，佛斯特總督察？我還以為妳被調離這件案子了……」

「別人不知道就算了，妳難道還不知道不要相信報上說的話。」愛芮卡說。

「對，記者，都是禽獸。有份八卦報紙把我描述成『月亮臉老處女』。」

「很遺憾，琳達。」

「是嗎？」琳達厲聲說，狠狠瞪了她們一眼。愛芮卡做個深呼吸。

「我們之前跟妳談話時，問妳是否有什麼事情能幫助我們調查。妳沒跟我們說安卓莉雅還有一支手機。」愛芮卡說。

琳達回頭去分水仙。

「妳又沒問，妳只是作陳述。」琳達說。

「好。安卓莉雅是不是有另一支手機?」愛芮卡問。

「沒有,我不知道她有。」琳達說。

「她說在二〇一四年六月弄丟了,卻留著手機,並且買了一張預付卡。」摩斯說。

「那又怎樣?妳們是代表保險公司來調查詐騙保險金的嗎?」

「我們發現了妳的前科,琳達。罪行還挺多的:攻擊、商店偷竊、信用卡詐欺、蓄意破壞。」愛芮卡說。

琳達停下手上的動作,抬頭看著她們。「那是以前的我。現在我找到了上帝,」她說,「我是不一樣的人了。如果妳們看得夠仔細,我們大家都有一段讓我們後悔的過去。」

「那妳是幾時找到上帝的?」摩斯問。

「妳說什麼?」琳達說。

「唉,妳現在仍在假釋期,而妳在四個月前破壞了吉爾思·奧斯波恩的辦公室,害他損失了八千鎊。妳為什麼要做那種事?」

「我在嫉妒,」琳達說,「嫉妒安卓莉雅,嫉妒吉爾思。她找到了男人,而我想妳們也想像得到,我還在找。」

「那安卓莉雅和吉爾思對於妳的騷擾又有什麼說法?」

「我道歉了,我說不會再發生了,我們也都和解了。」

「他也原諒妳殺了他的貓?」摩斯說。

「**我沒有殺他的貓!**」琳達大喊,「我絕對做不出那種事情。貓是最美麗、最聰明的動物……你可以瞪著牠們的眼睛，我覺得牠們什麼答案都知道……只可惜不會說話。」

愛芮卡看了摩斯一眼，並沒有逼問。

琳達的布丁臉蒙上了陰影，她一手用力拍打玻璃桌。「我沒有。我不會說謊！」

「好，好，」摩斯說，「那妳能不能告訴我們這個和安卓莉雅合影的男人是誰？」她把安卓莉雅在派對中和那個髮色深的男子合影，旁邊是一堆水仙花的照片亮出來。

「不知道。」琳達說，瞄了一眼。

「仔細看看，拜託，琳達。」摩斯說，把照片舉在她的眼前。

琳達看著照片，再回頭看摩斯。「我說了，不知道。」

「那這一個呢？」摩斯說，拿出琳達和安卓莉雅的合照。「這張照片是妳和安卓莉雅在同一個晚上、同一家酒吧拍的，掌鏡的人可能就是那個男的。」

琳達又看著照片，似乎鎮定了下來。「知道嗎，警官，妳用可能這兩個字相當貼切。我是在那家酒吧打烊之前幾分鐘進去的，我在這裡工作了一整晚。我到的時候，安卓莉雅是一個人，不管她之前是跟誰在一起，那人都不見了。她在那裡等我，我們可以在過聖誕節之前喝一杯，聊一聊。這個人有可能在那裡，可是不是跟我同時在那裡。」

「安卓莉雅有沒有提起他？」

「安卓莉雅出門總是會吸引一大堆男人的目光。我會同意跟她見面完全是因為她保證不會整個晚上都聊男孩子。」

「妳不喜歡男孩子？」

「男孩子，」琳達冷哼一聲。「知道嗎，兩個聰明的女人不需要談到男人也能度過一晚的。」

「那家酒吧叫什麼？」愛芮卡問。

「嗯，我想是叫傳染。」

「安卓莉雅跟誰在那裡？」

「我說了，我不知道。安卓莉雅換派對伴侶的速度比翻書還快。」

「那吉爾思在哪裡？」

「我會認為他那時已經走了，省得還得看見我。」

「因為妳騷擾他，破壞他的辦公室，又殺了他的——」摩斯說。

「我是得說幾次啊，我沒有殺掉克萊拉！」琳達大喊，眼眶帶淚，拉下毛衣衣袖擦眼淚。

「克萊拉是……是一隻很可愛的動物。她肯讓我抱，她不肯讓很多人抱，連吉爾思都不行。」

「那是誰毒死她的？」

「我不知道。」琳達輕聲說。從毛衣口袋裡掏出一團衛生紙，輕點眼睛，把眼睛都弄紅了。

「關於這個，妳有什麼話說？」摩斯說，放下了一個透明證物袋，裡頭裝著愛芮卡收到的信。

「這是什麼？不、不、不，我什麼也不知道！」琳達說，紅通通的臉上又落下了眼淚。

「我覺得琳達已經夠合作了，」房間後方有人發聲。道格拉斯－布朗家的管家出現了，朝她們過來。「如果妳們還想跟她談話，也許我們可以安排比較正式的場合，有家庭律師在場的？」

「琳達。這個男人，」摩斯說，拍了拍跟安卓莉雅合影的帥哥，「同時也是兩年來強暴殺害了三名年輕東歐女子，最近又殺死一位年長婦女的嫌犯。」

琳達張大眼睛。管家這時伸出手要她們離開。

「琳達。拜託妳如果想起什麼，無論有多瑣碎，都跟我們聯絡。」愛芮卡說。

「她要不是不認識這個男的，就是一個非常高明的騙子。」摩斯說，在兩人回到街上之後。

「她說的話我只相信貓那件事。不是她殺的。」愛芮卡說。

「可是我們又不是在調查殺貓兇手。」

「我覺得我們應該去拜訪一下吉爾思．奧斯波恩，」愛芮卡說，「看他對琳達和這些照片有什麼說法。」

43

「她根本是瘋子，」吉爾思．奧斯波恩說，「她把我和很多員工都嚇壞了。」

摩斯和愛芮卡坐在吉爾思的玻璃辦公室裡，俯瞰一排獨棟別墅的後花園。一列火車從房屋後方經過，另一側的工業用地上豎立起四根大集氣槽，被雨水淋得濕滑。感覺上很荒唐，打造這麼一棟前衛的建築，可是景觀卻這麼差勁。

吉爾思的樣子像是沒闔過眼，臉上的皮膚鬆弛。愛芮卡也注意到他在安卓莉雅的屍體發現之後的短短兩週內就瘦了不少。

「他們全家人都知道琳達，」吉爾思往下說，「她好像多年來就是家裡的害群之馬。不管他們幫她找到哪間學校，她都被退學。她九歲的時候拿圓規刺了她的老師，可憐的女人瞎了一隻眼。」

「所以你是覺得琳達有心理問題？」愛芮卡問。

「聽妳說得好像多神秘、多稀奇似的。她就是個瘋子。是那種過程冗長的發瘋。不過再摻和上金錢和一個具影響力的家庭，就更糟糕了。問題是琳達知道她的所作所為是不必為什麼真正的後果負責的。」

「不是不報，時機未到。」摩斯說。

吉爾思聳肩。「賽門爵士總是用錢來解決事情，或是找有權勢的人說句話……後來，他幫那位老師買了一棟房子，她住在樓上，樓下出租。幾乎值得賠上一隻眼睛，妳們說呢？」

一陣沉默。另一列火車駛過，汽笛聲大作。

「抱歉，我不是故意要這麼刻薄的。我在安排安卓莉雅的葬禮。我本以為我是在籌劃我們的婚禮。我從來沒想到……琳達會負責花，她堅持要選她在奇西克常去的教堂。我坐在這裡瞪著一片空空的螢幕，絞盡腦汁寫她的悼文。」

「你得要跟那個人很熟才能給他們寫悼文。」摩斯說。

「對，沒錯。」吉爾思說。

「安卓莉雅信教嗎？」愛芮卡問，把話題從洶湧的海域調回來。

「不信。」

「大衛呢？」

「要是修女都有大奶子，露乳溝，那我相信他會是天主教徒。」吉爾思笑著說，笑得酸溜溜的。

「這是什麼意思？」

「天啊，妳非得一個字一個字追究嗎？我在開玩笑。大衛喜歡女孩子。他年紀輕，正常得不得了。像他母親，比起……」

「琳達。」摩斯說。

「對，就是他跟琳達。」吉爾思說。擦掉一滴淚。

「琳達定期上教堂嗎？」

「對。我相信上帝每晚聽她乖戾的禱告一定不會太開心。」吉爾思說。

「琳達來過你的辦公室許多次嗎？」愛芮卡問。

「她有一次跟安卓莉雅一塊來，來看看這個地方。後來她一個人來過幾次。」

「那是幾時的事？」摩斯問。

「七月、八月，去年。」

「她為什麼一個人來？」

「她來看我，結果很快就知道她想要，想要……噯，她想要性。」

「她是如何暗示的？」摩斯問。

「妳覺得呢！」吉爾思說，滿臉通紅。環顧四周，巴不得挖個地洞鑽進去。「她掀開了毛衣，露出身體。說不會有人知道。」

「那你做了什麼？」

「我叫她滾。就算她不是安卓莉雅的姊姊，她也算不上……」

「算不上？」

「噯，她也算不上是什麼美女，對吧？」

摩斯和愛芮卡都不搭腔。

吉爾思接著說：「我又沒犯罪，我只是覺得某個人……」

「令人反胃？」愛芮卡幫他說完。

「我倒不會說得這麼絕。」吉爾思說。

「後來情況就變了。琳達破壞你的辦公室，而且，根據紀錄，闖入你家，毒死了你的貓。」

「對，我也說不上來。妳們看過檔案了，是吧？」

愛芮卡和摩斯都點頭。

「我發現自己怎麼處理琳達都不對。賽門爵士要我撤銷告訴。我還能怎麼辦？」

「很抱歉必須提起這件事，吉爾思，可你和安卓莉雅交往時是否知道她跟別的男人有來往？」愛芮卡問。

吉爾思頓住。「我現在知道了。」

「那你有什麼感覺？」

「妳是覺得我會有什麼感覺！我們訂婚了。我以為她是能跟我白頭偕老的人。是啦，她喜歡打情罵俏，她愛玩，我應該早就看出來的，可我以為等我們結婚之後，她大概就會安定下來，然後我們可以開枝散葉。」

「開枝散葉？」愛芮卡問，「你是說，生孩子？」

「對。我完全不知道她還跟好幾個男人約會。她太笨了，居然牽扯上那個可恨的禽獸馬爾可．傅羅司特。他的迷戀嚇壞了安卓莉雅。妳們覺得你們的證據足以讓他判無期徒刑嗎？」

愛芮卡看著摩斯。「奧斯波恩先生，我可以請你看一下這張照片嗎？」她把安卓莉雅跟那個髮色深的男子的合照放在桌上。他瞄了瞄。

「不，我不認識他。」

「我不是問你是否認識他。請仔細看一看；這是在安卓莉雅失蹤前四天拍的。」

吉爾思又看著照片。「嗯，要我看什麼？他可能是看中她的許多男人之一。」

「這張呢？或是這張……這張？」愛芮卡問。把一系列的照片放在吉爾思面前：安卓莉雅跟黑髮男躺在床上，一絲不掛，乳頭被他咬住，接著是安卓莉雅張口含住他的陰莖。

「妳們這是什麼意思？」吉爾思大喊，推開椅子，站了起來。他的眼中有淚。「妳們憑什麼跑來這裡，利用我的善意佔便宜！」

「先生，這些照片都存在安卓莉雅的另一支手機裡，我們最近才找到的。我們給你看照片是有理由的。這些照片是在她失蹤前幾天拍的。」

吉爾思走向玻璃門。「謝謝，警官，不過我今天進辦公室是來懷念安卓莉雅，為她寫平生事略的。我被要求在她的葬禮上說幾句話，妳們卻來這裡用色情照片來玷污我對她的記憶！」他打開了門，示意她們離開。

「先生，我們相信跟安卓莉雅合照的這個男人也涉及殺死賣淫的三名東歐女孩以及一名年長婦人的命案。我們也相信安卓莉雅在遇害當晚也跟這個人在一起。」愛芮卡解釋道，看著摩斯。吉爾思看見了她們互使眼色。

「等等。那馬爾可．傅羅司特呢？他不是兇手嗎？馬許總警司親口跟我說的，還有歐克利助理總監……」吉爾思說。

「這是我們在追查的另一條線索。」愛芮卡說。

「所以你們真的不知道是誰殺害了安卓莉雅？然而妳們卻來這裡糾纏我，只因為直覺？安卓莉雅是個有缺點的人，她也有秘密。可是她只是去愛，她只想去愛……」吉爾思語不成聲，不斷哽咽吸氣。一手掩住嘴巴。「我再也受不了了！拜託！走吧！」

愛芮卡和摩斯走回桌子，把照片收拾起來，離開了，留下吉爾思一個人哭泣。

「喔，幹。」摩斯一回到幾條街外的停車之處就說。

「話是我說的，不是妳。」愛芮卡說。

「老大，我得向史巴克斯總督察和馬許報告。」

「我知道。沒關係。」

摩斯送愛芮卡回家，而儘管發生了這些事，得到了這些線索，愛芮卡卻覺得離真相很遠。而且也距復職並且拿回警徽很遠很遠。她進到客廳，一打開燈就看見自己和房間內部倒映在窗子上。她走過去把燈關掉，凝視著窗外以及底下無人的街道，只看見一片寂靜。悄然無聲。

44

接下來兩天摩斯和彼得森得為了錫德納姆超市持械行兇一案出庭作證，安卓莉雅一案的原班人馬大多被調派到別的案子了，因為馬爾可·傅羅司特已被起訴。愛芮卡的前途未卜，正等候她的行為不當聽證。今早她接到了馬許的電話。

「妳是不是和摩斯去找過琳達·道格拉斯－布朗和吉爾思·奧斯波恩？」他質問道。

「是的，長官。」

「我收到了他們兩人的投訴，而且賽門爵士也威脅要正式投訴。」

原來你會接他們的電話，卻不接我的？愛芮卡想這麼說，卻咬住了嘴唇。「長官，我只是充當摩斯的顧問；他們兩人都沒有要求我出示證件。」

「少來，愛芮卡。」

「長官，你知道我們找到了安卓莉雅的另一支手機吧？」

「知道。摩斯報告上來了。」

「所以呢？」

「所以，妳扣住物證。妳收到的那封信。」

「重點不是那封信，長官……」

「那封信的來源可能有幾處。想想妳在曼徹斯特的同事。還是有很多人很生妳的……」馬許沒把話說完。「對不起，這樣說很不公平……我認為，愛芮卡，妳需要放手。」

「什麼？長官，你看過照片了嗎？」

「我看過了，我也非常仔細地看過摩斯的報告。不過我在看的時候能聽見妳的聲音。那還是什麼也證明不了，妳沒有根據可以說這個……這個人，無論他是誰，都涉入安卓莉雅或是艾薇的命案。」

「或是泰緹安娜，或是凱若琳娜，或是茱嘉？」

「妳到目前為止就只是惹火了一大堆人，並且用比喻來說，妳是在安卓莉雅・道格拉斯－布朗的回憶上潑糞。」

「可是長官，我並沒有拍她的那堆照片……」

「她有秘密電話，那又怎樣！誰沒有秘密。」

「這通電話應該是私人電話吧？」

「對，是私人電話，愛芮卡。我必須提醒妳妳也不是官方的人，妳被停職了。講理一點。去享受全薪。上面有人通知我只要妳保持低調，閉上嘴巴，下個月就能復職了。」

「保持低調，到什麼時候？等著馬爾可・傅羅司特為了他沒做的事情伏法嗎？」

「妳的命令——」

「誰下的？」她說，打斷了他。「是你，還是歐克利助理總監，還是賽門・道格拉斯－布朗爵士？」

馬許沉默了一下。

「明天就是安卓莉雅．道格拉斯－布朗的葬禮，我不想看到妳去。而且我也不想聽到妳又跑到別處去打探消息。等這件案子結束，如果妳復職了，我絕對會把妳調到大老遠外的一間警局去。我說得夠清楚了嗎？」

「是，長官。」

馬許掛斷了電話。愛芮卡沉坐在沙發裡，氣得冒煙。她咒罵馬許，再咒罵自己。她變鈍了嗎？她的本能在這件案子上熄火了嗎？

不，並沒有。

她抽了根菸，隨即去挑選適合參加喪禮的衣服。

45

愛芮卡在天亮之前醒來，坐在前窗邊抽菸喝咖啡。有一整天的時間在她的面前伸展，充滿了障礙，而她必須要盡可能避開。她洗了澡，九點剛過就出門了，天空仍帶著少許的灰藍色。愛芮卡覺得去參加一個這麼年輕的人的葬禮是不對的，說不定大地就是在抗議，不肯展開新的一天。

她翻找行李箱，想找一件適合去參加安卓莉雅葬禮的衣服，卻發覺她的大部分服裝都適合葬禮。她在底層找到了那件一年前她穿過的優雅黑色連衣裙，是去參加曼徹斯特警務廳的聖誕派對。她太記得那一晚了，早先的悠然下午，她和馬克做愛，然後他幫她放洗澡水，把她最愛的檀香油倒入熱水中。他坐在浴缸邊，兩人聊天喝紅酒，而她則泡在熱水裡。該穿衣服時，感覺很緊，她還嫌自己胖了。馬克摟住她的腰，把她拉過去，說她很完美。她去參加派對，很得意地挽著他的臂，因為被愛的溫暖感覺，因為她找到了一個特別的男人。

而現在，她在光禿潮濕的臥室裡對著小鏡子拉上連衣裙，衣服鬆垮垮地掛在她纖瘦的身上。她閉上眼睛，努力想像馬克在身邊的感覺，把她拉過去擁抱。她想不起來。她孤伶伶的一個人。她睜開眼睛，瞪著鏡中人。

「沒有你我做不到。人生……一切……」她說。接著，在她的腦海中，她聽見了馬克在嫌她太戲劇化時常說的一句話：從十字架上下來，還有人需要木頭呢！

她哈哈笑，儘管笑中帶淚，說：「我得振作起來，是不是？」

她擦乾眼淚，伸手去拿化妝包，幾個月沒碰過了。她不是不化妝就不敢出門的人，但還是撲了些粉底，略搽了一點口紅，然後瞪著鏡子。她一直在擔心她今天為什麼要去，又一次違抗了上司。她是為了安卓莉雅，為了凱若琳娜、茉嘉……泰緹安娜。

還有為馬克。跟那些女孩一樣，殺死他的人始終逍遙法外。

奇西克大街上的聖母暨聖愛德華堂是一棟沉悶的工業風建築，方正的紅磚結構更適合當維多利亞時代的抽水站而不是教堂。高大樸實的塔樓中鐘聲鳴響，但是經過的車輛卻川流不息。一輛靈車在灰色的晨光中閃動光芒，後車窗塞滿了七彩的花朵。愛芮卡在奇西克大街的對面等候，看著前來致哀的人群魚貫進入。

她僅能從陰暗的大門辨認出賽門、吉爾思和大衛。三人一身黑套裝，在分發葬禮的流程。賓客都衣裝整齊，而且比安卓莉雅的年紀大多了。愛芮卡看著三名東尼．布萊爾的前內閣閣員步下賓士轎車，進入教堂時由賽門熱忱地接待。一小群攝影師獲准參加葬禮，隔著一段距離佔據了人行道，幾乎是尊重地按著快門。

這是一個無須加工或誇飾的故事。一個女孩子死了，太過年輕，而大家到此致哀。當然了，這不是最終章。馬爾可．傅羅司特在未來的幾個月中必將受審，無疑安卓莉雅錯綜複雜、見不得光的生與死會再重演，換湯不換藥，再炒作一番。不過目前，劃下了一個句點，一個章節結束了。

一輛時髦的寶馬停在路邊。馬許和歐克利助理總監穿著黑套裝下車。瑪西和助理總監的時髦中年妻子緊跟在後，也是一身黑。他們快步走向教堂入口，停下來和賽門及吉爾思交談，擁抱了大衛，他似乎很脆弱，儘管他比吉爾思和他父親都還要高。

最後抵達的是安卓莉雅的母親、琳達以及那位眼皮很重的老婦人。一輛禮車停在人行道上，琳達匆忙下車，繞到另一邊去攙扶她母親黛安娜下車。黛安娜和那名老婦（愛芮卡仍不知道她叫什麼名字）都瘦得可憐，一身黑衣，既時尚又高雅。琳達則像是披掛了一件黑色帳篷，搭配一件暗色毛衣外套，脖子上掛著一個很大的木十字架。她灰褐色的頭髮剪得很整齊，但是卻像是有人扣了一個碗在她的頭上，沿著碗緣剪的。她沒有化妝，而且即使天氣冷，她也像在出汗。攝影師對她們大感興趣，拍個不停。黛安娜與老婦人低著頭，但是琳達卻抬頭瞪著攝影機。愛芮卡又多等了幾分鐘，等最後一批賓客進去了，她才穿過馬路，溜進教堂。

她在水洩不通的教堂後面的長椅上坐下，坐在最末排。聖壇前停放著一具華麗的木棺，裝點著白花。道格拉斯–布朗一家人坐在前排，教堂風琴開始演奏，愛芮卡注意到黛安娜慌亂地環顧四周，教堂中人人都安靜下來。牧師一身白色聖袍，走上前，似乎在等候適當的時機才要開始。不過，賽門卻搖頭。他俯身靠向黛安娜的大帽子邊緣，兩人似乎在密商。琳達也從另一邊加入討論。愛芮卡這才明白他們是在說什麼：大衛並沒有跟他們一起坐。琳達這時站起來，站到前面，讓所有人都看見，距離安卓莉雅的棺木僅幾呎之遠，拿出手機來打電話。牧師彆扭地在聖壇上等。琳達說了幾句話就被掛斷了，她再撥一次，把手機伸向她父親。

「琳達……琳達。」賽門說，叫她過去。琳達氣呼呼的，就是不動，過了一會兒態度才緩和，走了過去。她父親接過手機，交談變得相當激烈。愛芮卡聽不出他在說什麼，但是他憤怒的聲調卻在教堂中迴盪。賓客這時不安地欠動。這一幕和擺放著鮮花的光亮棺木形成了令人不安的對比。賽門的呢喃聲猛地停頓，愛芮卡在長椅上挪動，想看是出了什麼事。

就在這時，從她在門邊的座位她聽見了依稀有手機鈴聲。賽門站起來，移向教堂的側面，手機貼著耳朵。愛芮卡從座位上站起來，溜出了教堂。

教堂附近的住家和商家極多，只空出了前面的庭院和側面的一條窄石板路，石板路又向後繞到一面高牆。大衛站在高牆邊，嘴裡咬著一根末點燃的香菸，把手機塞進了外套口袋裡。

愛芮卡走向他。「要火嗎？」她問，掏出自己的菸和打火機。

他看了她一秒，這才靠向她的打火機，捧著手護住火焰，用力吸了幾口，直到菸的尾端變紅。愛芮卡自己也點了一根，吸了一口。

「你沒事吧？」她問，把香菸塞回夾克口袋裡。大衛瘦得不成樣子，雙頰凹陷，皮膚是蜂蜜色的，顴骨下有一片面皰，雖然如此，他的臉依然英俊。他跟安卓莉雅一樣是褐眸，嘴唇飽滿。他瞇眼看著愛芮卡，聳聳肩。

「你為什麼不進去參加葬禮？」愛芮卡問。

「全都是狗屁……我父母一手籌劃了這個矯情的葬禮，跟安卓莉雅是什麼人一點關係也沒有。她是個小騷包，她既浮誇又愚昧，不管別人的感受，而且她的注意力只有一隻蟲子那麼一丁點。可是她人很好，很好玩。我恨透了那個什麼『她照亮了房間』那種句子，動不動就是這一句，可是她真的就是這樣。天啊，為什麼是安卓莉雅而不是琳……」他沒說完，而且一臉羞愧。

「琳達？」

「不是，我不是有心的。不過我覺得琳達巴不得能得到大家的注意，就算是被殘忍殺害了也無所謂。寫在她的臉書上會有趣多了，總比『我在花店工作，我喜歡貓……』要精采。」大衛哭了起來。「屁，屁，屁，我發過誓不會用這個。」他說，從口袋裡掏出一小包面紙。

「聽著，大衛，你如果不進去，以後會後悔的。相信我，你需要了結。又一個濫用的說法，我知道。」

大衛擤鼻子，又抽出一張面紙。「妳為什麼會來？」他問。

「我來致意。」

「知道嗎，我父母把媒體的報導都怪到妳頭上。」

「那你認為呢？」

「我認為安卓莉雅在跟男人約會，在喜歡性愛上面一直都是很誠實的。」

「那吉爾思呢？」

「他要的是個獎品。一個血統純正的太太，可以調合基因。他的家族中有太多表親通婚了，妳一定注意到他有點像怪咖。」

「怪咖？」

「馬戲團巡迴演出的小傢伙……」

「喔。」

「抱歉，我嘴巴很壞。」

「你有權如此，尤其是今天。」愛芮卡說。

「對，而且你們抓到了兇手，馬爾可‧傅羅司特。」

愛芮卡吸了一口菸。

「妳不覺得是他，對嗎？」

「你母親還好嗎？」愛芮卡問。

「如果妳是想要改變話題，那就別選這麼蠢的問題。不過，妳一點也不像個蠢蛋。」大衛說，也吸了一口菸。

「好吧，」愛芮卡說，掏出了安卓莉雅跟那個髮色深的男子在酒吧拍的照片。「你見過這個男人嗎？」

「轉得還真順。」大衛說。

「大衛，拜託，這很重要。」愛芮卡說。緊盯著他的臉。他接過照片，咬著嘴唇。

「沒有。」

「你確定？」

「對。」

「琳達那晚也在那裡。」

「嗯，我可沒有。」大衛說。

「我真不敢相信。」有人說話。愛芮卡轉過去就看見賽門正穿過庭院。他的頭歪向一邊，褐眸閃動著怒火。黛安娜踩著高跟鞋蹣跚走在後面，帽子和面紗遮住了臉。

「妳難道一點也不知道尊重？」他說，挺身迎向愛芮卡，臉孔跟她靠得很近。她不肯被恫嚇，也瞪了回去。

「大衛，你為什麼在外面？」黛安娜走過來後說，聲音哽咽。

「我在問大衛是否見過這個人，我相信這個人……」愛芮卡開口說。賽門一把搶走了照片，捏成一團，擲在地上，再抓住愛芮卡的胳臂，要把她拖過庭院。

「我受夠了妳插手我的事。」他大吼。愛芮卡想掙脫，但是他抓得太牢，而且一直把她往馬路上拖。

「我這麼做是為了你們，為了安卓莉雅……」愛芮卡說。

「不，妳這麼做是為了拉抬妳自己的卑鄙小事業。讓我再發現妳靠近我的家人，我就會聲請禁制令。我的律師說我站得住腳！」

他們來到了馬路邊，正好有輛計程車經過。賽門揚起手，車子就衝進了他們面前的位置。他扭開門，把愛芮卡推進去，害她撞到頭。

「把這個賤女人帶走。」他從駕駛座的窗戶恨恨地說，丟下了五十鎊鈔票。

愛芮卡瞪著他。他的褐眸怒火衝天。

「妳還好吧，親愛的？」計程車司機說，從後照鏡看著她。

「嗯，走吧。」她說。

計程車匯入車流，愛芮卡盯著賽門・道格拉斯－布朗站在路邊惡狠狠瞪著她。大衛緩緩走向教堂入口，他的母親挽著他的手臂。

愛芮卡隔著皮夾克揉手臂，賽門的手勁還真大。

46

愛芮卡在幾小時後來到了布拉克利火葬場，火葬場在一條小住宅區馬路上，遠離大馬路，從她的公寓步行可達。她沿著蜿蜒的車道前進，經過了常青樹，看見沃夫巡佐站在火葬場的對開玻璃門外。他的套裝搭配得很差勁，雙下巴也被凍得紅通通的。

「多謝妳過來，老大。」他說。

「這個主意很好。」她說。挽住了他的手臂，兩人入內。小教堂很宜人，只是有點太制式了。柔軟的紅窗帘和地毯都褪色了，一排排木椅也有一點破損。

一具硬紙板小棺材擺放在貼著木鑲板的箱子上，仔細一看就會知道是運送帶。

一名中年印度裔社工陪著艾薇的三個孫兒坐在前排，他們都清洗乾淨了，兩個女孩穿著一樣的藍洋裝，小男孩穿的套裝過大了。他們朝愛芮卡和沃夫皺眉頭，表現出他們保留起來對付世界同樣的戒心。後面還坐著三名來致哀的人：愛芮卡在酒吧裡見過跟艾薇一起的胖大婦人，另一個表情嚴厲的瘦女人，金黃色的頭髮盤在頭頂，三吋的髮根是黑色的。她們後面坐著皇冠的店主，草莓金的頭髮梳得扁扁的，時髦的套裝仍難以遮掩他的魁梧與威風凜凜。他在他們溜進門邊的座位時朝愛芮卡點頭。

一名神父站起來，主持了莊重卻平淡的儀式，從頭到尾都稱呼她艾薇．諾利斯，也鼓勵大家都唸主禱文，然後愛芮卡意外地發現沃夫站了起來，從她面前擠過去。他走向斜面講桌，戴上老花眼鏡，深吸一口氣，開始說話：

「我走後，放開我，讓我走。
我有那麼多事要看要做，
你一定不能用太多眼淚綁住你和我，
但心懷感激我們有過美好的那些年。

我給了你我的愛，而你只能猜
你給了我多少的快樂。
我感謝你展現的愛，
但現在我該獨自上路了。

所以為我傷心一會兒，非傷心不可的話，
然後就讓信任安慰你的傷心。
我們必須分離只是一會兒的工夫，
所以珍惜在你心中的回憶。

我不會走遠，因為生活還要繼續。

如果你需要我，呼喚，我就會回來。
雖然你看不見我，摸不著我，我就在附近。
如果用心聽，你會聽見的，
我所有的愛圍繞著你，柔軟又清澈。
然後，等你也獨自走上這條路，
我會含笑迎接你，說聲『歡迎回家』。」

沃夫唸完後，愛芮卡眼眶含淚，而且幾乎覺得憤怒。朗讀這個舉動既動人又美好，但是她本以為只是參加一場傷心卻必要的葬禮。沃夫的朗讀深深打動了她，將她帶回她不想去的地方。沃夫走回座位，看見愛芮卡在哭，彆扭地朝她點個頭，就向門外走。音樂響起，艾薇的棺材向布帘後滾動，布帘嗡的一聲打開又合上。

沃夫在大門外一處圓形的空花床邊等候。

「還好嗎，老大？」

「嗯，還好。很美的詩。」她說。

「我在網路上找到的，叫作給我愛的以及愛我的人，作者是無名氏。我覺得艾薇值得幾句給她送行的話。」他說，一臉尷尬。

「你們要來守靈嗎？」有人說。他們轉身看見了皇冠的老闆。

「有守靈會？」愛芮卡問。

「對，喝個幾杯。艾薇是常客。」

愛芮卡的眼光被兩個女人——胖子和瘦子——吸引過去，她們站在小紀念花園的一棵樹下抽菸。

「等等，我馬上就回來。」她說。匆匆走過去，從皮包裡掏出安卓莉雅和那名髮色深的男子的照片。

「妳真有臉。」胖女人看見她過來就說。

「我需要問妳們。」愛芮卡才開口，那個女人就一仰頭，一口口水吐向她的臉。

「妳有臉坐在那兒貓哭耗子假慈悲，艾薇根本就是被妳害死的，賤女人！」

她大步走開，丟下那個老鼠似的金髮女人瞪著愛芮卡的震驚表情。

「對，我們什麼也不知道。」她說，看了照片一眼，這才追上她龐大的同伴。愛芮卡手忙腳亂在皮包裡找面紙，把臉擦乾淨。

她走回來後，看見沃夫已經離開了，但是老闆仍在等她。

「妳的夥伴接到電話，不得不走，」他說，「妳想喝一杯嗎？」

「上次發生那種事，你真的還要我回去你的酒吧？」

「喔，誰知呢。我好像就是抗拒不了潑辣的金髮女郎。」他嘻嘻一笑，聳聳肩。「來嘛，是妳欠我的。是我把妳從水深火熱之中解救出來的欸。」

「雖然在守靈會上被人挑釁是很誘人的事……抱歉，我得走了。」

「隨便妳，」他說，「妳在查這個人嗎？喬治．米邱？」

愛芮卡猝然止步。「什麼？」

「那張照片，」他說，「喬治又幹了什麼事了？」

「你認識這個人？」

他哈哈笑。「我聽過這個人，不過可不會跟他稱兄道弟。」

愛芮卡舉高照片。「這個人叫喬治．米邱？」

「對。這下子妳可害我擔心了。他可不是妳可以亂來的人。這件事最後不會又害我倒楣吧？」

「不會。你知道他住在哪裡嗎？」

「不知道，而且我只說這麼多。別的我什麼也不知道。我也沒跟妳說過話，好嗎？我可不是在開玩笑。」

「好，了解。」愛芮卡說。喝一杯的那類閒聊都消失了，愛芮卡看著他走出火葬場，坐進汽車，揚長而去，這才轉身看著低矮的建築以及整理得乾乾淨淨的庭園。一根長煙囪吐出一縷黑煙。

「去吧，艾薇。妳現在可以自由地飛了，」愛芮卡興奮地說，「我覺得我剛剛找到了那個殺害妳的王八蛋了。」

47

晚上十點剛過，愛芮卡留了好幾則留言給摩斯、彼得森和柯廉，甚至還有沃夫。她打到路易申街警局時一個人也找不著，她也在他們的手機留了訊息。

她不知道他們是否仍在上班，但猜想他們跟她不一樣，下班之後還是有社交生活的。她從葬禮回來後，就到咖啡店去上網搜尋喬治．米邱，卻查不到她要找的這個喬治．米邱的一星半點。

她到冰箱去拿酒，卻發現酒瓶已空。她瞬間覺得好累，她需要睡眠。

愛芮卡關掉了電燈，走進浴室，洗了個長長的熱水澡。從浴室出來，寒冷加上旋轉的蒸氣讓她很火大。她想念她家的豪華浴室，她的屋子租出去了，她好想念那裡。她的家具、她的舊床、花園。她又拉了一次抽風機，再擦拭鏡子，把凝結的水珠擦掉。她決定了，要是早上還沒有大家的消息，她就要親自跑一趟路易申街警局。

她爬上床，又打給彼得森一次，然後是摩斯。她都留了訊息，重複她曉得了照片中男子的姓名。然後，覺得既灰心又生氣，愛芮卡關掉了電燈。

即將午夜了，愛芮卡睡得香甜。末班火車的通勤族走過公寓，外頭馬路落入寂靜。柔和的街燈流入客廳，射在浴室的後牆上。愛芮卡在睡眠中翻身，頭在枕頭上動了動，沒聽見浴室的通風扇掉出來，左右搖擺，刮擦著牆壁。

愛芮卡冷不防間從無夢的睡眠中驚醒。室內漆黑，她的床頭鐘亮著零點十三分。她挪了挪枕頭，翻身要再睡，驀然聽見模糊的吱呀聲。她屏住呼吸。吱呀聲又來了。幾秒鐘過去，她聽見客廳有紙的沙沙聲，接著是打開抽屜聲，動作極輕。她的眼睛飛掠過臥室，尋找武器，一樣能自衛的東西。

什麼也沒有。接著她看到了床頭燈，是金屬的，很沉，像小燭台。她自始至終盯住房門，以非常緩慢安靜的動作俯身，拔掉了插頭。屏氣凝神，把電線纏繞住檯燈的底座，同時聽見了門外隱隱有吱呀聲。

她一手握住檯燈，下了床，聽見吱呀聲從門後移開，移向了走廊。她停步細聽。一片悄然。愛芮卡輕手輕腳走向牆邊手機在充電的地方，開啟了手機，後悔沒裝家用電話。她又聽見了吱呀聲，這一次來自浴室外。部分的她只想要讓闖入的人了解這裡沒有什麼可偷的，趕緊離開算了。愛芮卡偷偷靠近房門，光著腳小心翼翼踩下每一步，手機卻大聲響起了啟動音，刺破了寂靜。

*靠，犯這種白痴錯誤。*她的心臟開始狂跳。一片寂靜，接著是腳步聲走向臥室。現在是沉重的足聲，自信，不再偷偷摸摸，不再害怕被聽見。

說時遲那時快：門被踢開，一個人，從頭到腳一身黑，撲向她，一隻戴黑色皮手套的手扣住她的喉嚨。眼睛在頭套後面閃爍。那隻手的力道令愛芮卡驚詫，她覺得喉嚨和氣管被壓碎了。她設法去抓檯燈，燈卻掉在床上。那人把她往床上推，始終緊緊扣住她的喉嚨。

愛芮卡踢腿，但是那人靈巧地閃向一側，以一邊髖骨壓住了她的兩條腿。她伸長雙手，想要揪住頭套，卻被那人用兩邊手肘用力壓住了上臂。

勒住她頸子的手加大力道，她沒法呼吸了，束手無策。她覺得口水從張開的嘴巴流下來，流到下巴上。熱血似乎困在她的臉上和腦袋裡，那人的兩隻手繼續施壓，力量好大，她覺得在窒息之前她的腦袋會先爆裂。那人一聲不吭，異常平靜。呼吸很有規律，胳臂因為使勁箍住她而抖動。

痛苦已經難以忍受，她氣管上的大拇指繼續使勁，繼續壓迫。她的眼前漸漸出現了黑點，黑點擴大變多。

就在這時，愛芮卡的門鈴響了。她喉嚨上的手勁加大，她最後一絲視覺也失去了。門鈴又響了，這次響得更久。有人搥門，她聽見了摩斯的聲音。

「妳在家嗎，老大？抱歉這麼晚來，可是我需要跟妳談一談……」

她要死了，她知道。她被制伏了。她動了動手指，感覺到檯燈就在她的旁邊。黑暗湧入了她的視線，她使出了全身之力，手指用力伸張，檯燈動了動。摩斯又敲門。愛芮卡使出最後的力氣，用力推檯燈，檯燈掉到床下，砰一聲撞到地板，打碎了燈泡。

「老大！」摩斯說，又一次搥門。「老大？出了什麼事？我要撞門了！」

愛芮卡脖子上的壓力突然放鬆，那人逃離了她的臥室。

愛芮卡躺在那兒，喘個不停，努力把空氣吸入她飽受蹂躪的喉嚨裡，吸入肺葉。摩斯撞門，砰的一聲。愛芮卡喘息了一次、兩次，胸口起伏，一點點的氧氣擴展到了全身，她的視線逐漸清晰。她以超人的意志力爬到床邊，重重滾落在地板上，感覺碎燈泡刺穿了她的前臂。她爬向房門，不在乎那人是否仍在。

摩斯改用肩膀撞門，聲音更響亮了。第三次撞，門砰的一聲飛開，木頭也碎裂了。

「天啊，老大！」摩斯大喊，急忙跑過來。愛芮卡躺在地板上，抓著喉嚨，無法呼吸。割傷的手臂流血不止，抹在她的下巴和喉嚨上。她臉色灰白，癱倒在門口。

「老大，靠，是怎麼回事？」

「血……只有手，」愛芮卡沙啞著說，「有人……進來……」

48

摩斯動作飛快，找了支援，不出幾分鐘，愛芮卡的公寓就擠滿了警察，接著鑑職小組抵達，從她的指甲和脖子採證，然後說他們需要她身上的衣服。

隔壁的年長女士剛才並不情願為摩斯開門，但一看見警察、救護車和鑑職人員在樓梯上上下下，她的態度就軟化了，開門放他們進來。

愛芮卡穿著一身白色連身工作服，公寓中的每一處都成了犯罪現場。兩名急救人員過來幫她包紮胳臂，她坐在老太太的客廳小沙發上。高掛在牆上的籠子裡有兩隻虎皮鸚鵡在跳躍輕啄。

「唉呀，要不要喝杯茶？」老婦人問。救護人員一男一女，正在幫愛芮卡檢查。

「我覺得熱茶不太合適。」男性救護員說。

愛芮卡從壁爐上方的鍍金鏡中看見自己，鏡子擺放的角度正好可以看見整個客廳。她的喉嚨和脖子都紅腫，有明顯的傷痕；她的眼白是粉紅色的，而且一直流眼淚。她的左邊眼角迸出一個紅點。

「妳左邊眼睛的一條小血管爆裂了，」救護員證實道，對著她的眼睛閃手電筒。「妳能張開嘴巴嗎？是會痛，可是請盡量張大。」

愛芮卡痛苦地吞嚥，張開嘴巴。

救護員用手電筒照射她的喉嚨。「好，很好，現在繼續張口，發出嘆氣聲……」

愛芮卡一試就嗆住。

「好，慢慢來……我沒看到喉軟骨骨折，或是上呼吸道水腫。」

「這樣是好消息對嗎？」摩斯問，出現在門口。救護員點頭。

「那冷飲怎麼樣？我冰箱裡有黑嘉麗果汁。」老婦人提建議，穿著長家常袍站在一邊，髮網下還有一排整齊的藍色髮捲。

「只要一點白開水就好，」女救護員說，「還有別的地方受傷嗎？除了手臂之外。」她問。愛芮卡搖頭，立刻痛得縮了縮。

「妳休息一下，老大，我去跟妳公寓裡的小隊談。」摩斯說著就離開了。

「我們到樓下等；那條胳臂需要縫合。」女救護員說，在傷口上綁了壓迫繃帶。愛芮卡點頭，看著他們拎起急救箱離開了。老婦人帶著一小杯水回來，愛芮卡感激地接下，小心翼翼喝了一口，立刻就又咳嗽又嗆到，老婦人趕緊遞過來一張面紙。

「再試一次，親愛的，這次小口一點。」她說，握著面紙擺在愛芮卡的下巴下。愛芮卡總算喝了一小口，卻像吞了火。

老婦人繼續說：「這一區。我一九五七年搬進來的時候，家家戶戶都認識。門都不用關，真的是敦親睦鄰。可是現在這個年頭啊……每個禮拜都會聽到有搶案或是闖空門……妳看我的窗子都加裝了鐵窗，而且我還有一個個人的隨身警報器。」

她拍了拍脖子上掛的紅按鈕。有人敲門，老婦人站起來，一會兒才回來。

「有個高個子黑人說他是警察。」老婦人說，謹慎地陪著彼得森進來。

「天啊，老大。」他說。

愛芮卡虛弱地笑笑。

「妳是他的上司？」老婦人問。愛芮卡聳聳肩，接著點頭。

「妳是警察？」

「她是一位偵緝總督察，」彼得森說，「我們有一大票警察在挨家挨戶搜查，可是，什麼也沒查到……不管是誰，都溜了。」

「我的天啊。偵緝總督察還會發生這種事情！那我們呢？不管是誰，他一定是吃了熊心豹子膽了。那你呢？」老婦人問彼得森。

「我是警察。」

「對，你是什麼階級？」

「偵緝警司。」彼得森說。

「你知道你讓我想起誰來嗎？」老婦人說，「那個黑人警察的節目叫什麼來著？」

「路瑟督察。」彼得森說，盡量不顯得煩躁。

「喔，對，路瑟。他很厲害。有沒有人跟你說過你長得有點像他？」

儘管驚魂未定，愛芮卡還是忍不住微笑。

「像妳這樣的人通常都會這麼說。」彼得森說。

「喔，謝謝你，」老婦人說，沒聽懂他的意思。「我確實是盡量看高水準的電視，我可不看他們所謂的實境秀。路瑟是什麼階級？」

「大概是偵組總督察。聽著——」

「嗯，要是他能做，你也可以。」老婦人說，輕拍他的手臂。

「可以給我們一分鐘嗎，夫人？」彼得森問。老婦人點頭離開了。他翻個白眼。愛芮卡想笑，卻會痛。

「唉呀，老大，真是遺憾。」彼得森掏出筆記本，翻到空白頁。「有東西不見嗎？」

愛芮卡搖頭，接著又聳聳肩。她只能點頭搖頭，彼得森問了所有的標準問題，但除了那人又高又壯之外，她一無所知。

「真可悲，」愛芮卡痛苦地嘶了嘶。「我應該……」她模仿扯下頭套的動作。

「老大，沒關係。事後回想總覺得容易。」彼得森說。摩斯回來了，拿著通風扇的外殼。

「他是從通風管進來的。」她說。

「那人——我不知道，我覺得是個男的。」愛芮卡沙啞地說。

「老大，他們要跟鑑識組的忙一整夜，妳有別的地方可以待嗎？」彼得森問。

「飯店。」愛芮卡啞著嗓子說。

「不行，老大，妳跟我住，」摩斯說，「我有一間空房，也有衣服可以借妳穿……妳的樣子好像是一九九〇年代末期去跑趴的。」

愛芮卡又想笑，卻很痛。說來詭異，她居然覺得開心。他來對付她。她追對人了。

49

那人沿著坎伯韋爾大街奔逃，在車子裡尖叫發火，不在乎超速。

我他媽的就差一點！就差一點！

那人的鼻翼賁張，流著眼淚，是憤怒與痛苦的眼淚。逃出佛斯特偵緝總督察的公寓的過程驚心動魄，爬下公寓的後牆，險些就沒抓牢，然後再撞上磚牆，再摔到人行道上。那人並不擔心疼痛，只是拚命跑過黑暗，跑到街燈下。不在乎有誰看見，就是一直跑，跑得全身是汗。恐懼和疼痛加總起來，為瘋狂能量做最後一次爆發。

佛斯特總督察就差那麼一點。她眼中的光才剛要變暗，結果……

紅燈的光朝擋風玻璃射來，那人猛踩煞車，汽車急停，衝過了轉角的一家酒吧。一群學生走下人行道，圍繞著汽車，指指點點，笑個不停。

操，我還戴著頭套。

一些學生在經過時捶打後車廂，一群女生從車頭走過時還注視著擋風玻璃。

冷靜，把頭套摘掉，裝得跟他們一樣——笨學生一個。

那人以花俏的動作摘掉了頭套，對著學生扮鬼臉。他的瘋狂必定是穿透了玻璃，因為那群女生尖叫躲開，有個男的衝上前，在車窗邊嘔吐。

號誌變綠，那人踩下油門，輪胎吱嘎響，朝橢圓地鐵站和黑修士橋奔馳。

她什麼也沒看見，她不可能看得見。我的臉遮住了。我的臉遮住了……

恐懼換成了憤怒。

她沒讓我殺了她。

50

摩斯帶愛芮卡到路易申醫院照X光，她的胳臂縫了十二針。醫生吩咐她休息一個星期，更重要的是，不要說話。

摩斯開車回家已經是半夜四點了。充滿愛芮卡身體的腎上腺素已經消退，她現在覺得累到骨子裡。她跟著摩斯穿過小小的柵門，進入雷迪維爾的一棟小透天厝時全身都在顫抖。一名漂亮的金髮女郎來開門，抱著一個穿藍色睡衣的黑髮小男孩。

「他醒了，所以我就想妳可以在我哄他睡覺之前跟他說晚安。」她說。

「對不起，錯過了就寢時間。」摩斯說，把男孩抱過來，走入室內。她在他的臉頰上印上好大的一個吻，他害羞地揉眼睛，露出笑容。

「這是我太太西麗亞，這是我們的兒子雅各。」摩斯說，一面走入溫馨的門廳。

「嗨，愛芮卡。」西麗亞說，不太知道該如何面對愛芮卡傷痕累累的脖子和粉紅色的眼睛，還有她穿著犯罪現場的工作服。

「妳是女太空人嗎？」雅各問，小臉非常嚴肅。愛芮卡露出虛弱的微笑，大家都笑了起來。熱絡了氣氛。

「不是……」愛芮卡啞著嗓子說。

「對，太空沒有罪犯。我敢說那裡會非常祥和，」西麗亞說，「我來送這個小不點上床。請不要拘束，愛芮卡。妳要洗個澡嗎？」

愛芮卡點頭。

「凱特，我送雅各上床，妳去烘衣櫃幫愛芮卡拿條毛巾。說晚安，雅各。」

「晚安雅各。」他笑嘻嘻地說。

「客房的床鋪好了，我把小電熱器放進去了。」西麗亞又說。

摩斯給了西麗亞和雅各一個吻，他們就離開了房間。

「幸福的家庭。」愛芮卡啞著嗓子說，坐在沙發邊緣，有點手足無措。

「醫生說不要說話，老大……多謝誇獎。我非常幸運。雅各是幾年前有的，西麗亞生的。我是很想要個女兒。我們老是說我們要各有一個孩子。只是——老被工作耽擱了。」

愛芮卡說了什麼。

「妳說什麼？」

愛芮卡挫折地搖頭，又呀呀說：「別拖太久……孩子。」

摩斯睿智地點頭，走向廚房，拿著兩杯柳橙汁回來。愛芮卡的有吸管。

「看妳的樣子需要補充一點糖分。」

兩人喝了一會兒。

「我叫晚班的警員用資料庫查了喬治．米邱，什麼也沒查到。」

愛芮卡吞嚥了一下，搖搖頭。

「老大，剛剛有人想殺了妳。妳覺得有關聯嗎？」

愛芮卡覺得她到此為止了。她不知道是震驚或是疲倦，反正她不在乎。她想睡覺。她點頭。「洗澡？」她問，俯視身上的工作服。

「當然好，老大。」摩斯說。注視了愛芮卡一會兒。擔憂，混合了一點同情。

愛芮卡在蓮蓬頭下站了很久，伸長包著綁帶的胳臂，避免沾到水。她吸入熱氣，想要消除喉嚨可怕的刺痛感。摩斯借了她一件睡衣，愛芮卡穿上，看著浴室鏡。她的眼珠外凸，略顯粉紅，喉嚨好腫，讓她看起來像蟾蜍。她打開藥櫃，卻只有止痛藥和感冒糖漿。愛芮卡原以為能找到抗焦慮藥或是安眠藥的。她喝了一點感冒糖漿，吞嚥時卻幾乎痛得受不了。

等她從浴室出來，整棟屋子已漆黑安靜，只有門廳點著小夜燈。走到客房時，她在雅各的房間外停下。他的門開著，他蓋著藍色毯子睡得很香。他的床鋪上方吊著旋轉音樂鈴，柔和的光滑過牆壁，播放著一首搖籃曲。

摩斯大多數的日子都在出生入死，跟外頭那些拿刀玩槍，有世仇和怨恨的瘋子打交道。雅各沉睡著，胸膛緩緩起伏。他的世界就是他的兩個媽咪，他的玩具，在他的頭頂上緩緩轉動的音樂鈴，舒心的音樂輕輕流瀉。有史以來第一次，愛芮卡質疑是否值得。你逮捕一個壞蛋，就有十個壞蛋來填補空缺。

她在最裡面找到了小小的客房，爬上床，拉好被子蓋過頭頂，盡力入睡。每次閉上眼睛，她就看到那人矗立在她的上方，把生命從她的體內擠捏出來。毛頭套下一張空白的臉，只有那雙眼睛在半明半暗中閃閃發亮。

摩斯偏偏挑在這個時候來找她，是命運嗎？愛芮卡為什麼能逃過一劫？馬克比她要善良多了。他親切、有耐性，是一位精明幹練的警察。他在這個世界為自己鑿出了一席之地。他做了那麼多好事，而且還能夠做更多的好事。

為什麼是他被奪走，而她卻活了下來？

51

愛芮卡在摩斯和西麗亞家住了幾天。起初，她心力交瘁，所以睡得著。但沒多久，喉嚨和手臂的痛，無法溝通的挫折，以及摩斯家幽閉的小客房，都讓她漸漸招架不住。

西麗亞非常親切，為她端來熱湯和雜誌，雅各放學後也會來看她。有兩次他還帶著小DVD播放器，兩人坐在床上看「小小兵」和「尖叫旅社」。

命案的細節在愛芮卡的腦子裡一遍又一遍播放。她回顧安卓莉雅的屍體在冰下被發現之時，接著是與家屬會面——賽門和黛安娜，兩人忙得分不開身，在養育孩子方面無法親力親為。琳達和大衛就像粉筆和起司，而且跟安卓莉雅的關係也有天壤之別，也都不知道他們的姊妹在失蹤那晚是在做什麼。不知道她為什麼去南倫敦一家低劣危險的酒吧去見喬治．米邱，以及那名身分尚不明的金髮女郎。然後是艾薇．諾利斯，當晚見過安卓莉雅及她的同伴，完全是巧合。那個酒保克莉絲汀娜也是。兩人都沒有說出完整的故事。

另外是那三個死掉的女孩。出於忠誠及同鄉情誼，愛芮卡不願稱她們是妓女。跟安卓莉雅有關聯嗎？跟艾薇呢？抑或是不幸選錯時間出現在不該出現的街角？再來是馬爾可．傅羅司特，被史巴克斯總督察認定是頭號嫌犯，使用脆弱卻足以說服人的證據把他和安卓莉雅連接起來。

命案的細節在愛芮卡的腦子裡糾結盤桓，就像巨大的翻花繩遊戲。不知哪個環節就是少了一塊，那一塊可以把那個想殺死愛芮卡的人和其他人的死全部都連接起來。

在她的夢裡，那人又來找愛芮卡，但是他勒住她的喉嚨時，她能夠伸手扯掉他的頭套。每次都是不同的臉孔：喬治．米邱、賽門．道格拉斯－布朗、馬克、大衛、吉爾思．奧斯波恩——甚至是琳達。在愛芮卡最後一個夢裡，她一扯掉頭套竟看到安卓莉雅，就是她死亡的模樣，瞪著眼睛，露出牙齒，長髮潮濕，纏滿了樹葉。

日子一天天過去，愛芮卡完全沒有馬許的消息。摩斯忙著出庭和別的案子，只能在晚上匆匆聊幾句。警方的資料庫中沒有喬治．米邱的紀錄，搜尋選舉紀錄和財經資料庫也是一樣空空如也。只有一條線索：愛芮卡的睡衣上採到一個小毛囊，有可能來自攻擊她的人——不過，跑過DNA資料庫，也同樣是繳了白卷。

第四個晚上，她的喉嚨有了起色，她能夠說話了。愛芮卡知道她必須面對現實，回到公寓。她謝過西麗亞，擁抱了小雅各，他送了她一張他畫的畫，是愛芮卡穿著白色的工作服進入一架幽浮，跟一群小小兵飛上太空。

可以說是幫她道盡了她的感受。

回去的車上很安靜，愛芮卡穿著跟西麗亞借來的衣服。摩斯從駕駛座上打量她。

「老大，妳沒事吧？」

「嗯。」

「妳打算要做什麼？」

「不曉得。把封鎖線收起來，然後我要去看我公公。」

「那案子呢？」

「找到喬治．米邱，摩斯。他是關鍵。」

「那妳呢？」

「我怎樣？我被停職了。明智的做法是等到聽證結束，希望我能把警徽拿回來，不必犧牲尊嚴。哼，我才不甩什麼尊嚴呢，可是沒有警徽我什麼也不能做。」

她們抵達了愛芮卡的公寓。

「謝謝。我真的很感激妳為我做的一切。」愛芮卡說。

「要我進去嗎？」

「不用，妳得去上班。」

「這件案子我是不會放棄的，老大。」摩斯保證。

「我知道。可是妳有家人。還是看著辦吧。」

愛芮卡回到公寓裡，裡頭一片狼藉。每個地方都覆上了用以採集指紋的黑色磁粉，前門也仍留著封鎖線。她走向臥室，瞪著床鋪，能看見鴨絨被上她的身體輪廓，以及攻擊者的長腿，膝蓋壓下的地方更深。她伸手抓住鴨絨被的一角，蓋住了痕跡。她快手快腳裝好了行李箱，走進浴室去拿衛浴用品，注意到鏡上的指紋粉，通風扇所在位置剩下一個洞被膠帶貼住。她離開了公寓，推著行李箱到車站去。這天寒冷晴朗，她停在車站對面的咖啡店，覺得可以喝杯咖啡，即使喉嚨會痛。

「要糖嗎，還是說妳已經夠甜了？」幫她服務的帥哥咧開釘了唇環的嘴笑著問。

「我要甜一點。」愛芮卡說。

「沒問題。」他說。她看著他工作，等他把咖啡遞給她時，他還眨了眨眼。愛芮卡也回以一笑，走回馬路要到車站去。

「早，希望妳可不會在我乾淨的大堂裡抽菸。」驗票員說，打開了愛芮卡旁邊的售票機。

「不會，我戒菸了。」愛芮卡說。買了一張到曼徹斯特皮卡迪利車站的票，插入信用卡。

「太好了，親愛的。」驗票員說，關上機器。嘻嘻一笑，走回車站裡。愛芮卡的票掉入了小小的鋼槽裡。

月台上只有三三兩兩的旅客。她掏出手機，打給愛德華。幾響之後他才接，一聽見是她，聲調就輕快了起來。愛芮卡說明她要去看他，又接著說：「現在才說不會太匆促了吧？」

「不會，不會，親愛的，我只需要把客房的床鋪好就行了，」他說，語氣開心。「快到的時候再打個電話，我好把熱水先煮上。」

「我只住個兩天……」

「妳想住多久都可以。」

愛芮卡掛上了電話，火車也繞過了前方的鐵軌。她喝掉最後一點咖啡，正在找垃圾桶，手機又響了。

「老大，是我，」摩斯說，上氣不接下氣。「馬爾可．傅羅司特剛才獲釋了。」

火車通過陸橋下，車廂飛快掠過。

「獲釋？為什麼？」愛芮卡說。

「律師一直在弄馬爾可的不在場證明，他從米丘戴佛的一家書報店的監視器裡找到了他。」

火車慢了下來，愛芮卡這時能看清車廂中的通勤族了。

「米丘戴佛在哪裡？」她問，覺得興奮之情像針一樣刺著胃。

「倫敦橋車站以南一個小時的路程。馬爾可在他的第二份不在場證明裡說他在一月八日晚上就是去那裡的。妳也知道，沒有多少證據能支持這一點。米丘戴佛是個很小的車站，沒有監視器……這件案子壞就壞在這裡，沒有監視器。」摩斯說。

火車停下，月台上的人往車邊擠。

「那家書報店的監視器拍到馬爾可．傅羅司特在二十點五十分停在店外抽菸。書報店距離火車站步行需要三十五分鐘，所以他確實是從倫敦橋搭火車，在二十點十分下車的。」

火車門嗶一聲打開，乘客出現在愛芮卡四周。

摩斯往下說：「所以馬爾可．傅羅司特在安卓莉雅失蹤的時候是在倫敦一小時又三十五分的路程之外，說他當晚搭上最後一班列車回倫敦是非常不可能的事。所以他的罪嫌洗清了。」

乘客開始上車。站務員站在月台邊緣，等著電子鐘移向出發時間。

「不用說，馬許現在可是搬磚頭砸自己的腳了。檢控署大張旗鼓跟媒體宣布我們抓住了殺害安卓莉雅的兇手，結果，一個公設辯護律師打個電話給一家書報店，要一份監視畫面就把他們的牛皮戳穿了……妳還在嗎，老大？」

「在。」愛芮卡說。

站務員吹哨子。「不搭車就往後站！」他大聲吆喝，示意愛芮卡站到黃線之後。她看著車廂裡面，門邊有座位，還有暖空氣吹出來。門上亮著燈，發出警告的嗶嗶聲。

「我還以為妳聽了會很開心呢，老大？」摩斯問。

「我是啊，這表示……」

「我想先讓妳知道，因為我覺得馬許會打電話給妳。」

火車的門就要關上了，有個穿皮夾克的男人才從陸橋上衝下來。他趕到了月台，衝進火車裡，正好被門夾住。嗶的一聲，門又打開來。

愛芮卡的手機叮的一聲，她看見是馬許來電。

「他剛好打來。」

「好，那我就掛了，」摩斯說，「讓我知道是什麼情況。」

門又要關上了。這是她最後的機會搭上火車北上。門關上了。愛芮卡接了電話。

「佛斯特總督察，妳好嗎？」馬許問，一聽就知道不是真心實意的，而且語氣惶惑。

「我現在知道雞在死前幾秒鐘是什麼感覺了。」她說俏皮話。

火車啟動，慢慢離開了月台。

「不好意思都沒聯絡，是因為——」

「對啊，我聽說你們不得不把馬爾可．傅羅司特放走。」

「妳願意到局裡來嗎？我們需要談一談。」他說。

愛芮卡不作聲，看著火車漸行漸遠，消失在轉彎處。「我十五分鐘後到，長官。」她說。拎起了行李箱，看著真實的世界，她本有那麼短暫的一刻以為她或許能加入，接著她就匆匆朝車站出口而去。

52

愛芮卡一走進路易申街警局就碰上了服務台的一場鬥毆。兩名青少年撞上了水泥地板，開始翻滾，被各自的手足和同樣年輕的母親慫恿鼓動。體型較大的爬在體型較小的身上，開始揍他的臉，體型較小的男孩牙齒被血染成了粉紅色。沃夫介入勸架，還有兩名制服警員。愛芮卡躲過打架，由摩斯開門讓她進入內部。

「靠，看見妳回來真好。」她說，兩人沿著走廊前進。

「別急。我只是被召見，不是被請回來。」愛芮卡說，覺得緊張又興奮。

「哼，馬許都快嚇死了。」摩斯說。

「讓外部的人指揮辦案就會有這種下場。」愛芮卡說。

兩人來到了馬許的辦公室。摩斯敲門，直接進去。馬許臉色蒼白，站在電腦前，盯著BBC新聞報導馬爾可．傅羅司特獲釋。

「謝謝妳，摩斯警司。佛斯特總督察，請坐。」

「我想讓摩斯留下，長官。她一直在辦這件案子，在我——」

「我知道妳的，調查。」

清脆的敲門聲，馬許的秘書探頭進來。「賽門．道格拉斯－布朗在線上，說是急事。」

馬許一手扒過短髮，一臉煩惱。

「我正在開重要會議，跟他說我會盡快回電，謝了。」

秘書點頭離開，關上了門。

「我是你的重要會議？」愛芮卡問。馬許繞過桌子，坐了下來。愛芮卡和摩斯各自拉了把椅子。

馬許勉強一笑。「聽著，佛斯特總督察——愛芮卡。之前的事很不幸。我承認妳可能受到了不公平的對待，我會在適當的時候好好處理這件事。不過呢，我們發現我們突然陷入了危機。現在情勢對我們不利。我需要妳另外一條調查方向所查到的一切資料和看法。」

「我的調查現在是否會列入你的優先課題？」

「這一點由我來決定。只要把妳查到的事情都告訴我。」馬許說。

「不。」愛芮卡說。

「不？」

「長官，我會全部告訴你，我也會概述我的推論，在你把我的警徽還給我，讓我復職，升我為高級調查主任之後。」愛芮卡往後一靠，瞪著馬許。

「妳以為妳是誰，跑來這兒——」他才開口要斥責。

「好，那我讓你去跟賽門爵士聊天好了。幫我打聲招呼。」愛芮卡起身要走。

「妳的要求幾乎是不可能的。妳還揹了一條嚴重的指控，佛斯特總督察！」

「那根本就是狗屁。歐克利助理總監是為了逢迎賽門．道格拉斯－布朗才把我調離本案的。小馬修．諾利斯多年來一直在少年觀護所進進出出，他攻擊過好幾個社工，我再重複一遍，我打他的那次是因為他的牙齒正咬著我的手背。如果你們真的要追究這件事，那好，不過你們就得跟能夠抓到真兇的人說再見了。當然了，同樣的話我會去找媒體說，因為我是不會乖乖的走的。」

馬許扒頭髮。

「長官，馬爾可．傅羅司特才剛找出了不在場證明，把你們變成了一群糊裡糊塗的諧星警察。難道史巴克斯總督察就沒想到要去查核一下背景？拜託！書報店的監視畫面！喔，我也一定會讓媒體知道都是因為你、史巴克斯總督察，當然還有那隻老狐狸歐克利助理總監，才會讓殺人兇手逍遙法外。」

馬許的樣子像是要爆炸了。愛芮卡瞪著他，毫不示弱。

「讓我回來調查，我會抓到這個混蛋。」她說。

馬許站起來走向窗戶，看著蒼涼的一月風景。他轉過來。「他媽的。好。可是妳得嚴格節制，聽見了嗎，佛斯特總督察？」

摩斯給了愛芮卡一抹小小的、勝利的笑容。

「聽見了。謝謝你，長官。」

馬許回來坐下。「好了，把妳的看法告訴我吧。」

「好。我們就公開這件事。再來一次呼籲，要是你有辦法的話，在電視上弄一次命案重建。我們要面對誤抓馬爾可．傅羅司特的難堪，長官，你需要把我們正在做的大大小小的事情都拿去轟炸媒體，讓他們專心在這一點上，而不是我們沒做的事情。」

馬許看著愛芮卡。她往下說：「我們已經為了逮捕兇手而慶祝過一次了。除非我們真的逮捕了他，否則就不能再有第二次。所以讓我們牽著新聞圈的鼻子走。把喬治·米邱當作焦點。讓媒體大肆曝光他和安卓莉雅的合照……我們也需要一隻代罪羔羊。媒體想看到有人為這次的烏龍負責，我剛好有適合的人選。」

53

愛芮卡深吸一口氣，打開了事件室的門。史巴克斯總督察正在白板前說話，白板上現在空空如也。小組成員則垂頭喪氣散坐在室內。

史巴克斯一副氣憤憔悴相，深色長髮往後梳，碰到衣領的地方出現了油膩的斑點。「我會一個一個找你們談，而且我會問艱深的問題。我們要回到一開始，從馬爾可．傅羅司特從倫敦橋搭上火車開始，挖出是哪一個連最他媽基本的時間表都沒去查……」

史巴克斯一看見愛芮卡和摩斯進來聲音就中斷了。

「妳是來拿薪資明細的嗎，佛斯特？」他訕笑道。其他的警員則都面無表情。

「不是，其實是來拿我的警徽的。」愛芮卡說，亮給史巴克斯看。他一臉迷惘。「你把SIO這個職銜認真當一回事嗎，史巴克斯總督察？」

「既然我們只有一個有這個頭銜，當然，」他說，「有什麼事嗎？我正在做簡報。」

「SIO的意思是高級調查主任。『高級』的意思並不是指你比大家年長，遇上了麻煩就拿這個頭銜來欺壓他們，而是表示你得為自己捅的婁子擔起責任來。」

「我不懂。」史巴克斯說，態度稍微動搖。

「問題就出在這裡。我復職了，升上SIO。我的第一個命令就是你需要滾到馬許的辦公室去。」

史巴克斯總督察僵住。

「立刻就去，史巴克斯總督察。」

他瞪著愛芮卡，事件室中的員警也都一樣，然後他緩緩走向辦公桌，拿起外套就走了出去，還沒跨出門檻，柯廉就開始鼓掌，其他警員也加入，彼得森手指放進口中吹了聲口哨。愛芮卡很感動，紅著臉低下頭。

「好了，各位，」她說，「我很感激，可是我們還有殺人兇手要抓。」掌聲停歇了。愛芮卡走向白板，把安卓莉雅和喬治·米邱的合照釘上去。

「這是我們的頭號嫌犯，喬治·米邱。安卓莉雅·道格拉斯－布朗的情人，就是最後殺死她的人。另外他也涉嫌姦殺泰緹安娜·伊娃諾瓦、茉嘉·布拉托瓦、凱若琳娜·托鐸洛娃和艾薇·諾利斯。」

室內一片寂靜。

「到今天之前，辦案焦點一直是安卓莉雅·道格拉斯－布朗之死。她的照片出現在各家報紙的頭版、網路瀏覽器和電視上，已經挑起了全國的注意。沒錯，她是有錢又有特權，可她也經歷了殘酷的死亡：獨自一個人，害怕又無助。泰緹安娜·伊娃諾瓦、茉嘉·布拉托瓦、凱若琳娜·托鐸洛娃和艾薇·諾利斯或許是妓女，但是我保證賣淫並非出於她們的自願。換個情況的話，她們可能會像安卓莉雅一樣過著衣食無缺的人生。她們也一樣死狀悽慘。我說這番話是要你們忘了這些女人的社會地位，不要按照我們這個國家日復一日的做法，用社會階級來劃分她們。她們都是平等的，都是被害人，都值得我們付出同樣的心力。」

愛芮卡暫停。柯廉開始把被害人的照片都釘上去。

「所以，這一個是我們的頭號嫌犯，也是主要的焦點，」愛芮卡說，指著喬治．米邱的相片。「他和安卓莉雅有性關係，而且在安卓莉雅失蹤的四天前一起拍過照。我也相信她在被綁的當晚曾和他以及一名身分不明的金髮女性見面。我要你們把安卓莉雅．道格拉斯－布朗第二支手機中的內容都放到內聯網上，全面檢查。拜託用全新的角度去看，提出什麼問題都可以。我們找到這個人，我相信我們也就解開了這件案子。」

警員不約而同點頭。

愛芮卡接著說：「今天下午我們要再召開一場記者會，呼籲民眾提供線索。我們要火力全開，指名喬治．米邱是嫌犯，但願因此而得到新的線索，或是把他從躲避的地方逼出來。」

愛芮卡暫停，核查他們是否都全神貫注。再往下說：「也請注意我們其他的被害人。從沒有人覺得泰緹安娜．伊娃諾瓦、茉嘉．布拉托瓦、凱若琳娜．托鐸洛娃等三件命案有關聯，我要你們去調出三件命案的證據，重新檢查一遍。尋找有關之處，類似之處；被害人是否彼此認識？是的話，又是如何認識的？」

有人敲事件室的門，警局的媒體聯絡官珂琳進來。

「抱歉打擾了，佛斯特總督察，路透社隨時都會打電話來。我想妳會想要參加。」她說。

「好，謝謝大家。我們需要搶得先機。把馬爾可．傅羅司特拋到腦後。不必理睬媒體，丟掉你們之前的想法。專心在我們現有的線索上。我們搶先媒體一步，就贏在起跑點上了。」

愛芮卡站起來，離開了事件室，房間裡立刻忙碌了起來。

54

記者會與之前在大理石拱門召開的那一場有著天壤之別。愛芮卡堅持要在路易申街警局的大門台階上舉行，而且必須比前一場那種套好招的記者會來得真誠急迫，不必什麼電視牆和高雅的會議室。

此外，愛芮卡也堅持不要馬許出面，他卻不能接受。等到愛芮卡、摩斯和彼得森站到警局的台階上時，日光已變淡。一堆電視和報紙記者簇擁在台階下，熾烈的燈光照著他們，光線在警局入口的木門彈開。

「謝謝各位過來。」愛芮卡說，拉高嗓門壓過人群。面對著幾十個鏡頭，電視攝影機排列在台階上，鎂光燈此起彼落。摩斯和彼得森筆直瞪著前方。

愛芮卡接著說：「我猜今天在場的許多人可能已經把報導寫好了，也認定我要說什麼。但是在各位離開，在腦海中填檔案，大肆渲染警察無能之前，或是在你判定安卓莉雅的死亡比那些並不是出身富貴的人更有新聞價值之前，請想一想我們為什麼來這裡。我們的工作是要鏟奸除惡，你們的工作是要以不偏不倚的態度報導。對，我們確實會彼此利用。警方利用媒體來推展調查，散播訊息。你們則販賣新聞。所以，媒體界的諸位先生女士，今天我請各位跟我們通力合作。讓我給你們一個可以報導的新的故事。」

愛芮卡略停頓。「馬爾可・傅羅司特今天由於證據不足而獲釋。他提出了不在場證明，我們不得不釋放他。你們的故事是殺害安卓莉雅的兇手仍然在逃，在社會上出沒。在重新查核證據、調整調查焦點之後，我們有強烈的理由相信安卓莉雅之死並不是單一的犯罪。我們要追捕的人以前就殺過人。我們相信他還殺害了三名東歐女性：泰緹安娜・伊娃諾瓦、茉嘉・布拉托瓦、凱若琳娜・托鐸洛娃。她們來倫敦，都懷著能夠找到好工作的夢想。但是，實際情況卻是她們被人口販子運過來賣淫以便還清債務。我們也相信同一名兇手殺死了四十七歲的艾薇・諾利斯。好，各位會看見本案的頭號嫌犯的照片，他的名字叫喬治・米邱……」

在事件室中，馬許總警司跟珂琳一塊盯著BBC新聞的記者會。

「有點外行，而且她也有點太嚴厲古板。」他說。這時鏡頭從愛芮卡、摩斯和彼得森身上移開，轉向一張喬治・米邱的照片。

「是喔，女人對自己的看法很有自信，就叫作*嚴厲古板*。」珂琳說。

螢幕下方亮出電話號碼和電子信箱，幾分鐘後，螢幕又切換回愛芮卡。

「如果有這個人的任何消息，請利用螢幕上的聯絡方式跟我們聯絡。你們的來電絕對是最高機密，我們也建議看見這名男子的人不要接近他。我要感謝媒體朋友撥冗參加記者會，也謝謝各位在本案上的協助。」

螢幕暫停，接著記者搶著發問。

「馬爾可・傅羅司特有權求償嗎？」有人高喊。

「馬爾可・傅羅司特的處理方式會和其他人相同。皇家檢控署會優先處理。」愛芮卡說。

記者開始用更多問題砲轟愛芮卡。

「這些命案是否與賽門・道格拉斯－布朗爵士的生意有關？」

「我認為我們需要記住的是賽門爵士是一位父親，而他的女兒遭到殘忍殺害。就跟其他女孩子一樣——她們也有家人，每天都在為她們的死亡傷心。這件調查已經被既定的成見阻礙了，我們應該要改變。我們目前的了解是安卓莉雅的秘密就是能夠引導我們抓住兇手的關鍵。請別批評她，或是她的家人。」

「要命，我就知道這是個餿主意。」馬許說。

「不，這樣很好。她很接地氣。這次的記者會比上一個更真實、更誠懇。」珂琳說。馬許斜睨了她一眼，但是她兩隻眼睛都黏在螢幕上。

記者會拉開了鏡頭，愛芮卡、摩斯、彼得森回頭往台階上走，進入警局。電視畫面切回BBC的棚內，新聞主播問現場的記者有什麼看法。

「警方這一招很大膽，幾週過去了，他們掌握的證據仍少得可憐。嫌犯仍逍遙法外，時間卻越來越少了。」

「他是什麼意思，越來越少？」馬許責罵道。

螢幕上，記者接著說：「報紙再一次披露賽門・道格拉斯－布朗爵士與沙烏地阿拉伯的軍火交易，同時也暗示他有婚外情。」

鏡頭切回棚內主播。

「這次的記者會標誌了警方調查的一個改變。前幾週警察廳似乎是隨著道格拉斯－布朗家起舞，現在他們是否提出了一個可信的調查方向，根據的是這家人寧可不讓媒體知道的證據？」

鏡頭回到路易申街警局外的記者。「我想是的。我相信這次的記者會可能會傷害該企業與警方之間的關係，卻能給予警方更多的公信力以及自主性，我相信必定有助於贏回社會大眾的支持。」

「看吧，這就是我們要的角度。我會打些電話，讓這些評論到處流通。」珂琳說。

馬許覺得額頭冒出一片冷汗，感覺到口袋裡的手機在震動，他一掏出來，就看到是賽門・道格拉斯－布朗。

55

幾天過去了，只有挫折和灰心。就差那麼臨門一腳，卻又不得不撤退，讓那人怒火中燒。佛斯特總督察不但沒死，還變得更生龍活虎。

她本來都調離這件鬼案子了！

親眼看過路易申街警局的記者會，會中佛斯特總督察將所有命案公然銜接起來，那人坐立不安。直覺要他逃亡，重新開始，但就是有塊地方癢得想要抓一抓。各案的關聯確定了，但是警方什麼線索也沒有。那人非常肯定。

所以，晚上六點，那人駕車到派丁頓火車站，計程車來載送旅客之處，女孩子徘徊留連之處……

那人的汽車開過來，這個女孩子一臉疑惑。她站在一條污穢的匝道盡頭，是計程車用來轉彎的地方，或是一心想狂歡的人在尋覓對象之處。

「你想要爽一爽嗎？」她主動說。她很瘦，操著很濃的東歐口音。緊身褲、細肩帶上衣和一件很大的破爛假皮草，冷得她直發抖。她的五官尖，面色蒼白，直髮及肩。眼睛被發亮的眼影框住，嘴裡嚼著口香糖。她往後靠著大垃圾桶，等候他回答。

「我是在找樂子……來點不一樣的，稀奇一點的。」

「是喔。那，你知道，想要稀奇，就得多花錢。」

「我認識妳老闆。」那人說。

她嗤之以鼻。「對，大家都這麼說……你要是想打折，那就滾一邊去。」她說，轉身欲行。

那人俯身說了一個名字。她停下來，回到車窗邊，拋下了所有的誘人偽裝，眼神驚嚇。恐懼被發亮的眼影圍住。

「是他叫你來的？」她問，四面張望來往的車輛。

「不是。不過他知道我很照顧他的生意……所以他會期望我要什麼就能得到什麼。」

女孩瞇起了眼睛。她的直覺很不錯。這次恐怕不是那麼順利。

「那，你跑來這裡，撂下我老闆的名字。你是想要我怎麼樣？」

「我喜歡戶外活動。」那人說。

「OK。」

「而且我喜歡女孩子假裝害怕……」

「你是說你想要強暴幻想？」女孩開門見山地說，翻個白眼。東張西望，拉下上衣，露出了小巧的胸脯。「那收費要更貴。」

「我付得起。」那人說。

她把上衣拉好。「喔？拿出來看看。」

那人掏出皮夾，打開來，推到她的鼻子底下。厚厚的一疊鈔票，在街燈下閃爍。

「一千五，而且要有安全詞。」她說，從緊身褲裡掏出手機。那人伸出手蓋住了手機。

「不、不、不、不。我要這個盡量逼真。在幻想的範圍內。別告訴別人妳要去哪裡。」

「我必須打電話。」

「再多五百。老闆不必知道。」

「不行。他會查出來的，而且我可沒有安全詞。」

「好吧。童叟無欺。兩千。安全詞是愛芮卡。」

「愛芮卡。」

「對，愛芮卡。」

女孩環顧四周，咬著嘴唇。「好吧。」她說，拉開車門，坐了進去。那人駛離，啟動了中控鎖，跟她說這一步也是遊戲的一部分。

56

事件室在記者會之後滿安靜的。偶爾有電話響，警員東晃西晃。有一股需要澆滅的期待氛圍。當真打進來的少數幾通也都是那些沒事找事的。

「要命，還以為會有人出面提供線索呢，」愛芮卡說，看著手錶。「我受不了了，我要出去抽菸。」

她才走到警局的台階，柯廉巡佐就從後面出現。

「老大，妳會想接這一通。」他說。

「誰打來的？」愛芮卡問。

「有個年輕女孩打的，說她叫芭芭拉．卡爾多徐歐瓦，安卓莉雅失聯的好朋友。」柯廉說。

愛芮卡急忙跟他回事件室，接了電話。

「請問妳是今天下午電視上的警官嗎？」帶著東歐腔的年輕女性說。

「是的，我是佛斯特偵緝總督察。妳有喬治．米邱的消息嗎？」

「對，」她說。停頓了一下。「可是我不能在電話上講。」

「我可以擔保妳說的每句話都不會外洩。」愛芮卡說。低頭一看，看見是來電號碼不顯示。

愛芮卡看著柯廉，他點頭，表示已經在追蹤。

「對不起，我不要在電話上講。」女孩說，聲音發抖。

「好，沒關係。我們可以見個面嗎？」愛芮卡說，「隨便妳指定哪裡都可以。」

彼得森匆匆在筆記本上寫字，舉起來，上頭寫著：叫她到局裡？

「妳在倫敦嗎？妳願意到路易申街警局來嗎？」

「不……不，不……」女孩子變得驚慌了。一陣安靜。愛芮卡抬頭看著柯廉，他以嘴型說是預付卡手機。

「哈囉，芭芭拉，妳還在嗎？」

「嗯。我不會在電話上再多說什麼了。我需要跟妳談一談，把事情告訴妳。我可以明天上午十一點跟妳見面。地址是……」

愛芮卡草草記下來，正要再詢問，線路已中斷。

「是預付卡，老大，運氣不好。」柯廉說。

「聽她說話的樣子真的很害怕。」愛芮卡說，放下了電話。

「她想在哪兒見面？」彼得森問。愛芮卡把地址敲進電腦裡，谷歌地圖跳了出來，是一片廣袤的綠地。

「諾福克。」愛芮卡說。

「諾福克？她跑到諾福克做什麼？」摩斯問。

愛芮卡的手機響了，她看見是愛德華。「對不起，我得接這通電話。你們能不能規劃一條路線，等我回來我們再決定要如何進行。」她說，離開了事件室。

外頭的走廊很安靜，她接了電話。

「那丫頭，妳是不來了？」愛德華說。愛芮卡發現已經是五點五分了。

「實在對不起……你還在等我嗎？在月台上？」

「沒有，丫頭。我下午在電視上看到妳，就想除非妳會飛，否則五點是到不了這兒的。」

愛芮卡回想早上，感覺像是一百萬年前的事了。

「妳在記者會上表現得很好，親愛的，」愛德華說，「妳讓我關心那個女孩子，安卓莉雅。報紙上把她說得很不堪，對不對？」

「謝謝你。事情來得太突然了，我今天早上被叫回來，我本來是要搭火車去你那兒的……」

「結果沒有一件事按著計畫來，欸？」

「對。」愛芮卡輕聲說。

「聽著，親愛的，妳該做什麼就做什麼。我會在這兒支持妳。」

摩斯出現在門口，示意她有話說。

「對不起，我得走了。晚一點可以打給你嗎？」愛芮卡問。

「可以啊，親愛的。多保重，好嗎？妳把那個人抓住，把他關起來，再把鑰匙丟掉。」

「我會的，」愛芮卡說。喀的一聲，愛德華掛斷了。「我會的。我保證我會。」她又說一遍。

她做個深呼吸，回到事件室，不由得想她幾時能夠履行承諾。

57

愛芮卡和摩斯、彼得森隔天一大早就從倫敦出發，去見芭芭拉．卡爾多徐歐瓦。他們搜尋過她幾次，卻是一片空白。她的國民保險、護照和銀行帳戶都停用超過一年了。她母親兩年前過世，她沒有其他親戚了。

太陽從雲層中露臉，他們也在此時沒入了黑牆隧道，幾分鐘後出來，太陽已經消失在一層鋼灰色的雲後面。

「我們現在過河了，正在找A12，老大。」摩斯說。彼得森坐在後面，忙著看手機。他們在進入格林威治之前先停下來加油，摩斯買了幾包紅色甘草糖，滿足她的嗜甜症。

四面八方輻射的倫敦城很快就接上了A12雙線車道，許多路面都路況不良，他們也注意到風景沒有什麼起伏。褐色的原野，光禿禿的樹木掠過，他們在往伊普斯威奇的方向離開了雙線車道，接上一條單線道，放慢了車速。

「讓人有點毛毛的，對不對？這條直路，兩邊什麼都沒有。」彼得森說，一百哩來第一次開口。馬路在一片極其平坦的遼闊田野中轉彎，大風呼嘯過光禿的土壤，吹得汽車搖晃。路面微微上升，他們穿過了一座鐵橋，渡過一條水勢洶湧的運河。枯死的灰色蘆葦筆直排列在水道兩邊，向地平線延伸。愛芮卡忍不住想，要是水位上升到邊緣，就會灌入一片虛無。

「這是一條舊的羅馬路，這個A12。」摩斯說，又塞了一條甘草糖到嘴巴裡，嚼了起來。

「他們在薩福克和諾福克燒死了幾百個女巫。」彼得森補充說。汽車經過了水岸一片田地上的一處荒廢的風車。

「我寧可物價高、交通壅塞、煙霧，和擠滿人的Nando's[9]，也不要住這裡。」摩斯說，打個哆嗦，打開了暖氣。「多遠？」

「還有六哩。」彼得森說，看了看手機。

樹木變多了，風景也變了，變成了林地。汽車在光禿的樹冠層下馳過，愛芮卡看見了一處可野餐的路旁停車區，就放慢車速，其實這裡只是一張野餐椅擺在一片土地上罷了。木牌上漆著十四這個號碼。

「她說什麼，十七號野餐區？」愛芮卡問。

「對，老大。」彼得森說，敲著手機。他們再前進了一段距離，樹林似乎更加濃密。馬路向左偏，再向右，經過了十五號野餐區。然後是一個急轉彎，就經過了十六號，野餐區雜草叢生，長椅腐爛崩倒。

「回報你們的情況。」柯廉巡佐的聲音從儀表板上的警用無線電中迸出，摻雜了一堆靜電。

「我們再幾分鐘就會接近，訊號不良。」摩斯說。

「好，保持線路暢通。總警司的要求。」柯廉說。

馬許總警司反對派他的三名警員到諾福克去，他認為是白費力氣。

「長官，芭芭拉．卡爾多徐歐瓦是安卓莉雅的閨蜜，而且她說她認識喬治．米邱。」愛芮卡坐在他辦公室時這麼說明。

「那她之前幹嘛不出面？安卓莉雅上報都好幾個星期了。再說我們幹嘛不叫當地的警察去做筆錄？你們一去就得一整天，妳才剛在倫敦公布了重大的呼籲。」馬許說。

「長官，這是我們最有力的線索。我們會一大早就出發，全程都會保持聯絡。我這次也一樣，請你姑且相信我的直覺。」

「她為什麼要隱瞞電話號碼？我們根本就不知道她的下落。」馬許說，靠著椅背揉眼睛。

「她可能不想被找到。這樣不犯法吧？」愛芮卡說。

「要是每個人一出生就標上一個GPS追蹤器，那就他媽的輕鬆多了。可以省下一筆錢……」

「下次我再碰見記者，我會記得把你的話告訴他。」愛芮卡說。

「每一步都要讓我知道。」他懊惱地說，揮手要她離開。

天空越來越陰沉了，摩斯不得不開燈。周遭的林地現在變得濃密，光禿的樹枝似乎難以穿越。十七號木牌出現在前方，他們在一片光禿的土地上停車。長椅被移走了，地上留下四個深深的印子。摩斯關掉引擎和大燈，三人在靜默中等候。愛芮卡打開了門，一陣冷風吹過，帶來了濕氣與腐葉的味道。她扣好外套，彼得森和摩斯也走過來。

「再來呢？」摩斯問。

❾ Nando's是英國極普遍的烤雞連鎖餐廳。

「她說她會在這裡等我們；她的指示非常明確。」愛芮卡說。掏出了一張紙，上頭寫著原始的指令。他們看著旁邊的馬路，兩頭都空茫茫的。

「前面這邊好像有一條小路。」摩斯說。三人朝枯死的黑莓灌木和林下植物中的開口過去，往裡擠了幾公尺後，出現了一條步道。維護得很好，有大片樹冠層遮蔭，步道向角落伸展，在那裡消失。愛芮卡想像著夏季時這片荒涼陰森的林地一角感覺一定非常不同。

他們等了將近四十分鐘，無線電劈啪響，在倫敦的柯廉在詢問他們的情況。

「是他媽的騙局，」彼得森說，「絕對是那個女人……」他一句話沒說完，因為他們聽見了樹枝踩斷的聲音，還有樹葉被掃過。愛芮卡豎起一根手指擺在唇上。沙沙聲，然後有個金色短髮的女人走過林下植被。她穿著粉紅色的防水夾克和黑色緊身褲，手裡握著一把刀，另一手握著像狼牙棒的玩意。她在五十碼外停步。

「搞什麼？」摩斯說。

愛芮卡瞪了她一眼。「芭芭拉？芭芭拉．卡爾多徐歐瓦？我是愛芮卡．佛斯特偵緝總督察，這兩位是我的同事，摩斯警員和彼得森警員。」

「拿出警徽來，丟過來。」芭芭拉說。聲音因恐懼而發抖，靠近一些，他們看見她的手也在抖。

「等等。」摩斯說，可是愛芮卡已經一手伸進口袋，掏出了警徽，拋了過去。警徽落在芭芭拉身前幾呎處。摩斯和彼得森也不情不願地照做。她撿了起來，狼牙棒仍比著他們，檢視他們的證件。

「好，妳看見了我們就是我們說的那個人。現在請妳把刀子和狼牙棒收起來。」愛芮卡說。

芭芭拉把武器放到地上，謹慎地走向他們三人。愛芮卡看出了是臉書上的那個人，依然美麗，但是鼻子現在比較小、比較直。臉孔比較豐滿，深色長髮變短了，染成了金色。

一個深髮色男人和一個金髮女孩……愛芮卡心裡想。

「我們為什麼要受這種罪，就為了跟妳談話？」摩斯發作了。「妳知道我們可以因為妳持有刀子直接就逮捕妳。那把刀最少有八吋長，更別說那根狼牙棒……」

芭芭拉的眼中含淚。「我好害怕，可是我一定得跟妳談一談。有些事情我一定得跟妳說，不然我死也不能原諒自己……我不應該用本名跟妳聯絡的，」她說，「我是在證人保護計畫裡。」

59

三人愣住了，摩斯、彼得森和愛芮卡。風從頭頂的樹冠層衝下來。

「我不會把我的新名字告訴妳。」芭芭拉顫抖著說。

「好，」愛芮卡舉起一隻手。「什麼都不用再說了。」

「靠，我們早該猜到的。」摩斯說。打開的車窗傳來了隱約的嗶嗶聲，他們聽見柯廉要他們回報情況和位置。

「我們得回報，老大……要是有證人保護計畫裡的人露面，或是被揭穿，我們就得回報。」摩斯說。

「妳會需要一個新的身分。」彼得森說，努力掩藏住氣惱。

「等等，拜託。我有話要說，」芭芭拉說，「我會見妳是因為我必須跟妳說喬治．米邱的事……」她吞嚥一口，身體抖得更厲害。「我應該告訴妳他真正的名字。」

「他真正的名字是什麼？」愛芮卡問。

芭芭拉用力吞嚥，感覺要她說出來是極費力的事。「伊戈爾．庫切羅夫。」她好不容易才說了出來。

彼得森朝汽車走去。

「拜託！讓我先把所有的事情告訴你們……然後你們再正式呈報。」

又一陣沉默。柯廉細小的聲音在空中飄散，詢問他們的情況和位置。

「彼得森，告訴他我們還在等。一切平安……還有，拜託，彼得森，在我們聽她說完之前，什麼也別提。」愛芮卡說。

他點頭，隨即快跑向停車處。

「我們不想知道妳的新名字，或是妳住在哪裡。」愛芮卡說。

「我住的地方離這裡很遠。我會失去的東西比你們三個加起來都還要多，可是我下定決心了，我不能不說，」她說，「要是我們折回去一點，前面有個野餐區。」

她們跟著她過去，留下彼得森去回應無線電。走了五分鐘之後，她們來到了一處空地，有一張野餐椅。頭頂的樹冠層很密，光線難以穿透。愛芮卡又一次想，這裡在夏天一定很美麗，可是在寒冷和陰暗之中，此地卻壓得人透不過氣來。她把這個想法推到腦後，跟摩斯一塊在芭芭拉對面坐下，中間隔著桌子。

愛芮卡請芭芭拉抽菸，她感激地拿了一根。傾身時雙手發抖，一隻手護著火。愛芮卡也幫自己和摩斯點了一根，三人不約而同吸著菸。

芭芭拉的樣子像是隨時會嘔吐，一手扒過金色短髮。她的頭髮用的是便宜的染劑，黃中帶著草莓色。她吞嚥一口，開始說話，聲音發抖。

「我第一次認識喬治・米邱……伊戈爾・庫切羅夫……是在三年前，二十歲的時候。我住在倫敦，兼兩份工作。一個是私人俱樂部，在中倫敦，叫德布希。」她又吸了口菸，接著說：「我在那裡輪班，另外我也在新十字車站一家叫樞紐的咖啡店上班，那是個很好玩、很有活力的地方，當地的藝術家、畫家、詩人都是常客。也是我第一次遇見伊戈爾的地方。他是老顧客，每次來，我們都會聊天。那時候我以為他很大方很風趣，他願意花時間跟我聊天讓我受寵若驚……有一天，我在上班，心情很差，我的小iPod摔壞了，裡頭的歌曲和照片都拿不出來。他很親切，可是我並沒有想太多。幾天之後等我再回去上班，他也在，拿著禮物袋在等我，裡頭裝著一支新的iPod……不像我以前那支小小的，而是最新的、最貴的，價值好幾百鎊。」

「妳就是從那時起跟喬治／伊戈爾有關係的？」摩斯問。

芭芭拉點頭。天氣越來越暗，一朵雲籠罩在上方。

「起先，他實在是太好了。我以為我戀愛了，我找到了可以託付終生的男人了。」

「妳的家人覺得他怎麼樣？」

「我們家只有我和我母親。她在二十幾歲時搬到英國來，想找個男人，過著美好的中產階級生活，可是後來她懷了我。她當時的男朋友不想知道，所以她就自己生下我，一個人扶養我長大。後來，我十歲了，她被診斷出多發性硬化症，起初惡化得並不快，可是等到我十六歲，她的情況就真的很嚴重了。我不得不輟學照顧她。我早上到咖啡店上班，晚上到俱樂部。」

「那妳跟這個伊戈爾的關係維持了多久？」摩斯問，輕輕催促她說下去。

「大概一年。那時他做了太多了。幫助我們。他為了我母親花錢裝設了一間特別的浴室。他幫我付信用卡帳單……」芭芭拉露出懷想的笑容，這段記憶仍生動。她抽了口菸，臉上又罩了烏雲。

「後來，是我們相戀之後幾個月。有天晚上，我們去布羅姆利看電影……我們買票的時候有些男孩子對我品頭論足的，說我的身材。伊戈爾生氣了，可是我叫他別理他們。我們進去看了電影，我以為他把那件事忘了。看完以後時間很晚了，附近沒有很多人。伊戈爾看見了其中一個男生離開，而且他就走在我們前面要去開車。等我們靠近我們的車子，伊戈爾就直接衝上去，拳打腳踢。他就像動物。那個男孩子倒在地上，伊戈爾還是一直踢他，踩他的頭。我從來沒見過他像那樣，我嚇壞了……我想把他拉開，可是他打了我的臉。最後，他打到沒有力氣了，就走掉了，他就把那個男孩子丟在黑漆漆的停車場……」

芭芭拉哭了起來。摩斯掏出一小包面紙，遞了過去，芭芭拉抽了一張，深吸一口氣，擦擦臉。

「我也跟了上去，」她說，「我們就把那個男孩子丟在兩輛車之間……伊戈爾要我開車，即使我並沒有保險，我也開了。他抓住我的皮包，找到了我的卸妝棉，擦掉他指關節上的血，還有噴到臉上的幾滴血。然後他送我回家。我有幾天沒看到他，後來他帶著禮物到我家，我媽看到他開心極了。我接受了禮物，假裝什麼事也發生。」

「那個男孩子怎麼了？」愛芮卡問。芭芭拉聳聳肩。遠處雷聲隆隆，還有閃電破空。

「那又是怎麼扯上安卓莉雅的？」摩斯問。

「我在德布希俱樂部開始工作後幾個星期，我站吧檯，安卓莉雅進來喝酒。那天很安靜，我倒酒給她，就聊了起來。她開始來得更勤，慢慢地我也跟她更熟了。她說她恨透了那些跟她上同一所學校的信託基金勢利女孩。她聽說我住在南岸，就說想到我家去。她說得好像是要去度個包吃包住的假期似的……其實新十字站從查令十字站搭火車才十分鐘。」芭芭拉苦笑。

「那，安卓莉雅去妳家了嗎？」

芭芭拉搖頭。「沒有，她總是到樞紐來，我上班的咖啡店。她很喜歡那裡，很有波希米亞風，而且總是有很有趣的人；那些人日子過得很自由，而不是活在牢籠裡，她是這樣說的……我說她的牢籠是鍍金的，可是她聽不懂。我想她不知道『鍍金』是什麼意思。」

「她是幾時告訴妳她的父親是誰的？」

「一開始沒有，而且她把這件事弄得很隱密。可後來她在咖啡店的時間多了，開始跟那些和藝術家或畫家來往的某些女生爭強鬥勝，開始會在談話中說溜嘴。」

「那別人怎麼說？」愛芮卡問。

「大部分的人都不稀罕……可是喬治——伊戈爾——卻很感興趣。等他知道了以後，他就好像是突然間注意起安卓莉雅來……」

「他跟安卓莉雅劈腿嗎？」

芭芭拉點頭。「事情發生得太快，我完全被洗腦了。」

「在這個階段，他對妳使用暴力嗎，芭芭拉？」

「沒有——嗯，有時候。比較多是威脅，控制……我發現了他和安卓莉雅的事之後，那是他第一次痛打我。」

「在哪裡？」愛芮卡問。

「家裡。那天是星期天，晚上，我母親在洗澡。我不知道那時為什麼會想起這件事來，反正就是想起來了，我找他對質。」

「結果呢？」

「他打了我的肚子，打得我吐了，然後他把我鎖進樓梯下的櫃子裡。」

「多久？」

「沒多久，我懇求他，因為我母親還在浴室裡，而且水變冷了。我得把她扶出來。他說只要我保證不再提到他和安卓莉雅的事就會放我出來。」

「妳有嗎？」

芭芭拉搖頭。

「後來呢？」愛芮卡問。

「有一陣子很正常，有點像是冷卻下來了。然後有一天我在家裡。伊戈爾站在後面的廚房門外，帶著一個年輕的女生。她最多只有十八歲。連站都站不穩，而且穿著緊身牛仔褲和一件緊身T恤，臉上都是血，有的乾了，有的還是剛流的，都滴到她的T恤上了。她在哭，然後——我該怎麼做？我讓他們進來，可是伊戈爾不想幫她。他走到樓梯下的櫃子，把她丟進去，鎖上了門。他瘋了，一直發誓說他只是想知道他的手機在哪裡。他說是這個女生偷走的……」

暴風雨越來越近了，樹底下非常陰暗。

「那個女生怎麼了？」愛芮卡輕聲問。

「伊戈爾要我上樓去。他叫我待在房間裡，不然就要我好看。我聽見那個女孩哭喊，持續了好像幾個小時……然後就安安靜靜的了。伊戈爾打開門，說要去我母親的房間。她一看見他就笑容滿面，她睡著了什麼也沒聽見。他跟我要我的運動袋，我逃走的時候用的那個大袋子。我走到衣櫃去把袋子拉出來，他拿走了……他的態度好平靜。幾分鐘後我下樓，他正扛著袋子要離開。」

「袋子裡裝了什麼？」摩斯問，即使她們已知道答案。

「那個女生，」芭芭拉說，「她在袋子裡，而他就這麼走了。」

「那妳怎麼做？」愛芮卡問。

「我清理善後，擦拭了櫃子，裡頭有血和別的東西……」

「然後呢？」

「後來他回來了，說我做得很好，甚至還給了我一點錢……」芭芭拉的聲音充滿了自厭。「然後我們就又繼續過日子，好像什麼也沒發生過。可是他開始跟我說他的工作。他如何在維多利亞長途汽車站的公車上遇見女孩子，她們如何為他工作。」

「做什麼？」愛芮卡問。

「賣淫。我知道得越多，伊戈爾給我的錢就越多。他幫我母親買了一輛全新的電動輪椅，她可以自己使用，不必再叫人推了。那輛輪椅改變了她的生活。」

「那安卓莉雅又是什麼角色？」

「我壓力過大，吃不下，月經也停了。伊戈爾就不再那樣看著我了，安卓莉雅接替了我的位置。她提供他那種服務。」

「這些事都是在妳跟安卓莉雅一家人去度假時發生的嗎？」

「對。」

「妳知道後來安卓莉雅訂婚了嗎？」

芭芭拉點頭，又接受了一根香菸。

「那安卓莉雅知道伊戈爾的真面目嗎？她知道他是幹哪一行的嗎？」愛芮卡問。

「我不曉得。我從沒跟她談論過。我們起初很要好，跟她家人去度假的時候還是非常親密，可是我漸漸縮進自己的象牙塔裡。我想安卓莉雅是有這種浪漫的想法，以為伊戈爾是某種倫敦幫派分子，就像蓋瑞奇拍的那些蠢電影一樣。」

「那妳怎麼會進了證人保護計畫？」摩斯問。

「幾個月後那個女孩的屍體被發現裝在我的袋子裡。」

「哪裡？」

「東倫敦的一處垃圾掩埋場。袋子的內口袋裡有一張舊的商店卡，是屬於我的。所以警察找上門來。他們說他們監視我很久了，我可以提供證據，作個協議。」

「妳做了嗎？」

「嗯。我母親，她在這件事發生前剛過世。感謝上帝。她一直不知道……伊戈爾現在好像信任我了。他要我開始到維多利亞長途汽車站去結識女孩子。她們以為她們到倫敦來是來當管家的。他覺得如果我也在場，她們會相信我，坐進車子裡……」

「伊戈爾私運女人到倫敦來賣淫？」愛芮卡問。

「對。」

「他一個人做？」

「不是。我不曉得，事情太複雜了。還有別的男人，跟他們的女朋友。」

「那些女孩子被帶到哪裡去了？有多少女孩？」摩斯問。

「我不知道。」芭芭拉剛開口就打住，胸膛起伏，哭了起來。

「沒關係。」愛芮卡說，伸長手去握住芭芭拉的手，她卻向後縮，收回了手。

「那然後呢？」愛芮卡接著說，「伊戈爾被捕了嗎？」

「對。還送審了。」芭芭拉說。愛芮卡轉頭看著摩斯。即使是在黑暗中，她也能看見她臉上的驚詫。

「送審，什麼審判？我們沒有紀錄……是怎麼回事？」

「檢方沒起訴成功，沒有確實的證據。反正陪審團也沒辦法判決……我覺得是伊戈爾威脅了一些證人。他……他認識的人太多了。」芭芭拉這時一臉木然。「我知道別人會怎麼看我，我做了那麼可怕的事情。我知道我是一個很壞的人。只因為愛了一個男人。」她說。愛芮卡和摩斯一言不發。「後來我在新聞上看見這些女孩，妳開記者會的時候，我記得一個——泰緹安娜。她來到倫敦的時候，她好興奮……我非得跟妳說不可。妳一定得逮到那個王八蛋。」

「妳後來還跟安卓莉雅見面嗎？」摩斯問。

芭芭拉不安地欠動。「有。」

「是不是一月八日晚上，在一家叫漿糊鍋的酒吧裡？」愛芮卡問。

「對。」

「伊戈爾跟她在一起？」

「什麼？沒有！不然的話我絕不會靠近她……他在那裡？」

「沒有，」愛芮卡說。摩斯看了她一眼。「妳為什麼會到倫敦去？妳在證人保護計畫裡。」

「我每個月都會到倫敦，去給我母親掃墓。我整理墳墓，擺上鮮花。妳知道當陌生人，換個新身分有多難嗎？我傳簡訊給安卓莉雅，想說一塊喝咖啡。我知道很蠢。可是安卓莉雅一直更換我們見面的地點……我知道我不應該去的，可是我想她。」

摩斯發現很難掩藏她的難以置信。

「我們只見了一下。她一個人，她說她過一會兒要見新的男朋友……她好像是什麼事都沒發生過。我消失不見，現在又回來了，可她一點也不驚訝。她不在乎。」

「妳是幾點離開漿糊鍋的？」

「不知道。八點以前吧。我知道九點之前有一班火車從倫敦的利物浦街出發。」

「而妳沒再看到別人？」

「沒有，安卓莉雅說她要到吧檯喝一杯。有個女孩在那兒工作，我想跟她說，小心，我以前也是，可是我沒說。」

「不過這一切，我們需要妳公開，芭芭拉。」

芭芭拉突然沉默不語。等她再開口，她的聲音遙遠。「我開著手機，全都錄下來了，」她說，交出了手機。「我還有一些事要告訴妳們，可是首先我真的需要上廁所。」

「真的假的？這麼黑……」

「拜託，我非去不可。」她說，語氣急迫。

「好吧。那，別走太遠了……我們在這裡等妳。」愛芮卡說。

「吶，用這個小手電筒。」摩斯說，從外套口袋抽出了一支。芭芭拉接過去，站起來，走入林下植被中。雷聲更頻繁了。一道閃電點亮了空地的內部。

「我來呼叫彼得森，」愛芮卡說，「等她回來，我們應該要行動。帶她回倫敦。我是說，她才剛揭穿了自己的情況，新身分不能用了。這種事情的程序我一點也不懂。」

「天啊，老大，那場審判呢？沒有喬治．米邱或是伊戈爾．庫切羅夫的紀錄。他們用全國資料庫找他的照片時，也是什麼都沒有……我不喜歡這樣，越來越詭異了。」

愛芮卡點頭，點燃了一根菸。「我們需要確認她的新身分。然後再交叉比對她跟我們說的事情……」

「安卓莉雅．道格拉斯－布朗命案又一個複雜的結。」摩斯說。愛芮卡這時看著手機，摸索著按鍵，重播了一小段芭芭拉的聲音。

「我們有正式紀錄了。可以把這個喬治．米邱或者伊戈爾．庫切羅夫抓來了。等她回來，我們需要問她地址。」愛芮卡說。

摩斯打電話給彼得森，想說明她們在哪裡，可是訊號不良。

「收訊很差，老大，我打不通。」雷聲轟隆，一道閃電點亮了頭頂的天空。「唉唷！」她大喊。「我不要在頭頂有閃電的時候用手機。彼得森可以等。」

「好、好，冷靜點。我來打。」愛芮卡厲聲說。她撥了自己的手機，再撥摩斯的，卻沒有訊號，根本就打不通。

她全身爬滿了一種奇怪的寒毛倒豎的感覺。

「她去小便也太久了吧。」摩斯說。愛芮卡手機上的光在兩人的臉上投下光圈。

兩人同時跳了起來，朝芭芭拉離開的方向衝去，避開一根大樹枝，推開一些枯死的灌木，又回到那條漫長的小徑上。

她們一離開樹木的遮蔽，雨水就鞭笞她們。閃電劃過，然後她們看見了，就在前頭，一棵有幾根長枝椏的人樹。

一根繩索吱吱響，左右搖擺，尾端的繩圈套在芭芭拉脖子上。她的腳動也不動，身體在微風中搖晃。

59

雨勢變大，有如急流，打得樹頂咚咚響，把泥濘的小徑變成一團白色。雷聲大作，閃電照亮了吊在樹上的芭芭拉，她睜大著眼睛，脖子四周的皮膚被繩索勒出了好幾層。摩斯想爬上樹，但是雨水成了阻礙。

「別爬了，下來！」愛芮卡大聲吼，壓過噪音。「來不及了……她死了。回去找彼得森，叫後援來。我留下來。」

「妳確定嗎，老大？」摩斯大喊，壓過嘩啦的雨聲。

「對，快去！」愛芮卡大喊。

摩斯衝進樹林中，愛芮卡原地等候，在泥濘中來回踱步，不在乎淋成落湯雞。她的心思飛轉。他們越是調查，案子就變得越複雜。

暴風雨似乎就在頭頂上，雨下如柱，空氣充滿了電力。愛芮卡不得不站在樹下，利用粗樹幹分隔她和屍體。

好不容易，雨勢減緩了，暴風雨開始移動。她正忙著找手機訊號，就聽見了警笛聲。一輛警車出現在小徑的前方，緩緩朝她駛來，輪子帶起了積水的泥巴。兩名年輕男性警員下了車，愛芮卡迎向他們，舉著警徽。他們抬頭看芭芭拉的屍體。

「妳沒亂碰吧？我們需要封鎖這一區。」其中一個說。

「是自殺，」愛芮卡說，「她在自殺之前跟我們在一起。」

愛芮卡和摩斯、彼得森過了幾個小時才能離開現場。芭芭拉是一名受保護的證人，這件事讓他們在追查她的身分時迭遭挫折。他們駕車回倫敦時天已經快黑了。愛芮卡和摩斯在路上把細節告訴彼得森。

「那，是這個伊戈爾．庫切羅夫殺害了安卓莉雅、三名東歐女孩和艾薇的？」彼得森問。

「還有在芭芭拉家被殺的那個女孩。被他塞進運動袋裡的那個。」

「他因為這件事被捕，被審判，可他卻不在任何的系統或是資料庫裡？」

「是喬治．米邱這個名字不在任何的系統中。」愛芮卡說。像是聽到信號，柯廉的聲音從無線電傳來。

「老大，我們從市政稅紀錄裡找到了伊戈爾．庫切羅夫的地址，他住在基爾本，三十七歲，羅馬尼亞和俄國混血。已婚。房子在妻子名下，叫蕾貝嘉．庫切羅夫。有一個五歲的兒子。」

「天喔。」摩斯說。

「他結婚多久了？」愛芮卡問。

「十年。」柯廉說。

「有工作紀錄嗎？」

「他經營一家景觀園藝公司，他是經理，不過公司登記在他妻子的名下。我們正在調查他跟那些女人被發現的地點有沒有什麼關聯。」

一陣沉默。

「妳要我們去拘捕他嗎？」柯廉問。愛芮卡看著儀表板上的時鐘。已經是下午五點過後了。

「我們大概兩小時後會回到倫敦。」彼得森說，猜到她的心思。

「不。暫時不要拘捕他。我想要有充分的準備。叫一支小隊去監視他家。別讓他知道你們在那裡。別讓他離開你們的視線。」

「是，老大。」

「我們兩小時後會回到局裡，在此之前我要你挖出所有能挖到的資料：銀行對帳單、電郵、他擁有的公司、是否破產過，還有，查他的太太——什麼都別放過。我敢賭他其他的資產也都隱藏在她的名下。還有，想辦法查出他們給芭芭拉・卡爾多徐歐瓦的新身分。既然她已經死了，應該會比較容易。」

「我們已經在查了，」柯廉說。又補充：「你們三個還好吧？我們聽說她就在你們眼前自殺的。」

「我們沒事，」愛芮卡說，「好了，通話完畢，專心去查伊戈爾・庫切羅夫。」

車外伸手不見五指。四周的田野和沼澤都隱形了，既沒有月光也沒有星光，幾乎沒有光害；只有車子的大燈照在前方的道路上。愛芮卡渴望能遠離荒涼的沼澤，遠離芭芭拉上吊的那棵樹。她需要回到城市，讓建築物圍繞著她，噪音此起彼落，時間不會凝固不動。

她拉下乘客座上方的鏡子，小燈亮起。她看見臉上有泥巴。彼得森從後座看著她，臉沐浴在燈光下。

「還是不會習慣，對吧，老大？看見死人。」他說。

「對，是不會。」愛芮卡說。拿面紙擦掉泥巴，再把鏡子合上，讓車內又陷入黑暗。

接下來的路程他們三個都沉默不語，為眼前的夜保留精力。

60

愛芮卡、摩斯和彼得森在七點剛過就回到了路易申街警局，滂沱大雨也一路從諾福克追著他們回來，在他們衝進警局時正無情地抽打著停車場。柯廉來迎接他們，按鈕讓他們進入。愛芮卡看見全班人馬都留下來加班，事件室中一片忙碌，心裡很感動。

「晚安，各位。我想柯廉已經告訴你們事情經過了？」愛芮卡說。一陣喃喃的低語外加點頭。「好。那，你們查到了什麼？」

一名警員去地下室的健身房拿了毛巾來，丟給摩斯、彼得森和愛芮卡。他們感激地接住。

「我們追查了紀錄，發現那個被裝在運動袋裡棄屍的女孩子是十七歲的娜迪亞．葛瑞柯。審判是在南華克刑事法庭舉行的。」柯廉說明。

「還有呢？」愛芮卡問，用毛巾擦頭髮。

「再來就奇怪了，老大。審判紀錄被註明是CMP——不開放資料訴訟程序。」

「什麼？」愛芮卡問，「為什麼伊戈爾．庫切羅夫的審判會跟機密的情報人員審判是一個等級的？」

「不知道；我說過，能挖到的東西很少。紀錄副本刪減過，姓名都塗抹掉了。」柯廉說。

「那我們怎麼知道是他的案子？」

「因為符合我為這件命案輸入的關鍵字——發現屍體的地點，另外被害人的資料並沒有列為機密。」

「判決書上有什麼細節嗎？」愛芮卡問。

「上面說由於證據不足，起訴以失敗收場。」

「而且沒有伊戈爾．庫切羅夫或是喬治．米邱的被捕紀錄？」

「對。我們在谷歌上搜尋過伊戈爾．庫切羅夫，好幾條結果礙於歐洲的個資保護法被刪除了。就算伊戈爾．庫切羅夫有紀錄，也被消除了。資料庫中完全沒有他，也沒有喬治．米邱。」

「我不喜歡這個走向。」

「我們得繼續查，老大。」

「那追查芭芭拉．卡爾多徐歐瓦的新身分呢？」

「正在查，可是法庭要到明早九點才開。證人保護是個極為機密的部門，他們用的是另一個網路。」

一片安靜。愛芮卡站起來，走向白板，被害人的照片都釘在上頭。也有安卓莉雅生前最後一次的監視畫面翻拍照，她登上火車，緊鄰的照片是她和喬治．米邱，現在已知真名是伊戈爾．庫切羅夫的合照。另外還多了一張伊戈爾．庫切羅夫的駕照相片，最後是道格拉斯－布朗家和芭芭拉．卡爾多徐歐瓦的度假照，那時她還沒有把頭髮剪短，染成金色，並且消失在證人保護計畫中。

「好。我知道大家都累了一天了，」愛芮卡說，轉過來面對小組。「可是我們需要拿出鋤頭來開始挖掘。我要請各位幫一個大忙，再加班幾個小時。我想回到基本，仔細梳理和這件案子有關的一切。鉅細靡遺。我會叫外送，咖啡；我請客。我們非得找出什麼來不可。安卓莉雅．道格拉斯－布朗和伊戈爾．庫切羅夫以及其他的被害人有關聯，我們需要找出來，它可能就是我們遺漏的芝麻小事。我重申一次，沒有笨問題。

「好，既然這宗審判被列為機密，我們就涉足危險水域了，不過不要不敢往下挖，尤其是和賽門爵士有關的。他之前碰不得，可現在不是了。我們有芭芭拉．卡爾多徐歐瓦的錄音證詞，我會把它下載到內部網路上。好，誰願意留下來？」

愛芮卡期待地看著滿滿的事件室。慢慢地，有人舉手。她看著摩斯，她咧嘴笑，舉起了手，彼得森也是。

「我要不是老太婆了，一定會親你們大家。謝謝各位。好了，別浪費了接下來的幾小時，幹活吧。」

事件室的警員全都忙碌了起來。

「妳上次的甜甜圈是在哪裡買的？」柯廉問，抱著一堆檔案走過來。

「卡卡圈坊。歡迎自己點餐，」愛芮卡說，「馬許呢？」

「他提早下班了。這個週末放假，帶他老婆去什麼藝術旅店。」柯廉說。

「我不知道他也喜歡繪畫咃。」愛芮卡說。

「他不喜歡，他是送老婆去，那裡在康瓦耳。不過我覺得他今晚就會出發，他說不要打擾他……不管是什麼事。」

「又來了，我們正在調查的關鍵時刻，而他偏偏決定要開溜。」

「要我打電話找他嗎？」柯廉問。

「不用了，暫時不要聯絡馬許總警司。」愛芮卡說，醒悟到這一點對她可能反而有益。

61

翌日，馬許總警司和瑪西躺在美麗的旅店房間裡——旅店的名稱他忘了，但是他知道這裡遠離倫敦，可以遍覽達姆爾的風光。瑪西枕在他赤裸的胸膛上，他有那股子性愛後的餘韻。老婆肌膚的感覺和味道令人迷醉。現在天色大亮了，他們是在一夜反覆的做愛之後醒來，這是雙胞胎來報到之後從所未有的美事。

床邊的電話響起，打破了靜謐。馬許翻個身，看見是九點半了。他伸出手，拿起話筒，再掛斷。

「你要他們晨喚嗎？」瑪西喃喃問。

「當然沒有。」他說。

「喔。你不接電話就讓我春心蕩漾了。」瑪西撒嬌說，吻了他，手往他的肚子上滑⋯⋯

電話又響了。馬許咒罵一聲，一翻身就把電話線從牆上扯掉。再轉過來，對她咧嘴笑。「我相信妳剛才是想這樣子。」他說，把她的手放在他逐漸堅挺的陰莖上。

「還要啊？總警司。」她露齒笑道。

冷不防間，有人敲門。「不好意思，哈囉⋯⋯是櫃檯。」有人說。

「搞什麼！」馬許高聲喊，瑪西正把保險套往他的陽具上套，也停了下來。

「叫他滾，這是最後一個了。」瑪西說。

敲門聲又響起。「先生，先生？」櫃檯的年輕男孩顫巍巍地說，「我知道你說過無論是什麼事都不能打擾你，可是有一位歐克利助理總監在線上。你的電話……先生？他說如果你不接就會有嚴重後果……我是引用他的話……是他這麼說的。」

馬許一躍而起，手忙腳亂接上電話線。

「你死到哪裡去了，馬許？有情況了！」歐克利厲聲說。

「對不起，長官，我不知道是你……」

「你的一個屬下，那個可惡的女人佛斯特，今天早上五點就找上賽門・道格拉斯－布朗家的門，還帶著一支武裝反應小組。她把他和他女兒琳達羈押了，她把吉爾思・奧斯波恩也羈押了。」

「搞什麼？」

「我現在在蘇格蘭，馬許，在我非常需要的放假日裡，而我不想返回倫敦。我相信你會糾正這件事。」

「是的，長官。」

「最好是。我並不常在九點前被某個討厭的閣員吵醒，要是我們不小心處理，會有很多人等著掉腦袋，馬許。」

通話猝然斷線。馬許站在那兒，赤條條的，陰莖這會兒縮得看不見了。他又拿起了電話，大聲吼叫要找佛斯特總督察。瑪西立刻就用被子裹住身體，吞下眼淚。這個假日又要被她老公的工作毀了。

62

愛芮卡和隊上的警員都因為缺乏睡眠而精神不濟。他們一直工作到半夜三更，利用新的資訊將證據拼湊起來，半夜一點，他們終於有了突破。緊接著是擬定計畫，半夜三點，愛芮卡叫大家下班，補點睡眠，天一亮再回來執行愛芮卡的第一階段計畫。

這時已經十一點了，愛芮卡和摩斯、彼得森、柯廉在路易申街警局的監控室裡。他們眼前有四面螢幕，每一個都監視一間偵訊室。

一號偵訊室中是琳達・道格拉斯－布朗，她焦躁不安，來回踱步，穿著一件暗色長裙和一件寬大的白色毛衣，覆滿了黑貓的圖案，還有茶漬。下一面螢幕中是二號偵訊室，她的父親賽門・道格拉斯－布朗端坐不動，雙手置於桌面，瞪著前方，神色木然。儘管是被一隊全副武裝的警員從床上拉起來的，他的穿著仍時尚，暗色的休閒褲，剛熨好的藍襯衫和V領毛衣。

下一面螢幕是偵訊室三號，吉爾思・奧斯波恩的模樣很滑稽，穿著貼身的酒瓶綠牛仔褲，肚子稍微被緊身T恤繃住，T恤的圖案是棕櫚樹。油膩的頭髮旁分。他抬頭瞪著監視器。

「他瞪著監視器二十分鐘了。」柯廉說，用原子筆輕點螢幕。

「唯一一個一點也不擔心的人是伊戈爾・庫切羅夫。」愛芮卡說，盯著四號偵訊室的螢幕。伊戈爾坐在桌後，拱肩縮背，雙腿大張。警察上門來逮捕他時，他正在健身。他家位於基爾本一條中產階級的宜人街道上。他穿著緊身白T恤，前襟有Nike的商標，腳下是閃亮的Nike短褲和跑鞋。他身材精瘦，肌肉結實，膚色是烤過的橄欖色。與安卓莉雅的合照中的短鬍碴不見了，黑色眼珠向上抬，凝視著監視器。

「我們先從他開始。」愛芮卡說。摩斯和柯廉留在監控室，愛芮卡和彼得森離開。他們在走廊上遇見了伊戈爾的律師，是個瘦子，頭髮漸灰，留著俐落的八字鬍。一開口就質問他的客戶為何被羈押。

「我會建議我的客戶什麼都不回答，除非你們有可信的——」

他們直接走過律師面前，進入偵訊室四。伊戈爾仍駝背坐著，黑眸上下打量愛芮卡。錄音機啟動，發出長長的一個聲音。

「現在是一月二十四日早晨十一點五分。我是佛斯特偵組總督察，我的同事是彼得森偵組警司。另外出席的還有約翰·史蒂芬斯律師。」

愛芮卡和彼得森在伊戈爾和他律師的對面就座，她花了幾分鐘看文件，然後才抬頭看著伊戈爾。

「好，庫切羅夫先生，還是要我稱呼你喬治·米邱？」

「妳想叫我什麼都可以，親愛的。」他嘻皮笑臉地說。他的聲音低沉，帶著一絲俄國腔。

「你可以解釋為什麼有兩個名字嗎？」

他聳聳肩。

「你是為軍情五處或是六處工作的？還是涉及間諜活動的密探？是否還簽了國家機密法案？」

伊戈爾撇嘴一笑，揉著下巴。「不是。」他終於說。

「抱歉，這些問題太荒謬了。」律師說。

「不，這些是合理的問題。史蒂芬斯先生，你知道你的客戶曾因殺害一名年輕女性娜迪亞·葛瑞柯而受審嗎？她腐化的屍體在一處垃圾掩埋場被發現，裝在運動袋裡。」

愛芮卡把娜迪亞的照片推過去。從運動提袋的開口處看得到她腫脹發黑的身體。

「那個運動袋是屬於庫切羅夫先生當時的女友芭芭拉·卡爾多徐歐瓦所有的。娜迪亞·葛瑞柯是在芭芭拉的屋子裡被打死的。命案現場查到了伊戈爾的DNA，芭芭拉也在之後的審判中指證是他。不過，陪審團無法做出判決，審判失敗。」

律師斜睨了伊戈爾一眼。

「證明啊。」伊戈爾聳聳肩說。

「問題就在這裡，伊戈爾。你的審判紀錄和副本現在全都列為CMP：不開放資料訴訟程序。這個等級只保留給涉及危害國安的刑事審判的。你清楚這點嗎，史蒂芬斯先生？」

「我知道什麼是不開放資料訴訟程序。」律師說，煩躁不安。

「那麼你就能了解這件事有多不尋常了，在你客戶的殺人審判上施加這種限制，他又不是什麼情報員。」愛芮卡說。伊戈爾兩手伸到頭頂上，脖子左右擺動，關節喀喀響。

「說不定是因為我長得有點像詹姆斯·龐德。」伊戈爾說。

「不，我們可看不出來。」彼得森冷冷地說。

「別這麼酸嘛，兄弟。他們不是一直在說要找個黑人詹姆斯·龐德嗎？你還是有機會的嘛。」伊戈爾說。

彼得森等了一下，又把娜迪亞・葛瑞柯的屍身照片再挪近一點。

「請看一下照片，你認識這名女子嗎？」他問。

「我要建議我的客戶不要回答。」史蒂芬斯說。

「好。那這張照片呢？這是你和安卓莉雅・道格拉斯－布朗的合照。你知道道格拉斯－布朗命案嗎？這張照片是在她死前四天拍攝的，還有這張，這張……」

彼得森把一系列的照片推過去，第一張是伊戈爾和安卓莉雅並肩站在霍尼曼博物館的園區，然後是露骨的性愛照。伊戈爾抿緊嘴唇，往後坐。

「照片上的人就是被殺害的安卓莉雅・道格拉斯－布朗。」

「對，我們很清楚她是誰，」律師不客氣地說，「你們是在指控我的客戶殺死了她？」

愛芮卡不理他。「安卓莉雅死前幾小時，有人看到你和她在一起，在森林山的漿糊鍋酒吧……」

「我不必回答妳的問題。我要走了。」伊戈爾說，站了起來。

「坐下，」愛芮卡說。他抿緊嘴唇，雙臂抱胸，仍然站著。「你非回答我的問題不可。我說了，有人看見你和安卓莉雅在一起。」

「不，沒有人看見我，因為安卓莉雅失蹤的那晚我不在英國。我從十二月三十一日到一月十五日止都在羅馬尼亞。我有機票，你們可以查對我的護照紀錄。」

「是你的紀錄還是喬治・米邱的？」

「改名字不犯法吧？」伊戈爾說，「妳是斯洛伐克人吧？妳卻有個像佛斯特的姓？」

「那是我的夫姓。」愛芮卡說。

「結婚了？」伊戈爾說，挑起一道眉毛。「幸福嗎？」

「我要你坐下。」愛芮卡大喝，一拳擊在桌上。

「如果你們要起訴我的客戶……」史蒂芬斯開口。

愛芮卡站起來就離開了房間。

「佛斯特總督察剛才離開了偵訊室。我要宣布十一點十二分停止偵訊。」彼得森說，站了起來，尾隨她出去。

「他真是王八蛋，是不是？」愛芮卡說，跟彼得森站在外面，氣得全身發抖。「我不應該這麼快就發脾氣的，可是他那副傲慢的嘴臉……你能叫柯廉檢查他的不在場證明，不在國內的這件事？」

「好的，老大。只是別讓他惹毛妳。這才是剛開始。妳要進去嗎？」

愛芮卡深吸一口氣，搖搖頭。「不了，我要去探一探賽門・道格拉斯－布朗。」

63

賽門．道格拉斯－布朗的律師也跟史蒂芬斯一樣頭髮灰白，但是他的套裝高級多了。他等在偵訊室外，拉直領帶。

「我們在這裡。」愛芮卡說，指著一號偵訊室的門。

「我會建議我的客戶不回答你們的問題，除非——」他才開口愛芮卡和彼得森就逕直走過去了。

賽門惡狠狠瞪著他們走進偵訊室。「等這裡完事了，你們就會到舊肯特路去指揮交通，這輩子也甭想翻身！」

愛芮卡和彼得森不理他，四人都坐下。她先照章行事，啟動錄音，然後翻開桌上的一份檔案。

「琳達呢？」他問。愛芮卡不理會。「我有權知道我女兒在哪裡！」

「琳達被逮捕了，正被拘留中。」彼得森說。

「你們少把琳達給我扯進來，聽見了沒有？她身體不好！」賽門大吼。

「身體不好？」

「她的壓力太大，不適合偵訊。」

「是誰跟你說我們要偵訊她的？」愛芮卡反問。

「警察在天剛亮的時候就全副武裝衝上門來，可不是要來聊天的。我當然會假設……我警告妳──」

「你的妻子在服務台，你兒子大衛呢？」愛芮卡問。

「他去布拉格，參加告別單身派對，跟他朋友一塊。」

「他住在哪裡？」

「不知道，酒吧或是飯店吧，搞不好還是青年旅舍。那是告別單身派對。」

「誰的派對？」彼得森問。

「他的一個大學朋友要結婚。我可以從秘書那兒拿到資料，全是她訂的。」

「我們會去調。」彼得森說。愛芮卡翻閱著檔案，出現了一陣空檔。

「你有好幾家公司處理你的生意以及個人事務，正確嗎？」她問。

「什麼白痴問題。當然正確。」

「有一家叫米爾蓋特有限公司，對吧？」

「對。」

「還有一家叫……派金帕斯。」

「對。」

「量子、柏布立吉、紐頓石場……」

律師朝愛芮卡俯身。

「我看不出妳有何需要必須把這些一一唸給我的客戶聽，佛斯特總督察。他很清楚他的企業，這些都是公開的有限公司，這項資訊也是公開透明的。」

賽門往後坐，機警卻憤怒。

「是的，沒有錯，」愛芮卡說，「我只是為了錄音的需要做確認，在我繼續之前。抱歉浪費了貴客戶的寶貴時間……好，我再問一遍。」

「對，對，對，這樣夠大聲讓妳錄音了吧？」

「我想請你注意去年九月你的一份銀行對帳單。」愛芮卡從檔案裡拿了一張紙，放到桌上。

賽門傾身向前。

「等等，妳為什麼會有這個？誰給的權限？」

「我給的權限，」愛芮卡說，「你付款給柯思洛夫控股公司，這家公司就是亞卡盛事的註冊公司——吉爾思．奧斯波恩的亞卡盛事。總額是四萬六千鎊。」愛芮卡一根手指輕敲數字。

「對，我投資那家公司。」賽門說，坐了回去，看著愛芮卡。

她又抽出另一份銀行對帳單。「我也有一份吉爾思．奧斯波恩的銀行對帳單。柯思洛夫控股有限公司的，同樣日期，載明有四萬六千鎊入帳……」

「妳提這些是什麼用意？」律師說。愛芮卡舉起一手制止他，繼續往下說。

「但是在同一天，你的四萬六千鎊又轉出了。」

賽門笑了起來，環顧室內，看是否有人跟他一塊笑。彼得森仍是一張撲克臉。「妳幹嘛不去問吉爾思去？我又不干涉他的公司經營，我是匿名股東。」

「可是你投資了四萬六千鎊，對匿名股東而言算是一筆大數目吧？」

「什麼叫大數目，說清楚。對我來說，四萬六不算是很大的一筆錢……我相信在妳眼裡，只靠警察薪水，確實是很大的一筆錢。」

「考慮到這筆錢的金額，你和吉爾思當然至少會說定你的投資內容是什麼吧？」愛芮卡說。

「我信得過吉爾思，妳還記得的話，在我的女兒慘遭殺害之前，我正要歡迎吉爾思成為我的女婿。」

賽門憤怒的面具出現了裂痕，他們看見了失去安卓莉雅的椎心之痛。

「對，那麼身為你的女婿，吉爾思有沒有告訴你為什麼四萬六千鎊又直接付給了一家叫水銀投資的有限公司呢？」

賽門看著他的律師。

「有，或是沒有？這個問題很簡單，」愛芮卡問，「吉爾思有或沒有告訴你為什麼四萬六千鎊又付給了一家叫水銀投資的公司？」

「沒有。」

「你知道這家水銀投資嗎？」

「不知道。」

「公司登記在一個叫蕾貝嘉．庫切羅夫的女子名下，她是這個伊戈爾．庫切羅夫的妻子。你可能忘記了，我們在安卓莉雅的另一支手機裡取得了這些照片。」

愛芮卡把大膽的性愛照片從檔案中取出，擺在賽門的面前。他瞧了一眼，就閉上眼睛，開始發抖。

律師俯身將照片收拾起來。「我抗議讓我的客戶看這些令人傷心的女兒照片，她才剛剛下葬……」

「但是你的客戶對這四萬六千鎊有什麼說法？我們相信這個男人，伊戈爾·庫切羅夫涉及非法運送年輕東歐女性到英國來。此外他也因為殺害了一名叫娜迪亞·葛瑞柯的年輕女性受審。」

「他被定罪了嗎？」賽門犀利地問。

「沒有，但即使沒有定罪，種種情事加起來也構成了確鑿的關聯。所以我再問一遍。你知道吉爾思·奧斯波恩為什麼要把四萬六千鎊轉給伊戈爾·庫切羅夫嗎？」

賽門往後坐，表情擔憂。

「我的客戶不予置評。」

「好。」愛芮卡說。看了彼得森一眼，兩人都站了起來。

「再來呢？」律師問。

「目前我們要暫停這場偵訊。」愛芮卡說。

「妳說現在是幾點？」賽門問。

「十二點十五分。」愛芮卡說。

「我要跟琳達說話，**現在**。」他說。

愛芮卡不理他，跟彼得森離開了偵訊室。

64

「看他的樣子好像有點要發瘋了。」摩斯等他們回到監控室之後說。他們盯著四面螢幕。賽門正在大罵「那個賤女警」無權不讓他見他的女兒。

「說不定他們都需要像熱鍋上的螞蟻一會兒。」彼得森說。

「對，可是別忘了我們只能羈押他們二十四小時。要是不能起訴他們，就得放他們走。」

「要是我們能為了娜迪亞・葛瑞柯的命案再次逮捕庫切羅夫就好了。」摩斯說。

「我們沒有新的事證。而且我們的時間也沒有用得很有效率。我們需要把他跟賽門和吉爾思的這筆錢串起來，」愛芮卡說，「而琳達則是安卓莉雅和伊戈爾的連接點。」

下一個螢幕中，琳達坐著，頭抵著桌子，漫不經心地在刮花的桌面上劃圈圈。下方的螢幕上，伊戈爾靠著椅背，雙腿大張，頭倚著牆壁。吉爾思也是神色木然，坐在椅子上，東張西望，幾乎像是侍者忘了他點的餐點。

「我們先休息一下。」愛芮卡說。抓起香菸就往外走。

等她走到大門的台階上時，只見黛安娜・道格拉斯–布朗也在點菸。她站在台階底，穿著黑色長皮草。頭髮一絲不苟地吹乾了，框住了疲倦的臉。

愛芮卡正要轉身進去，黛安娜卻發覺了她。

「佛斯特總督察，現在是什麼情況？」

「我們正在偵訊。」愛芮卡說，帶著一種不容他人置喙的果斷。

她邁步要進去，卻聽見黛安娜說：「拜託，把這個給琳達好嗎？」她伸手到大衣裡，拿出一隻掛在鑰匙環上的填充小貓，黑色的皮毛，柔和的褐色眼睛，一小片褪色的粉紅色布是牠的舌頭。

「恐怕不行，抱歉。」愛芮卡說。

「拜託……妳不了解，琳達需要熟悉的東西。」黛安娜吸了一口菸。「我生她時，她缺氧。她有情緒問題。她沒辦法應付這個世界！」最後一句話幾乎是喊出來的。

「我們的值班巡佐可以在幾分鐘之內就把醫生請過來，但是琳達沒事，我保證。我們只是想問她幾個問題。」

黛安娜的眼淚奪眶而出，低下頭，頭髮落下來，遮住了她的臉。她把小貓玩偶拿到臉上，抽噎不已。愛芮卡轉身走進了服務台。

「核實了，」柯廉說，在她回事件室後迎上她。「乘客名單上說伊戈爾．庫切羅夫在十二月三十一日從倫敦的盧頓機場搭機前往羅馬尼亞。一月十五號回來。」

「靠！」愛芮卡說。每一隻眼睛都轉向她。「如果他在這兩個日期之間做了什麼呢？有沒有監視畫面可以證明他通過出境門？」她追問。

「老大，這是入境審查處的資料。」

「我知道，可我們有檢控署的東西和改變過的法庭紀錄。上頭說伊戈爾．庫切羅夫在審判期間還得到特殊待遇！一定有內部的人篡改了正式的紀錄……他會不會搭巴士回來，或是開車，或長途客車，然後再回去……」

柯廉抓腦袋。「大概有可能吧，老大。」

「我們不要再大概了，去查出來。我要護照審查處的照片，他抵達羅馬尼亞的監視畫面。可以證實伊戈爾．庫切羅夫在十二月三十一日出國，在一月十五日回來的數位足跡。」

「是，老大。」

「還有，記住，時間不多了，」愛芮卡說，看著手錶。「我們還有十九個小時。」

愛芮卡走出事件室，在走廊和摩斯、彼得森會合。她告訴他們伊戈爾．庫切羅夫在安卓莉雅失蹤之時可能不在國內。

「那就是說他沒有殺死安卓莉雅，或是艾薇。我們不能直接把他跟命案釘死。」摩斯說。

愛芮卡搖頭。

「其他的女孩子呢？泰緹安娜．伊娃諾瓦，茉嘉．布拉托瓦和凱若琳娜．托鐸洛娃？我們有她們被發現的日期，可以查出他當時人在哪裡嗎？」彼得森問。

「這三個女孩的鑑識工作都做得很馬虎，她們失蹤時間的調查也一樣。再者，我公開把這三件命案跟安卓莉雅和艾薇連接起來。我真的相信是相關的。除非是模仿犯？要命，實在太燒腦了。」愛芮卡說，揉搓臉孔。她看到摩斯和彼得森使眼色。「什麼事？說出來。」

「賽門．道格拉斯－布朗的律師真的火大了，他一直在打給助理總監。」摩斯說明。

「他一直在找歐克利？」

「對。而且不是透過總機，他有歐克利的專線。」

「打通了嗎？」

「還沒。歐克利放假去了。」

「他去放假。馬許跟他老婆去度個藝術假，美酒美食……那這裡是誰當家？」

「嗯，老大，理論上是妳。」彼得森說。

「有道理。那好，我們去修理吉爾思・奧斯波恩吧。」愛芮卡決絕地說。

65

吉爾思・奧斯波恩坐在偵訊室裡，滿臉忿恨。愛芮卡和彼得森跟吉爾思・奧斯波恩的律師進入房間，他叫菲利普・桑德斯，又是一個身著高級套裝的灰髮男。

愛芮卡讀完為錄音的正式條文之後，就詢問吉爾思相同的問題，那筆來自賽門・道格拉斯－布朗的四萬六千鎊，以及他為何轉入伊戈爾・庫切羅夫所擁有的水銀投資公司。

吉爾思靠向律師，嘴巴附著他的耳朵，喃喃說話。

「我的客戶需要完整評估他的帳戶，才能回答這個問題。」律師說。

「對帳單在這裡，」愛芮卡說，將文件推了過去。「你可以清楚看見這筆錢匯入了一個帳戶，又轉匯到另一個帳戶。你還需要怎麼評估？水銀投資是一家景觀園藝公司。亞卡盛事在園藝上並沒有什麼涉獵。」

吉爾思用一根手指輕敲嘴唇，靜默不語。最後，他說：「我相信這筆錢是用來取得一種紐西蘭的罕見樹木的。」

「什麼？」彼得森說。

「我要它是為我庭院的中心裝飾，那棵樹，我忘了叫什麼了，」吉爾思圓滑地說，「我可以在適當的時候提供這張發票。你們總知道庫切羅夫先生做的是景觀園藝生意吧？」

「對。」愛芮卡說。

「那，謎團解開了。所以我才會匯四萬六千鎊到他的帳戶裡。」

「他修剪樹籬，割草皮，竟然能接這麼大筆的訂單？」愛芮卡說。

「而賽門．道格拉斯－布朗完全不知道這筆買賣？」彼得森追問。

「他為什麼會知道？他是匿名股東。我們說定了他會買定量的股份，讓他成為亞卡盛事的一位共有人。我相信他現在擁有百分之十三點八的股份，說得正確一點。不過，你們也知道，我不能因為你們一大清早把我從床上拖下來，沒收了我的物品，我就透露這個訊息。」吉爾思對愛芮卡訕笑。

「你是如何認識伊戈爾．庫切羅夫的？」愛芮卡問。

「安卓莉雅介紹的。」他說。

「你是否知道安卓莉雅和庫切羅夫有性關係？」

「當時不知道。當然，後來你們拿照片給我看了。」

「你知道安卓莉雅是如何認識伊戈爾．庫切羅夫的嗎？」

「我想她說是，嗯，一個朋友——芭芭拉什麼的……」

「卡爾多徐歐瓦，芭芭拉．卡爾多徐歐瓦？」

「好像是，對。」

「你知道芭芭拉．卡爾多徐歐瓦和伊戈爾．庫切羅夫有男女關係嗎？」

吉爾思一臉困惑，搖搖頭。

「我的客戶已經回答了四萬六千鎊投資的問題了，我看不出他有何必要回答他的未婚妻的朋友的個人感情問題。」律師說。

愛芮卡和彼得森隔著桌子瞪著吉爾思。

「那就先這樣吧。」愛芮卡說。

「那我的客戶可以離開了嗎？」律師問。

「我並沒說可以。」愛芮卡和彼得森站了起來。

「那是怎樣？」律師問。

「我們會再回來的。」愛芮卡說。

兩人走到走廊上，回到監控室。

「混帳透頂。」愛芮卡說，看著摩斯和彼得森。

「妳覺得那個罕見樹木的鬼扯上了法庭會有人信嗎？」摩斯問，她剛才從監視畫面上看到了一切。

「我們見過他的辦公室，充滿了浮誇奢華的裝飾。很符合他說的話。」彼得森嘆氣道。

「對，可是樹呢？」愛芮卡問。「錢是一年之前付的。」

「說不定他們是在等樹長大。」摩斯鬱悶地說。

有人敲監控室的門。是沃夫。

「老大，馬許在線上。他要找妳，他現在正在回倫敦的路上。」

「他有說他到哪裡了嗎？」

「還在得文。」沃夫說。

「跟他說找不到我。」

「老大，他知道妳在偵訊他們。」

「用用頭腦，沃夫。隨便編點什麼。後果我來擔，先幫我們爭取一點時間。」

「是，老大。」沃夫說。他走後，他們又回頭盯著螢幕。

「我們來聽聽伊戈爾對這件事有什麼說辭，」愛芮卡說，「然後再讓琳達也進來攪和。」

66

「他要我幫他的辦公室找棵樹。」伊戈爾說，靠著椅背，胳臂伸在頭頂上。愛芮卡注意到他的胳臂下方有黃色的斑塊，而且偵訊室現在慢慢出現了汗臭味。

「而你辦得到，因為你經營景觀園藝？」愛芮卡問。

「這裡是倫敦，很多人都想在花園裡種點稀奇古怪的東西，有網路助威就更方便了。」

「公司為什麼是在你太太名下？」

「沒有什麼為什麼。」

「那是誰介紹你認識吉爾思的？」彼得森問，即使已心知肚明。

「當然是安卓莉雅。」伊戈爾咧嘴笑。

「你太太知道安卓莉雅嗎？」

「妳覺得呢？」

「她知道你跟芭芭拉．卡爾多徐歐瓦的關係嗎？」

「我太太是個好女人！」

「這是什麼意思？她知道幾時該閉上嘴巴？睜一隻眼閉一隻眼？她知道你涉及走私年輕的東歐女性到倫敦來嗎？知道你在維多利亞長途客運站去接她們嗎？」愛芮卡問。

「我的客戶不必回答這些問題。這只是純粹的臆測，你們沒有證據。」律師打岔道。

「我們詢問了芭芭拉．卡爾多徐歐瓦，她陳述了這件事，以及你殺死娜迪亞．葛瑞柯一事，有錄音為證。」

「那這名證人呢？」律師反詰道。

「她在訪談之後不久自殺了，」愛芮卡說，盯著伊戈爾看。「她太害怕說出你的真面目，怕得自殺了。」

「我可不會說這是個可靠的證人，一個自殺的女人。而且這也不是發過誓的闡述。」律師說。

伊戈爾靠著椅背，傲慢又自負。

伊戈爾的律師接著說：「趁你們在各偵訊室間忙碌的時候，我查核了你們提到的審判紀錄。你們宣稱的各種事情不過就只是宣稱。判決書的大片文字被塗抹掉了。以法律的觀點而言，等於不存在。你們知道不用多久你們就必須要起訴我的客戶吧？時間一分一秒流失了，佛斯特小姐。」

「是佛斯特偵緝總督察。」愛芮卡說，努力掩飾心中的挫敗。她說要暫停偵訊，為錄音機唸出時間之後，她和彼得森就離開了。

67

愛芮卡、摩斯、彼得森正要進入三號偵訊室去和琳達談話，律師就提醒他們依法嫌犯該用餐了。一小時後，也是下午三、四點了。白晝似乎漸漸消逝了。

「琳達，妳知道我們為什麼逮捕妳嗎？」愛芮卡問。

琳達靠著椅背，冷靜自制。「你們以為我知道什麼。你們以為我知道是誰殺了安卓莉雅？你們以為是我殺的，搞不好你們還以為是我射殺了JR[10]？還是甘迺迪總統。」

「現在不是開玩笑的時候，琳達。這個人是伊戈爾．庫切羅夫，他的化名叫喬治．米邱。安卓莉雅跟他有性關係，在她和吉爾思訂婚之前和之後。」愛芮卡說，把他的照片推過去。

琳達瞪著擺在她面前的照片，面無表情地注視那些性愛照。

「我們知道是他幫妳和安卓莉雅拍的這一張。」愛芮卡又補充說。

「你們知道才怪，」琳達吸著鼻子說，眼珠子在兩名警官身上亂轉。「你們怎麼可能知道？」

「因為我們逮捕了伊戈爾．庫切羅夫，罪名是殺害安卓莉雅，還有殺害泰緹安娜．伊娃諾瓦、茱嘉．布拉托瓦、凱若琳娜．托鐸洛娃和艾薇．諾利斯。現在他就在隔壁房間接受偵訊。」愛芮卡說。

「騙人，我不要跟騙子說話。我一定要跟這些騙子說話嗎？」琳達問，看著她的律師。

「你們有證據可以證實我的客戶的這張照片是由妳所說的那名男子拍攝的嗎？」律師問。

愛芮卡不理他。「妳記不記得一個叫芭芭拉的女孩子？她是安卓莉雅的朋友。」

「記得。」

「她跟著妳們家去度過幾次暑假？」

「她人很好，可能有點太好了——太巴結。雖然如此，安卓莉雅也比不上她，而且稀奇的是，居然是安卓莉雅把她趕走了。」

「她是怎麼把她趕走的？」

「喔，老樣子啊。起初她把芭芭拉當寶，後來新鮮感沒了，她就讓這個女孩子覺得像是窮親戚。她最後一次跟我們去度假的時候，瘦了好多，整個人憔悴到不行。安卓莉雅認為是趕時髦，這個罪名大概就夠讓這個可憐的女孩子被驅逐了。」

「安卓莉雅有沒有說芭芭拉去了哪裡？」

「她只說她搬家了。幹嘛？」琳達問，瞇起了眼睛。

愛芮卡說明芭芭拉和伊戈爾的關係，說她和安卓莉雅同時跟伊戈爾有性關係。

「容我提醒妳這項資料被塗抹掉了。」律師說。

「芭芭拉和伊戈爾．庫切羅夫有性關係、她列入了證人保護計畫和自殺，這三件事並沒有被塗抹掉。」愛芮卡說。她發覺琳達在發抖，淚水滿眶，落在她的臉頰上。

---

❿ JR是美國一九七〇到八〇年代的連續劇「*Dallas*」中的一個反派人物。CBS公司為打片而推出「誰殺了J.R.？」這句廣告詞，引起全球一陣簽賭潮，也深深影響了流行文化，成為連續劇製造懸疑的公式。

「她是怎麼死的？」琳達問。

「上吊的。她嚇壞了。所以現在妳了不了解我們揭開這個伊戈爾．庫切羅夫的真面目有多重要？他跟安卓莉雅有直接的關聯。」

琳達擦掉眼淚。「我見過他兩次，在肯辛頓的一家酒吧和奇西克的一家酒吧。我說過了，安卓莉雅很有男人緣，身邊的男人老是一長串。安卓莉雅用男人就跟用衛生棉一樣，很高興讓他們捧著她，過不了多久再把他們甩了。」

片刻沉默。律師掩藏不住沮喪。愛芮卡打開一份檔案，拿出她收到的信，擺在琳達面前。

「這個東西妳有什麼說法？」愛芮卡問，盯著琳達的臉。

「這封信妳給我看過了，妳來花店的那次。」她抬頭看著愛芮卡。「是寄給妳的嗎？」

「是的。妳可以看到除了是針對我個人之外，信也嘲弄警方在調查安卓莉雅命案以及其他被害人上的無能。」

「妳為什麼拿給我看？」琳達冷冷地說。

「琳達，我們看過妳的前科。妳寄黑函寄習慣了。妳之前寄過信給吉爾思．奧斯波恩，還有其他人。老師、一位醫生、安卓莉雅的朋友，妳甚至還寄給芭芭拉。她在訊問的時候提起過，我們有錄音為證。」

「容我再次提醒，佛斯特總督察，這些都是間接證據，」律師說，「妳是在把各個點胡亂連接起來，想要騙我的客戶說話。她不會說的。」

「嗯，她可以說，不然的話她的沉默也一樣有力。琳達，事關妳、妳父親、吉爾思、芭芭拉、伊戈爾。你們都有關聯。我們扣押了妳的筆電，現在正在搜索硬碟。我們也扣押了妳父親和吉爾思的電腦。等我們把所有的線索都連接起來，也只是時間早晚的問題。跟我說，琳達，我能幫妳。」

「不，我不要。」琳達說，往後靠著椅背。挑起毛衣上的絨線，然後注視著兩名警官。現在似乎完全控制住情緒了。愛芮卡幾乎藏不住沮喪。

「妳喜歡貓啊？」彼得森說。

「唉呀呀，現在是狗急跳牆了啊？」琳達微笑，調情似的。「羅伊德先生，我應該直接回答嗎？我可不想害自己又牽連到什麼貓咪醜聞裡呢。」

律師翻個白眼，點點頭。

「是的，彼得森偵緝警司，我喜歡貓。」

「妳有養貓嗎？」

「現在沒有。」她僵硬地說。

「你們還有什麼相關的問題嗎？」羅伊德先生說。

「沒有了，暫時就這樣。」愛芮卡說，想保住面子。走出偵訊室後，沃夫在走廊上等。

「什麼事？」她厲聲說。

「是馬許。」

「現在不行，我會再回他電話。」

「他來了，在辦公室裡，他要找妳。」

68

愛芮卡敲馬許的辦公室門時，他正在窗前來回踱步。她一進去，他就停下來，瞪著她。他穿著平展的斜紋布褲，一件開領襯衫，頭上戴著一頂附庸風雅的扁帽。儘管事態嚴重，愛芮卡還是忍不住想笑。

「你是想模仿大衛‧貝克漢嗎，長官？還是說這是你的繪畫裝？」

「坐下，」他說，扯掉帽子，摜在桌上堆積成山的文書上。「妳是失心瘋了嗎，佛斯特總督察？妳知不知道妳捅了馬蜂窩了，居然逮捕道格拉斯－布朗一家子？內閣的電話我接到都手軟了。」

他似乎很累，受夠了整個情況。

「長官，如果你願意聽——」

「不。我命令妳釋放賽門爵士、琳達、吉爾思‧奧斯波恩以及伊戈爾‧庫切羅夫，聽見了嗎？妳害某個在證人保護計畫中的人曝光，妳公開談論列為CMP的刑事審判細節——」

「長官，芭芭拉‧卡爾多徐歐瓦自殺了，也就是說她不再列入證人保護計畫了。」愛芮卡接著說明賽門、吉爾思、伊戈爾之間的金錢往來以及芭芭拉的證詞，將伊戈爾與私運東歐女性一事連結起來。她省略掉安卓莉雅被殺期間他不在英國的可疑證明。「你不得不承認，長官，就算是巧合，這一切也都很可疑。」

馬許聽得專注，這時他呼吸沉重，而且繼續踱步。她幾乎能看到齒輪在轉動。

「現在幾點了？」他問。

「快五點了。」愛芮卡說。

「他們的二十四小時羈押時間幾時到？」

「明早九點。」

「有讓他們晚餐休息嗎？」

「還沒有。」

「好，他們有權休息八小時不受打擾。」

「我知道，長官。我需要多一點時間。你願意延長羈押嗎，再給我十二小時？我不能授權，可是你可以。我在等鑑識報告。他們拿了賽門的筆電，還有琳達的。另外我們仍在查核銀行對帳單。」

「不行，我不能延長。」馬許走過來坐下。「聽著，愛芮卡。妳是一個非常能幹的警察……」

「長官，你老是這樣說，然後就叫我不准做什麼事。」

馬許頓住。「我這麼說是因為是事實。而且也因為我知道這件事的結局會是什麼。妳對抗的是有力人士，勝算可不在妳這邊。」

「怎麼跟飢餓遊戲好像……」

「我不是在開玩笑，愛芮卡。釋放妳的嫌犯，我會盡全力保護妳。」

「保護我？」愛芮卡說，覺得不可思議。

「愛芮卡，妳難道是瞎了嗎？贏的永遠是機構，我們兩個都領教過。妳缺少可靠的證據。拜託。就此打住，救妳自己的事業。有時候就是得懂得放手。」

「不。很抱歉，長官。這樣子不夠好。五個女人被殺了。五個。那個所謂的機構憑什麼隻手遮天？好讓他們賺更多錢嗎？讓他們舒舒服服的過日子？」

「妳知道會發生什麼事，對吧？妳可能會賠上警徽，妳的聲譽。」

「長官，我差不多什麼都被奪走了。馬克，我喜愛的人生，住在北部，身邊都是朋友，還有一個我稱之為家的地方。我唯一能抓住不放的就是道德觀，而在明天早上九點之前，我或許還有機會能為這些女人討回公道。」

馬許瞪著她。兩人之間的怒火熄滅了，只剩下雜亂的辦公桌，但他們兩人卻像是隔著一道鴻溝。而愛芮卡是站在最不穩定的那邊。

「好吧。妳有到明早九點之前的時間可以讓案子成立。而且妳要負起全責。」馬許說。

「謝謝你，長官。」

愛芮卡站起來離開了他的辦公室，注意到他的眼神憂傷。

69

愛芮卡和她的小組持續偵訊嫌犯，但傍晚漸漸溜走，案子似乎也隨著溜走。伊戈爾、賽門、吉爾思、琳達察覺到他們的罪證不足，越來越自信，堅不吐實，一直跟他們打馬虎眼。他們的律師在愛芮卡宣布要羈押他們過夜明早再偵訊時，表示匪夷所思。

時間近午夜了，柯廉和愛芮卡是最後兩個離開事件室的人。

「還有什麼我能做的嗎，老大？」柯廉說，出現在她的肩後。「我們還在等機場的監視畫面，我覺得接下來的幾小時不會有什麼消息。」

愛芮卡正在複查安卓莉雅失蹤案的細節。她的電腦螢幕在她眼前變得模糊。「好了，回家去休息一下。」她說。

「妳也一樣。妳要回公寓嗎？」

「不。警察廳提供了一間飯店房間。到我安頓下來以前。」

「哪一間？」

「公園山飯店。」

柯廉吹聲口哨。「真不賴。我奶奶的九十歲生日在那裡辦的。高爾夫球場也很棒。晚安。」

「明天見，一大早。」愛芮卡在他離開時說。

午夜過後她才回到飯店。一進入時尚高雅的房間，她就感覺和案子隔了一百萬哩之遠。但是這樣的距離並沒有幫助。

她在四點半醒來，全身是汗，從已經變得熟悉的惡夢中驚醒。槍聲盈耳，馬克倒在地上。她閉上眼睛，最後的畫面烙印在她的腦海中：他的後腦勺被霰彈槍打爆了。

室內燠熱難耐，她下了床，走到窗邊，感覺底下的散熱器送出暖氣。她的房間在六樓，除了漆黑如墨的高爾夫球場之外，她能看見屋舍，一排排擁擠的房子朝路易申延展。有幾棟仍亮著燈，大多數都是一片闇黑。窗戶只打開了兩吋寬，被防自殺鎖擋住。

「我只想要冷空氣，」她說，「又不是要自殺。」

愛芮卡換衣服下樓去時髦的大廳，除了一名眼神惺忪的接待員之外，沒有別的客人。他在玩單人紙牌，抬頭向她頷首招呼。

她迎上戶外寒冷的空氣，珍惜這種感覺。飯店門前有一排長椅，她選了第一張，掏出香菸，點燃了，吐了一口白煙到夜空中。她瑟瑟發抖，甩掉殘夢，逼自己去想目前的案子。

說不定就是這件案子。破解不了的。每個警察都會被一件破不了的案子糾纏不放。她把菸灰撢在碎石地上，一隻大黑貓叫了一聲，從椅子下出來，蹭著她的腿。

「哈囉。」她說，俯身輕撫牠。貓咕嚕叫，昂首闊步走向一扇廣角窗下的兩只小盤子，舔了舔水，再嗅嗅旁邊的空碗。

琳達．道格拉斯－布朗浮上了愛芮卡的心頭。貓小姐琳達。這麼多的證據都回溯到她身上。琳達應該要在那晚和安卓莉雅一塊去看電影，卻沒有。她是和大衛一起看的。他們只知道這麼多，可是之後發生了什麼？琳達，還有她對貓的痴迷。她對琳達了解多少？她是生活中的受害者？她顯然不是家裡的掌上明珠。她苦澀嫉妒。她有可能殺死安卓莉雅，可其他的女人呢？那些與伊戈爾有關的妓女？琳達認識伊戈爾，她見過他。假如她也知道伊戈爾殺害了那三名妓女呢？她可能會抓住這個機會把安卓莉雅的死佈置成是模仿犯做的？模仿犯。貓小姐琳達。

這個想法在愛芮卡的心中縈繞。可是琳達沒養貓。彼得森在偵訊時問她是否有養貓。她的回答怪怪的——現在沒有——同時臉上還閃過某種神色，一種奇怪的表情。愛芮卡當時並沒有發覺，此刻卻清晰刺眼。

愛芮卡回到房間，快手快腳換裝，然後第二次經過值班台那個漠不關心的男人，坐上車馳往路易中街警局。現在才剛五點，她跟值班的警員不熟，但是他還是把道格拉斯－布朗家的鑰匙簽發給她。

駛往奇西克的路上很安靜。商辦大樓高聳入雲，空無一人，她駛過大象與城堡，從黑修士橋越過泰晤士河，接著順著河走路堤。河水被低懸的霧遮住了，晨曦乍現，霧變成了藍色。

愛芮卡打電話給摩斯，卻是答錄機。

「嗨，是愛芮卡。快五點半了，我要去道格拉斯－布朗家。琳達有個地方一直讓我想不通，我想看看她的臥室。要是我七點前還沒回來，就再偵訊她——讓彼得森負責，她好像對他很有好感。讓她談貓；我知道聽起來像神經病，可是我覺得其中有鬼，我說不上來是什麼……她很愛貓，卻沒養貓……」

她的手機嗶了三聲，接著斷線了。

「靠！」愛芮卡大喊，俯視沒電的手機。她回飯店的時間不夠長，沒能充電。

她抵達了奇西克大街，把手機塞進口袋裡，停在後面的一條街，忽而明白她必須要動作快，她需要搭地鐵回去，才有望在二十四小時的羈押期限到之前趕回局裡。

70

道格拉斯－布朗家華麗的房子就位於一條囊底路的盡頭，有如一塊打磨得光耀油亮、奶油色的積木宰制著街道。霧氣懸在空中，街燈在她走向房子時也一一熄滅。前院的柵門保養得很好，推開時悄然無聲。廣角窗茫然瞪著她。她走向大門，按了門鈴，聽見屋子深處響起鈴聲。一分鐘過去了，她開始用鑰匙開門，試了第三支才把門打開。她諦聽了片刻，隨即走進去，關上了門。

她往走廊前進，經過了老爺鐘，鐘擺來回擺動，再步入寬敞的不鏽鋼和大理石廚房，這裡寧靜無聲，一塵不染。銅鍋掛在黑色大理石中島上方的架子上，後牆是一整面的玻璃，看過去是景觀設計過的花園。一隻黑鳥落在齊整的草地上，一看見愛芮卡在屋裡走動就飛走了。

愛芮卡從廚房出來，登上寬敞的樓梯到樓上去，經過了漂亮中性的客房，一間大理石浴室，最後到走廊盡頭，屋子的後面，找到了琳達的房間。門關著，掛了一個小小的告示牌，寫著：**歡迎到琳達的房間來，請先敲門**。底下，幾乎被黑色叉叉蓋住的一句話是：因為可能沒穿內褲！愛芮卡忍不住微笑，覺得一定是大衛的手筆。小弟弟總喜歡惡作劇。她打開了門，走進去。

71

「老大留了話給我，」摩斯一進事件室就說。彼得森同時抵達，端了一盤的咖啡，分發給同事，他們每一個都睡眼惺忪，忙著脫外套。

「她要我們先開始，第一個先偵訊琳達。」

「她的律師來了嗎？」彼得森問。

「來了，我剛才在服務台看到他。他一臉不高興，在這種時候被拖來。」

「唉呀，九點一到就結束了嘛。」辛警員說，上前來抓起一杯咖啡。

「不好意思，那杯我要，」摩斯不客氣地說，「自己去販賣機買。」

「妳也太兇了吧。」彼得森等辛警員走開之後就說。

「你聽她說得好像我們只是在瞪著時鐘等九點到……好像只是在走個過場。」

「難道不是嗎？」彼得森彆扭地問。

「不是。」摩斯說，語氣尖銳。「好，聽著，老大有個想法……」

72

琳達的臥室又小又暗。一扇紗窗加軟墊窗台座位可以眺望花園，從樓上愛芮卡能看見草坪上點綴著一塊塊不乾淨的雪。窗邊立著一個暗色大衣櫃，愛芮卡拉開衣櫃門時吱吱響。衣櫃裡一邊掛著深色的寬鬆裙子，旁邊是一些熨燙得很筆挺的白色上衣，有些的領子有蕾絲，剩下的空間被一大堆貓咪毛衣佔據，全都又厚又重。衣櫃底層是亂七八糟的高跟鞋、比較舒適的涼鞋、一雙粉藍色慢跑鞋、一雙蒙塵的溜冰鞋和一支粉紅色的多功能健身器。

後牆根擺著一張深色單人木床，弧狀床頭板的上方吊著一個粗大的金屬十字架。拼布床罩上有一排貓咪玩偶在站哨，依照高矮排列，卡通似的眼睛在陰沉的房間中樂觀得令人心碎。愛芮卡暫停片刻，思索著琳達在被拖上警車之前還整理了床鋪，排列了貓咪。

床頭几上有一盞蒂芙尼風格的小檯燈，還有一只弧形塑膠盒裝著透明塑膠護齒牙套。此外也有一個相框，是幾年前拍的相片，琳達坐在花園裡的鞦韆上，腿上臥著一隻漂亮的黑貓，四爪是白色的。愛芮卡拿起相片，翻過來，拆開相框，抽出襯底的紙板。相片的後面以整齊的字跡寫著：

我心愛的男生，靴子跟我。

愛芮卡拿著相片，繼續東張西望。床尾立著一張舊式的秘書桌，也是深色的木頭，擺滿了筆和一套女孩子氣的文具組。桌上的灰塵中有一塊方形的空白，就是警察取走的琳達的筆電所在。窗戶和秘書桌之間的梳妝台僅有極少量的化妝品，一大瓶E45乳霜和一包棉球。旁邊擺著一支刷子，窗外射入的光線照亮了幾絡琳達的灰褐色頭髮。門邊有個大書架，塞滿了賈姬・考林絲和茱蒂絲・克蘭茲的通俗小說，還有幾十本的歷史浪漫小說。有幾張全家人的度假照，克羅埃西亞、葡萄牙、斯洛伐克——主要是琳達和安卓莉雅跟不同的街貓的相片——還有一張是琳達站在懸崖底下跟一條古銅膚色、金髮骯髒的大漢合照。她笑得好開心，安全帽的頦帶勒進了閃亮日曬的臉肉裡。這張照片的背後並沒有文字。

門邊牆上有一大面軟木板，上頭釘了照片集錦，一張疊著一張，全都是靴子，那隻四爪白色的漂亮黑貓：琳達跨坐在腳踏車上，靴子端坐在前方籃子裡的毯子上；琳達坐在花園裡的鞦韆上，腿上臥著靴子；安卓莉雅和琳達在廚房吃早餐，靴子仰天躺在早餐檯上，四隻白爪抓著一片吐司。琳達和安卓莉雅仰頭大笑。有一張是靴子跳在賽門的書桌上，躺在一堆文件上。儘管他在忙，還是允許琳達拍下了一張他工作受到打擾的相片。愛芮卡拔起圖釘，拿掉照片。在幾張重疊的相片中，有個人被挖掉了，不然就是照片的邊緣剪得不整齊。愛芮卡掃瞄了全家聚會的相片，明白了是少了什麼人。

73

彼得森走入偵訊室時，琳達的樣子像是筋疲力盡，頭髮毛燥，看來並沒有在牢房裡睡多少。律師擦擦眼鏡再戴上。

「來，我幫妳弄了咖啡，琳達。」彼得森說，坐在對面，把紙杯推向她。律師看見彼得森自己也有一杯，卻沒幫他買，一臉不悅。

彼得森歪著杯子就著燈光。「看吧，他們每次都弄錯；我說我的名字是彼得森，他們寫成了『彼得生』。」

琳達瞪了他一會兒，這才伸手去拿咖啡，檢查杯面。

「我的名字寫對了，」她說，轉動杯子，露出笑容。「喔，他們還畫了一隻小貓！看！」她把杯子轉過去給彼得森看。

「我就想妳會喜歡。」彼得森咧嘴笑。

琳達瞇起了眼睛。「我知道你在打什麼主意，」她說。往後坐，推開了杯子。「我沒那麼好騙。」

「我從來沒這麼想過。」彼得森說。他說出他的名字以及時間，錄音機也開始錄音。

「琳達，妳昨天說妳沒養貓。」

「對，現在沒有。」她說，謹慎地啜飲咖啡。

「以前有嗎？」

「有，」她柔聲說，「他叫靴子。」

「靴子？」

「對，他是黑色的，可是四隻爪子是白色的，好像穿著靴子……」

時間流逝，琳達變得比較有精神，談著靴子。她才剛跟彼得森說靴子以前都跟她一塊睡覺，枕著她的枕頭，律師就插口了。

「喂，彼得森警官，這跟你們的調查有什麼關係？」

「我在說我的貓，請你別插嘴。」琳達不客氣地說。

「我是為妳工作的，道格拉斯－布朗小姐……」

「對，你是，而我在說我的貓，好嗎？」

「好，好。」律師說。

琳達轉頭看著彼得森。「我受夠了大家只把貓當作寵物，才不是呢。牠們好聰明，好漂亮……」

摩斯和柯廉在監控室中靜觀一切。「讓她繼續說靴子。」摩斯對著麥克風說。偵訊室中她的聲音悄悄送進彼得森戴的耳機裡。

「靴子有中間名嗎？我有隻狗叫巴納比．克里夫。」彼得森說。

「沒有，他是靴子．道格拉斯－布朗，這樣就夠了。我真希望我有個中間名，或是一個更好的名字，而不是無聊的琳達。」

「會嗎，我滿喜歡琳達這個名字的。」彼得森說。

「可是靴子聽起來更有異國風……」

「那，靴子後來怎麼了？我猜這位貓小姐現在不在我們身邊了？」彼得森問。

「是貓先生，靴子是公的……對。他不在我們身邊了。」琳達說，抓緊了桌緣。

「妳還好嗎？談到靴子的死會害妳難過嗎？」彼得森追問道。

「當然會難過。他**死了**！」琳達大喊。

一陣靜默。

「好，很好，彼得森，繼續施壓。我們快攻破她了。」摩斯在他的耳機裡說。

74

道格拉斯－布朗家寂然無聲，感覺沉重壓迫，有太多的秘密和沒解答的問題。愛芮卡沒發覺她在琳達的臥室待了多久，瞪著全家的照片，汲取琳達的個人物品所散發出的哀愁。她這時從走廊移動，仍抓著那隻貓靴子的相片，查看每一扇門後。她經過了空蕩的客房，一間大浴室，一個龐大的床單櫃，兩扇景觀窗，望出去是隔壁屋子光禿禿的後牆。

走廊的另一頭，也是距離琳達房間最遠的一點，是大衛的房間。門沒有關。

與琳達的相比，這裡有品味，氣氛明朗，一張金屬雙人床，一個有鏡長衣櫃。一邊牆上掛著切．格瓦拉[11]的裝框海報，旁邊是倍耐力輪胎的月曆，展示著一名金髮美麗的一月女郎，交抱雙臂遮住了酥胸。房間裡隱約有一股昂貴鬍後水的味道，大書桌上擺著一部銀色麥金塔筆電，沒有合上，旁邊是一部iPod，連接了一套大音響。書桌上方的牆上有一個架子，擺著六副「骷髏糖」（Skullcandy）耳機，都顏色明亮。愛芮卡發現一條充電線從書桌後延伸而出，就把她的手機掏出來充電。幾分鐘過去了，她看見手機開始充電，便打開了電源。她走過去打開筆電，手指拂過觸控板，螢幕亮了起來，秀出輸入密碼的畫面。大幅黑白印刷圖——巴特西發電站、國家劇院、倫敦魚市場——裝點著其他的牆面。一組大書架塞滿了建築書籍，從平裝的指南到大部頭的照片集，包羅萬象。

愛芮卡瀏覽著書架，被一本封面鮮藍色的冊子吸引過去：悠游倫敦：倫敦五十個最佳游泳地點。愛芮卡把書拉出來，翻閱起倫敦各游泳池和露天泳池的照片，而她的胃裡也漸漸出現了一種毛骨悚然的感覺。

❶ 切．格瓦拉（Che Guevara, 1928-1967），生於阿根廷，是古巴共產黨的主要締造者與領導人。在他死後，他的肖像成為反主流文化的象徵。《時代》雜誌將其列入二十世紀百大具影響力人物。

75

而在路易申街警局內，摩斯和柯廉正盯著監視器。彼得森在聽琳達談靴子，她最愛的貓咪。有人敲門，沃夫探頭進來。

「這個剛送來，給佛斯特總督察的。」沃夫說，交給了摩斯一張紙。她立刻掃瞄。

「這是琳達・道格拉斯－布朗在哈利街的私人醫生送來的。他說她的心理狀態不適合接受警方的偵訊。」

「唉唷，現在是怎麼回事？」柯廉說。

「是誰送來的？」摩斯說。

「黛安娜・道格拉斯－布朗，她帶了另一個律師來，」沃夫說，「妳需要停止這場偵訊。」

「他們不是說她什麼也不知道，可是現在還不到七點，他們就火燒屁股似的把這份文件親自送過來？」摩斯說。

「妳知道我跟妳是一國的，可是這檔事的層級太高了。高到政府機關了。我們快站到懸崖邊上了。」柯廉說。

「再拖個幾分鐘，沃夫。回去外面，十分鐘後再回來。」

沃夫不甘願地點頭，離開了。

「好，彼得森，再逼緊一點。」摩斯對著麥克風說。

「他是怎麼死的，琳達？」偵訊室中的彼得森問，「靴子是怎麼死的？」

琳達的下唇抖動，握緊了咖啡杯，一隻手指描摹著杯身上的卡通貓。「不關你的事。」

「靴子死掉時你們全家都很難過嗎？」

「對。」

「安卓莉雅和大衛，他們那時一定年紀比較小吧？」

「他們當然比較小！安卓莉雅很難過。可是大衛……」琳達的臉像罩上了烏雲，用力咬住嘴唇。

「大衛怎樣？」彼得森問。

「沒怎樣。他也很難過。」琳達木然地說。

「妳好像不怎麼相信。大衛是難過呢還是不難過，琳達？」

她開始呼吸加快，吸入空氣，再呼出來，幾乎是換氣過度。「他……也……難……過。」琳達說，瞪大眼睛，看著地板。

「大衛難過？」彼得森追問。

「**我不是說了嗎！他他媽的很難過！**」琳達大吼。

「我認為這是不相干——」律師開口了，但彼得森繼續問。

「大衛去參加告別單身派對了，是不是，琳達？」

「對。我發現讓他走居然是那麼難。」她說。忽地僵住，眉頭緊鎖。

「他不是才去個幾天嗎？」彼得森問。

琳達哭了起來，淚珠撲簌簌流下。

「沒事的……他會回來的，琳達……大衛就回來了。」彼得森說。琳達這時緊抓著桌子，滿臉通紅，彎起嘴角。

「我的客戶……」律師又開口了。

「我不要他回來。」琳達恨恨地說。

「琳達，妳為什麼不要大衛回來？沒關係，說給我聽，妳可以告訴我。」彼得森說。他能感覺到空氣幾乎因為緊張的氣氛而滋滋響。

「滾遠一點，」琳達悒鬱地說，「我要他滾遠一點……滾……**滾！**」

「為什麼，琳達？告訴我為什麼，為什麼妳要大衛滾遠一點？」

「**因為他殺了我的貓！**」她突然哭喊，「**他殺了靴子！**殺了靴子！誰也不相信我！他們都覺得是我胡說，可是真的是他殺了我的寶貝貓咪。他也殺了吉爾思的貓，還弄得像是我殺的！那個天殺的狗雜種……」

「大衛？大衛殺了妳的貓？」彼得森說。

「對！」

「他是怎麼殺的？」彼得森問。

琳達這時面色轉為紫色，緊抓著桌子，想要搖撼它，但桌腳是拴死在地上的。現在她完全口無遮攔。「他把他勒死了……勒死了……就像，就像……」琳達用力咬住下唇，咬得都流血了。

「就像什麼，琳達？」

「就像那些女孩子。」她說完了，聲音幽微痛苦。

76

愛芮卡在大衛的房間中翻書，兩手發抖，翻得越快，心臟就跳得越快。她看見了蛇形湖的一節，另一節是布拉克韋爾露天泳池。漢普斯特西斯公園池塘、蛇形湖——都是命案現場，除了霍尼曼博物館。每一章節的照片四周都寫了筆記，字跡凌亂。某些書頁上，筆記寫滿了相片的四周，標出出入口的所在，何處有監視器，每個地點的開放時間，隱藏汽車的最佳地點。

然後愛芮卡翻到了後面的一張跨頁地圖，所有地點都圈了起來。跟事件室中的地圖類似。愛芮卡砰的一聲丟下了書，走向書桌，她的手機已經開機，正在充電，她拿了起來，開始搜尋，尋找摩斯或是柯廉在局裡的內線電話。

然後她察覺到背後有影子移動，一隻手覆住了她的手，奪下她的手機。

77

馬許總警司正好選在琳達的心防被突破，供出殺人兇手是大衛的那一刻進入了監控室。他和摩斯、柯廉震驚沉默地看著琳達失控。她暴跳如雷，拉扯頭髮，滿臉通紅，口角噴出唾沫星子。

「大衛當著我的面殺死了靴子，他勒死了他！我說是他殺的，誰也不相信我！誰也不信！他們都以為我說謊！以為是我自己殺的！」

「妳說大衛殺了女孩子？什麼女孩子？」彼得森問。

「女孩子……你們會付錢的那種。他花太多在那些女孩子身上……」

「什麼意思，花太多？」

「錢啊，你白痴啊！」琳達怒吼，「而且還不是他自己的錢。喔，才不是咧，是爹地出的錢。爹地幫他出錢，卻不肯幫我再買一隻貓……因為他們說我說大衛殺了貓是說謊，他們相信**他**，不相信**我**。一個該死的兇手。我難道還比不上殺人兇手？**是這樣嗎？**爸很高興花幾千塊。**幾千塊吔！**」

「他為什麼得花幾千塊，琳達？他把幾千塊給了誰？」彼得問。

「給伊戈爾啊，安卓莉雅該死的好麻吉！買那些女孩子。」

「而妳父親拿錢收買他？」彼得森問。

「他把錢給吉爾思，叫他去收買他！而且他還給大衛錢，讓他躲到國外去。**那麼多錢，可是**

他卻不肯幫我買一隻小貓咪！」

琳達頭往後仰，再重重撞上桌面。她抬起頭來，再撞一次。

「住手！住手！」彼得森大喊。律師這時躲到了房間一角。彼得森走到牆邊，按下警報器，警局中鈴聲大作，他轉回來，仰頭望著監視器。「我這裡需要幫手，**快點！**」

「佛斯特總督察呢？」在監控室的馬許問。

摩斯愣了愣，臉上血色盡失。「天啊，她去道格拉斯－布朗家了。」

78

愛芮卡猛一踅身，發現自己正面看著大衛，他就站在她的對面，一身綠色毛衣，深色無袖厚夾克和牛仔褲。他拔掉了她手機裡的SIM卡，折成兩半，丟掉手機，再用靴跟去踩，手機面板碎裂。

愛芮卡凝視大衛的臉，就彷彿他青春又自信迷人的面具滑落了。他的鼻翼賁張，眼神熾烈。一臉的邪氣。她此時能夠清清楚楚的看見了。她一直太笨了。

「你不是不在家嗎，大衛？」愛芮卡說。

「我會離開的。告別單身派對的週末……」

愛芮卡俯視那本書，書掉在地毯上，正好翻到倫敦地圖的那一頁。

「書上沒標明，但是你也殺了安卓莉雅，對不對？」愛芮卡不露聲色地說。

「對，是我殺的。其實很可惜，她比琳達好玩多了，」大衛說，「我看得出來妳在想什麼。為什麼是安卓莉雅而不是琳達？」

「你是在想這個嗎，大衛？」

「不是。琳達證明了她有用處，她會擔起殺死安卓莉雅的罪責。伊戈爾．庫切羅夫會跟那些妓女一塊完蛋——誰叫她們是他的妓女呢。至於艾薇．諾利斯——哼，那塊垃圾埋起來也只是剛好而已。」

「你聽見自己在說什麼嗎？」

「我又沒聾。」大衛嗤之以鼻。

「你為什麼要這麼做？」

大衛聳聳肩。

「你以為能一走了之？我不相信。」愛芮卡說。

「相信吧，」他憤怒地低聲說，「妳以為妳能分析我。理性化我做的事，我為什麼殺人？我這麼做是因為我**能**。」

「你並不能，大衛。你逃不了的，殺人就要付出代價。」

「妳是不會知道享有權勢和特權長大是什麼滋味的。就像迷藥。看著別人如何順從你，順從你的父母。權力從你的毛孔裡漏出來，就影響了你四周的人。權力會腐化，會包裹，會誘惑……我父親變得越是有權，他就越怕會失去權力。」

「所以他知道你殺了茉嘉、泰緹安娜、凱若琳娜？」

「當然……他是沒多高興啦，不過她們反正是東歐人，她們都以為可以靠口交和性交就攀上青雲。」

「那安卓莉雅呢？她是你姊姊！妳父親的掌上明珠！」

「她威脅要告訴我媽，她說她要去跟媒體爆料！蠢女人。在高層裡打混的第一課：閉緊嘴巴。否則的話，就會有人來幫你閉嘴，永久的。」

「我不相信你父親連這件事都願意幫你遮掩，你殺了他的寶貝女兒他還會不追究。」

「閉嘴。妳根本就不知道自己在說什麼。天底下他最怕的事就是從高貴的地位上摔下來。他怕別的餓狼會撲下來把他撕成碎片……恐懼可比父愛要強多了。他發現自己面臨的選擇是要救琳達還是救我。琳達反正已經半瘋了，而且她恨透了安卓莉雅，她要是有辦法，搞不好早就自己把安卓莉雅幹掉了。」

「琳達是不會殺死安卓莉雅的。」愛芮卡說。

「妳這會兒倒支持起她來了？要命喔。唉，我猜大多數的人只要去過她的臥室都會可憐她……知道嗎，以前我朋友來過夜，我們會去抓她的小貓，鎖進我爸辦公室裡的一個大零錢盒裡……我們會讓她為了討到鑰匙做各種的事情。」

愛芮卡逼著自己不要迴避大衛的視線。「靴子。那是她的貓。」

「對，親愛的老靴子……琳達以前要是什麼事不順她的心意，她就發飆。我利用一次她發飆的機會，處理掉了靴子……勒死的，妳想知道的話。妳有沒有勒死過貓？」

「沒有。」

「殺兔子？你們斯洛伐克人喜歡兔子是吧？」

「不是。」

「貓的爪子可厲害了。貓會發脾氣。牠們為了求生的奮戰，還真叫人佩服。」

「你的父母都是聰明人，他們一定知道是你把貓殺死的吧？」愛芮卡問。

「沒有親手把孩子扶養長大就是有這個毛病。雇用保姆，你只是在扮演路人甲。你在洗澡之前看看孩子，這裡一小時，那裡一小時。別太靠近了，親愛的，我剛打扮好要出門……你的孩子變成了一票的統計數字：他數學拿A，他鋼琴會彈〈給愛麗絲〉了……我們給他買一匹打馬球的小馬，我們就能融入馬球幫了……」

大衛的心思似乎暫時飄遠了，隨即又回到現實。「隨便啦。我看妳的調查全都一無所獲是吧？我父親付了一大筆錢讓他們閉緊嘴巴。而琳達會擔起殺死安卓莉雅的罪名，我要她答應了。」

「她為什麼會答應？」

「我說如果她照我的話做，她就能再養一隻貓，而且不用怕我會再把牠處理掉。」

「開玩笑的吧。」愛芮卡說。

「我可沒有。她會以喪失心智來辯護，最後只是到某間昂貴的醫療院所住個幾年。我父親大概會買通一個看護，給他幾千讓他戳進她兩腿間的癢處……他們搞不好會讓她養貓呢。她會拿她的小屄去換一隻小貓咪……」大衛笑了起來，笑聲高亢，失了常性。

愛芮卡抓住機會，衝向臥室門，但是大衛的動作更快。他一把抓住她，兩手勒住她的脖子，重重把她撞在書架上，榨乾了她肺裡的空氣。但是這一次她有了防備，她舉起胳臂，以掌緣毆打他的鼻子。鼻梁斷掉的聲音很悅耳，他也應聲放開了手。愛芮卡設法推開了他，朝門口衝，但還沒衝出門，一條胳臂就被他攫住，被甩了回來，重重撞上書桌，而他又勒住了她的脖子。鮮血流下了他的下巴，純然的狂怒扭曲了他的臉孔。愛芮卡又踢又打，同時大口喘氣，想要把空氣吞入揪緊的肺葉裡。她劇烈扭動，卻沒能甩掉他，他想制住她的胳臂，爬到了她的身上，終於用膝蓋釘死了她的一條胳臂。

愛芮卡用自由的那隻手去摸索桌子，抓起了平滑的紙鎮，砸在他的耳朵上。他痛得放開了她，她從他身下手忙腳亂爬出來，又一次撲向門口，但是他恢復得很快，飛出一條長腿，絆倒了她。她跌倒了，而他居高臨下，滿臉是血。他瘋狂地咧嘴笑，連牙齒都沾滿了鮮血。她苦苦搏鬥，又抓又踢，像隻動物一樣抵抗，想從他的身下爬出來，但是他把她牢牢釘住了。他舉起一條胳臂，打她的臉，一拳，兩拳。第三拳，愛芮卡覺得她的一顆牙撞進了咽喉，隨即眼前一黑。

79

「長官，佛斯特總督察半小時前手機開機了。信號來自道格拉斯－布朗家。」彼得森說。事件室這時熱火朝天，全面追捕大衛．道格拉斯－布朗。

「我要一隊警員現在就過去，我要武器人員全面搜捕。封鎖他們家方圓五哩的範圍。發布大衛．道格拉斯－布朗的通緝令。公布他的照片。」

「長官，賽門和黛安娜．道格拉斯－布朗說大衛出國了，正在布拉格參加告別單身派對。護照和移民處卻沒有出境紀錄，他並沒有離開英國。」柯廉說。

「我要你們找到他，馬上。還有動作快，佛斯特總督察可能有危險，」馬許說，「還有，把賽門．道格拉斯－布朗從他的牢房裡弄出來，把他關進偵訊室裡……」

「你當然了解這一切都是不能採信的吧，」賽門說，在馬許略述了琳達的口供二十分鐘之後。「我的律師通知我說你們收到了一張琳達醫生傳真的文件，表示基本上出自她口的每一句話都是不足採信的。她是個小迷糊，一直都是。至於大衛，他改變計畫卻沒告訴我，這也不算是犯罪。那個告別單身派對一定是改時間了。」

賽門在偵訊室中站了起來。「好，等會兒我會打給歐克利助理總監，我會推薦——」

「你給我閉嘴，賽門。」馬許說。

「你說什麼？」賽門說。

「閉嘴，坐下。你現在仍然是被拘留中，而且我跟你還沒完呢。坐下。」

賽門一臉震驚，緩緩坐下。

「好。我們已經發布你兒子的通緝令了，我們相信他殺死了五名女性，包括你自己的女兒。」

賽門沉默不語。

「我們也查出安卓莉雅丟掉的那支手機是以你的名義申請保險理賠的。安卓莉雅謊稱手機被偷了，我們有那支手機作為證物。」馬許打開了一只信封，把裝在透明塑膠袋中的手機倒在桌上。「因此呢，依我看來是這樣的。最好的結果是，你詐領保險金。你也知道政府在這種事上費了多少唇舌。結果可能是坐牢，而且你在牢裡也會非常不受歡迎，無疑會幫對你心懷怨恨的各路人馬打開洩洪門。記者、政客，再加上你的親生兒子殺了你的女兒，而你非但知情還叫他逃出國去，同時拉你的另一個女兒頂罪……」

「夠了！**夠了！**」賽門大吼，「夠了。我說就是——」

「賽門・道格拉斯–布朗，杭茨坦頓男爵，我以妨礙司法以及隱匿犯罪活動的罪名逮捕你。我們同時也懷疑你利用權勢左右了皇家檢控署至少一項的審判結果。好，說吧，別拖拖拉拉的。」馬許說。

80

大衛很快在浴室裡清洗好了，用衛生紙堵住鼻血，隨即抓起皮包、護照和現金，扛著愛芮卡下樓。他很意外這麼瘦的一個人居然那麼重。他們來到了地下車庫，電燈閃了閃之後亮了。他走向後車廂，裡頭是那個他在派丁頓車站外釣上的妓女。

他們駕車繞了一陣子，他和那個妓女。那個女孩想讓他勃起，一手探進他的長褲裡，卻勾不起他的性慾。這晚很忙碌，他平常的那些老地方，公園和露天泳池，都太多人了。行人熙來攘往，警車也緩緩經過。

他不得不把她帶回家來。在他駛入他父母家時，她好興奮，還用乘客座上方的小鏡子對鏡檢查，活像她不是拿人錢財給人消火的；她好像覺得她有可能會被介紹給他的父母。他心想她是不是「麻雀變鳳凰」看太多了。一想到這裡，他就笑了，而她也陪著笑。

蠢婊子。

等他們進入地下車庫，下了車，他就把她的臉重重撞在水泥牆上。她就此昏迷不醒，這倒是把弄死她的那一刻變得無趣了。

不過呢，他現在拿到了終極大獎。佛斯特總督察。

他打開了後車廂門，只見死女孩仰面躺著。他在勒死她之後檢查過三遍，每一次他都著迷地看著她的變化：先是僵直地瞪大眼睛，其次是像睡覺被壓住的皮膚出現紫斑，而現在，她的尖凸顴骨被埋在浮腫的肌膚下，使她的瘀傷變暗，像墨漬。他嘲笑她腫脹的臉，她看見自己變得這麼胖，一定會很怨恨。他把愛芮卡軟弱無力的身體丟在她旁邊，關上門，鎖死。

他駛出車庫，轉入囊底路時仍是一大早，但是他謹慎地開過了幾哩路，來到M4的匝道。上了高速公路之後，他就匯入了車流，繞著M25飛馳過倫敦的外圍。

愛芮卡覺得自己恢復了意識，卻伸手不見五指。她的臉被什麼粗糙的東西抵住。一條手臂被釘在身下。她舉起另一條胳臂想摸臉，卻撞到頭頂幾吋結實的一團。她欠動了一下，感覺到臉上一陣劇痛。她嚐到了血味，吞嚥困難。她的身下有隆隆搖晃的震動。她摸索著弧狀的密閉空間，頭上的金屬，鎖的內部機制，這才明白她是在後車廂裡。接著，一股刺鼻噁心的味道直衝腦門。是什麼東西腐爛了，她吸氣，空氣都還沒吸進肺裡就又被迫吞下了腐臭的味道。汽車加速，轉彎，馬路不平坦。離心力把愛芮卡甩向後車廂的邊緣，某個沉甸甸的東西滾過來。

直到此時她才明瞭，她是和一具屍體關在後車廂裡。

81

消息很快就送進了事件室，摩斯和彼得森漸漸驚恐地了解佛斯特總督察很可能是下一名被害人。道格拉斯－布朗家已搜查過，人去樓空。愛芮卡的汽車在兩條街外被發現，大衛的車牌號碼被拍到離開倫敦西區的交通擁擠費收費亭。

「賽門・道格拉斯－布朗的秘書幫大衛買了一張單程票，搭乘歐洲之星到巴黎。」柯廉說，掛上了電話。

「原來不是布拉格。」摩斯說。

「靠。那佛斯特總督察呢？」彼得森問。

「她不在屋子裡。她不在車上。她一定是在他的車子裡，」摩斯說，「柯廉，我們有多快能弄架直升機來？」

「只要馬許總警司下令，四分鐘。」柯廉說。

「好，我來打給馬許。」摩斯說。

82

艾貝斯費特國際火車站聳立在上方，大衛打方向燈，駛出M25公路，放慢車速通過隆起的路面，繞了個彎，換入單行道。A2公路上車來車往，但是他們在轉向藍水購物中心的轉彎處脫離，購物中心奠基在舊的白堊採石場上，未來派的玻璃尖塔插入天際。大衛繼續前進，加速經過了荒廢的工業區用地，長滿灌木叢的土地上只有一株孤樹。他看見了前頭的路邊停車區就放慢車速，然後轉彎，最後停車，下車拿掉攔著一條土路的鐵鍊。

愛芮卡拚命忍住湧上喉嚨的恐懼——害怕跟一個死掉的女人關在一起，害怕等抵達目的地之後會發生的事。她逼自己檢查女人的生命跡象，而在這麼做時，發現女孩子有一頭長髮，早已沒了生氣。她的眼睛適應了黑暗，能看出鎖的內部機制旁邊有兩個針點大小的光孔。她伸手去摸索，起先動作很慢，感覺著尖銳油膩的輪廓，尋找著一處弱點，一個撬開來的方法。汽車顛簸了一下，屍體又滾過來貼著她，霎時間，她驚慌失措，亂抓鎖，兩片指甲齊根折斷。她痛得立刻縮手，然後強迫自己思考。為了保持鎮定。

為了求生。

她找到了身下的地毯有個小洞，是用來拉開地毯取用底下的工具和備胎的。她不得不側躺，躺在屍體的上面，好把地毯掀開一塊，讓她能夠伸手進去，摸到了扳手。這下子她拿到了，握在她的手中，冷冰冰的，但是她的手心全是汗。她感覺到車子停下來，她蓄勢待發。門打開了，重量變動。幾分鐘後，汽車又顛動了一下，大衛又坐上了車。她又聽見關門聲，然後汽車緩緩出發，左右搖晃，懸吊器吱嘎響。她感覺到身邊的屍體移動，向她滾來，頭髮貼著她的後腦勺。她閉上眼睛，努力思索，專心在該做的事情上。

大衛沿著顛簸的土路緩緩前進，土路的盡頭是一處遼闊的廢棄白堊採石場，中央有一個深坑，積滿了水。他在坑洞二十碼外停車，關掉引擎，下了車，走向坑洞邊緣。採石場的四壁很光滑，地面上有一簇簇的草，一株小樹從岩石縫中長出來。五十呎之下，波紋不興，微弱的晨光也被一塊塊昏暗的結冰反彈回來。左邊地平線上能看見藍水購物中心，相反的方向幾哩外則有一列高鐵離開了艾貝斯費特國際火車站，悄然馳向海底隧道，前往巴黎。

大衛看了看錶，時間剛剛好。他拿出背包，放在離車幾呎的地上，打開乘客座的門，確定兒童安全鎖的運作正常，接著他抓緊了沉重的方向盤鎖，繞到後車廂，側耳諦聽了片刻，舉起方向盤鎖，再打開後車廂。

在採石場的乾淨空氣之中腐臭味更令人難以忍受，臭味向上衝，撲上他的臉。兩具屍體都動也不動。他俯身要把愛芮卡拉出來，不料她的胳臂飛射而出，用扳手打中了他的側臉。

他踉蹌退後了幾步，眼冒金星，但在她往車外爬時，他揮舞方向盤鎖，打中了她的左膝側面。她摔在地上，呻吟不已。他對準她的右膝又給了她一擊，她大聲哀號。大衛抓住她，把她拖往後座。

「別抵抗我。」他說。

「大衛，事情不必走到這一步。」愛芮卡邊痛得喘息邊說，看見了底下廣袤的水。她的腿動不了，一條胳臂因為在車子裡壓在身下而麻痺無感。她的頭被打，現在仍昏昏沉沉的，而她竭力想讓腦筋活動起來。大衛把她拖進車子，害她的頭又撞上了門框。門用力關上，她左看右看，發現自己是在後座，正對著駕駛座的後方。她在後照鏡中看見了自己的臉。一側的金髮沾著鮮血，黏在頭皮上。一隻眼睛又黑又腫，無法睜開。她去開門，門卻完全不動。她傾身，開另一邊的門，痛得呻吟。這扇門也一樣文風不動。

前座的門開了，吸入空氣，卻瀰漫著屍臭。大衛抓著那個死掉的女孩，屍體的狀況比愛芮卡想像中還要悽慘。女孩有深色的長髮，但是臉孔卻浮腫，兩隻黑眼圈，遍佈割傷。一邊的頭髮被拔掉了好幾綹。愛芮卡往下看，看到女孩子的幾綹頭髮黏在她自己的夾克上。

大衛把死屍塞進乘客座，她的頭歪向一邊。愛芮卡看見她的眼睛一片混濁，舌頭腫大，從嘴巴往外吐，像隻黑紫色的大蛞蝓。

「大衛，聽著。我不知道你在計畫什麼，不過你是逃不掉的……你要是現在就投降，我可以——」

「妳還真是個自大的臭娘們，是不是？」他說，從座椅的縫隙間看她。「妳都被打得屁滾尿流，關在車子裡，叫天不應叫地不靈了，妳還覺得我會向妳投降。」

「大衛！」

他伸長身體，用力打了她的臉一拳。她的頭猛地往後仰，撞在窗戶上。一時間，她的眼前只有一片黑。等恢復之後，她就感覺到安全帶繞過她的身體，扣住。她旁邊的門摜上。大衛從座椅的縫隙間看，放掉了手煞車，她感覺到輪胎滑動。

「看起來今晚又會降到零度了。」他說。砰地甩上了駕駛座的門，幾秒之後，汽車開始向前滑動，對準採石坑的邊緣。

汽車很快就加速了。大衛推著車子跑了起來，在距離坑口幾米處停住，汽車向前衝，翻過了坑口。

愛芮卡感覺到車輪離開了地面。地平線似乎向上飛，明亮的藍色像是要朝擋風玻璃撞過來。大衛把她和屍體都綁住了，但是衝擊的力道仍重重傷了她的頸椎。汽車沒入亮藍色中，片刻之後，翻轉角度，擊破了水面，車內充滿了自然光線。愛芮卡慌張地摸索安全帶的扣環，卻打不開。窗戶開了幾吋寬，冰冷的水一湧而入，迅速灌入汽車裡。愛芮卡本希望還有時間可以反應，她想把門打開，但是兒童安全鎖卻牢不可破。水從車窗灌入，不出幾秒鐘，冰冷的水就淹到了她的胸口。驚慌之下，愛芮卡盡可能深吸一口氣，被水淹沒，頭頂轟隆的聲音也停止了。汽車開始以驚人的速度下沉，越來越深，越來越黑。引擎的重量讓她們一頭撞上了採石坑的底部。

警方的直升機飛臨採石坑的邊緣，在遙遠的底下，他們看見大衛的汽車翻過坑口，撞入水中。摩斯和彼得森都在直升機上，他們的無線電連接路易申街警局的事件室，支援的車輛和一輛救護車都在路上。

「嫌犯逃跑了。」摩斯說，裝設在迴轉儀上的攝影機對準了直升機的下方，將影像傳送回事件室。「叫警員戒備。嫌犯正徒步逃離現場，往北，艾貝斯費特車站方向。」

「靠，萬一她在車子裡呢？後援車輛幾時能趕到啊？」彼得森問。

「後援車輛還要四、五分鐘才到。」馬許在無線電中說。

「佛斯特總督察一定是在車子裡。降落，降落，降落！」摩斯對著無線電大吼。直升機迅速下降，採石場中白色的粉塵揚起，直升機都還沒停穩，摩斯和彼得森就跳了下去，低頭躲避旋轉的槳葉，舉高雙手抵禦飛揚的粉塵。幾秒鐘急速流失，坑裡有大量的氣泡衝向水面，在水面上造成了一圈圈的漣漪。

「准許開槍，但是我要抓活的。」他們聽見馬許在無線電裡說。

彼得森朝坑邊一處坡道跑去，使盡了全力疾奔。摩斯緊隨在後，一面對著無線電大吼。

「我們相信有警員隨汽車落水。重複，一名警員被困在水下的汽車裡。」

「三分鐘。」有人說。

「靠，三分鐘太久了！」摩斯大喊。

直升機在頭頂盤旋，飛過採石場的邊緣，下降到就在水面擴散開的氣泡上方。彼得森這時已看見了水的邊緣，他毫不猶豫，脫掉夾克摘掉手槍就涉入水中，游了起來，兩臂奮力划水，游到了汽車下沉之處，往下潛。

「各單位回報？嫌犯在逃，艾貝斯費特車站有沒有警力？重複，有沒有警力？要是讓他搭上了火車……」馬許的聲音從無線電傳來。

「後援上路了，車站已關閉。」某人回答。

「摩斯，報告。我們看到的是彼得森在水裡。」

「是的，長官，彼得森警員潛入水裡了。重複，彼得森警員潛入水裡了。」摩斯對著無線電說。她這時站在水邊。

「要命！」馬許說。

無線電靜止下來，只聽得到直升機的盤旋聲，在水面上留下一個橢圓的形狀。幾秒鐘過去了。

「快點，拜託，快點！」摩斯說。她正要涉入水裡，就看見彼得森破水而出，拉著愛芮卡軟垂無力的身體。

採石場的上方突然間警笛聲大作，救護車、消防車、警車全數抵達。水面上方，直升機垂下了一根安全纜繩，彼得森勾住了他和愛芮卡，豎起拇指，他們就被向上拉，兩腳擦過水面，半拉半拽，朝水邊的摩斯飛去。

「總督察傷勢嚴重，好像昏迷不醒，」摩斯對著無線電說，「左側有條路可以進入，我們在水邊。重複，佛斯特總督察沒有反應！」摩斯大喊。

彼得森和愛芮卡被送到了水邊，直升機把他們放下來。四名急救人員快步跑下坡道，解開了愛芮卡的纜繩，輕輕把她放倒在地上。

彼得森渾身濕透了，冷得直發抖，有人立刻拿了條錫箔毯給他披上。醫護人員開始給愛芮卡急救。幾分鐘讓人緊張得透不過氣來，接著愛芮卡嗆了嗆，咳出了水。

「沒事了，來，側躺。」急救人員說，把她翻成恢復的姿勢。她咳嗽，咳出了更多的水，大口喘息，把乾淨冰冷的水吸入肺部。

「佛斯特總督察離開水裡了，她還活著，」摩斯說，「他媽的謝天謝地，她活著。」

83

愛芮卡的眼睛緩緩對焦，聽到一種柔和的嘶嘶聲和有韻律的嗶嗶聲。她在醫院裡，在窗戶旁邊。百葉窗關著，一盞柔和的夜燈照亮了房間。她以眼角看見了另一張床，床單向上凸起，又向下凹陷，就是她聽見的嘶嘶聲。她的舌頭在乾燥的口腔裡動了動，這時才發現隔壁床的病人接著呼吸器。

她蓋著藍色毯子，身體的大片地方完全麻痺：雙腿、一條胳臂、左臉。她感覺不到痛，只是一種緊張不安的感覺，覺得痛楚就近在咫尺。此刻，她是飄浮在痛楚之上，但痛苦很快就會回來，那時她就得要面對了。目前，她可以飄浮其上，觀察：麻痺的身體，麻痺的情緒。

她閉上眼睛，飄然入夢。

等她再醒來已經是天黑了，馬許坐在她的床畔，穿著挺直的襯衫和皮夾克。痛苦漸漸蠶食：她的臉，她的腿，她的胳臂。她也感覺到她的情緒，離恐懼更近。回憶。她以為自己要死了。在她再也憋不住氣時，肺部的燒灼感，而她被拖進水裡……跟她一塊在後車廂裡的女屍，接著女孩的臉變花，車子淹沒，她的深色頭髮散開來，有如頭頂的光圈。

「妳很快就會好的。」馬許說，伸手輕輕握住愛芮卡的右手。她注意到她的左手包了繃帶，而她只有一邊耳朵聽得見——馬許所坐位置的另一邊。

「妳動了手術，一條腿打了鋼釘，臉頰骨折……」馬許沒說完，緊抓著大腿上的一串葡萄，樣子幾乎算滑稽。「妳會完全康復……我在妳的床頭桌上擺了張卡片，局裡的每個人都簽了名……妳做得很好，愛芮卡。我以妳為榮。」

愛芮卡想說話，試到第三次，才終於說：「大衛？」

「他們在艾貝斯費特逮住他了。他現在被關押起來，還有他父親、吉爾思．奧斯波恩和伊戈爾．庫切羅夫。艾塞克回頭去檢查鑑識證據，找到了跟第二名被害人茉嘉．布拉托瓦少量的毛髮纖維吻合的證據。他們比對了大衛的DNA，我們還有琳達的口供，以及整輛車子的鑑識證據。他們把車子從採石場打撈出來了，還有——還有那個女孩子……」

馬許笑得尷尬，伸手握住愛芮卡的手。「總之呢，有的是時間再跟妳說。我真正想說的話是不管妳需要什麼，我都在這裡。以朋友的身分……瑪西要我問候妳，她出去幫妳買衛生用品了。我會放在妳的置物櫃裡。」

愛芮卡想微笑，但痛苦變得太劇烈。一名護士進來，查看愛芮卡的病歷，走向點滴架，按了一個鍵。

「彼得森……我想謝謝彼得森。」愛芮卡說。

嗶一聲，愛芮卡感覺到一股冰冷滴進了她的手。馬許和醫院房間看不清了，變成了無痛的一片白茫茫。

尾聲

愛芮卡深呼吸，感覺到清新的空氣填滿了肺葉。她旁邊木椅上的愛德華也一樣。兩人間是一種自在的沉默，他們瞪著荒野，綠色的、褐色的，延伸開展。雲層低掛在遠處，絞成一個藍黑色的結，朝他們這邊飄來。

「暴風雨在醞釀了。」愛德華說。

「再坐一分鐘……我喜歡這裡。連草都長得比北方綠。」愛芮卡說。

愛德華笑了。「這是在比喻嗎，丫頭？」

「不是的，真的比較綠。」她咧嘴笑，把視線從美麗的風景拉回到愛德華身上，他坐在她旁邊，裹在厚重的冬大衣裡。一條小碎石路隔開了馬克的墓碑和他們所坐的長椅。

「我覺得回來這裡比較容易了，」愛德華說，「一旦面對過那些燙金字，他的生日和他的……就、那個……我常常來這裡，跟他說話。」

愛芮卡又哭了。「我不知道該從何說起，該跟他說什麼。」她哽咽著說，掏摸大衣找面紙。

「開口說就是了。」愛德華說，給了她一小包面紙。再把她的臉往上仰。她的一邊頭顱有一長排的縫線，頭髮漸漸長回來了。

「好。」她說，抽出面紙擦臉。

「這樣吧，我先回去，燒上水。妳就慢慢說。當然，剛開始會覺得像神經病，不過反正這邊沒有人……」

他拍了拍愛芮卡的肩膀，站起來沿著小路行進。愛芮卡看著他走遠，他轉頭微笑，這才小心翼翼在墳墓間穿行，往村子而去。她注意到他的步態好眼熟，他的動作跟馬克好像。她回頭走向墳墓。

「知道嗎，我破了五件命案……而且我險些送命，兩次，」她說，「不過，我來這裡不是要跟你說這些……」

她的手機在口袋裡響了。她掏出來，是摩斯。

「哈囉，老大。我是覺得，已經兩個月了，我想打個電話給……」

「哈囉。」愛芮卡說。

「很不好過嗎？」

「不會，嗯，我……我在馬克的墓前。」

「喔，糟糕。我再打給妳。」

「不用，我是想跟他說話。我公公說我應該跟他說話。他說會有用。我只是不知道該說什麼……」

「妳可以跟他說妳抓到的兇手五月就要受審了。看了今天的新聞嗎？大衛・道格拉斯－布朗被判定適合接受審判。他們也取消了賽門爵士的爵位……而且伊戈爾・庫切羅夫好像會因為殺害娜迪亞・葛瑞柯而重新接受審判。我們正在等檢控署起訴吉爾思・奧斯波恩的罪名。我有信心會是妨礙司法……妳還在嗎，老大？」

「在，我也看了新聞。不過馬克不想聽這些。」

「要是我埋在六呎之下，我會要我親愛的人告訴我最新的消息……」

一陣沉默。風吹過草地，掀起一波草浪。那團黑雲幾乎飄到她的頭上了。

「對不起，我太沒神經了。」摩斯說。

「不，妳很誠實，這樣好多了。彼得森收到我的卡片了嗎？」

「收到了。不過你也知道他啊，沉默硬漢。他後來去醫院看過妳，不過妳出院了。」

「我知道。」

又一陣沉默。

「那，妳幾時回來啊，老大？」

「不曉得。快了吧。馬許叫我不用急。我要暫時在這裡陪陪愛德華。」

「那，期待妳歸來唷，老大。妳會回來吧，是不是？」

「對，我會回去，」愛芮卡說，「我再打給妳。」

「好。在那兒好好放鬆，在妳……嗯，就那個……跟馬克說話的時候，幫我說聲嗨。」

「這是最詭異的代人問候要求了。」愛芮卡挖苦地說。

「我只是很遺憾沒見過他。」摩斯說。

愛芮卡掛上了電話，雷聲也在頭頂上響起。她回頭看著墳墓，看著黑色大理石上的燙金字。

紀念馬克·佛斯特

一九七〇年八月一日－二〇一四年七月八日
永誌不忘

「這是最難的詞了，馬克，」愛芮卡說，「永遠。我會永遠沒有你。我不知道少了你我要怎麼活下去，可是我不能不活下去。為了走下去，我得在某個時候放開你。我不能不走下去，馬克。繼續工作。繼續過日子。大多數的日子我都不覺得少了你我還能活，可是不能也得能。外面有太多的壞事了，我覺得我唯一能處理的方式就是繼續工作。努力讓世界變得不一樣。」

水打在愛芮卡的臉頰上，而這一次，並不是眼淚。下雨了，拍打在碎石以及馬克的墓碑上。

「你爸要幫我泡茶……所以，我要走了。不過我會回來的，我保證。」愛芮卡說。站了起來，手指擺在唇上，再按著冰冷的石碑，就按在馬克的名字下。

愛芮卡把皮包揹上肩，邁步越過碎石地，回去喝茶吃蛋糕，回到愛德華溫暖的廚房裡。

作者的話

首先，我想要大大感謝選了《冰裡的女孩》的各位。如果你們喜歡看，那，寫個書評，我會非常感激。不需要多長，短短的就可以了，那就會有很大的不同，幫助新的讀者跟我的書第一次邂逅。

我也很願意收到你們的來信。你們對愛芮卡・佛斯特總督察有什麼看法？你們想要接下來發生什麼事？愛芮卡很快會回來。目前我正在寫這個系列的第二本書《*The Night Stalker*》。

你們可以上我的臉書、推特、Goodreads或是我的網站。我每一條留言都會讀，而且一定會回覆。還有很多書會出版，所以我希望你們能跟我一起馳騁！

羅伯・布林澤

附註：如果在我的下一本書出版時你想收到電郵通知，可以加入底下我的寄信名單。你的信箱地址絕對不會外洩，你也可以隨時退出：

www.bookouture.com/robert-bryndza

www.twitter.com/robertbryndaz

www.facebook.com/bryndzarobert

www.robertbryndza.com

謝辭

感謝奧利佛・羅德茲、克萊兒・波爾德、葛希妮・奈杜、金・納許以及Bookouture的美妙團隊。你們真的太神了，我很開心能和你們合作。（也要感謝你們在我寫第一封電郵說我一直都很想寫犯罪小說時沒有嘲笑我！）

特別感謝克萊兒・波爾德，妳的鼓勵以及鞭策使這本書比我夢想中的更好。謝謝你，亨利・史德曼，設計出精采的封面，也感謝嘉伯莉・錢特以精準與縝密編輯我的稿子。還有安潔拉・馬爾森斯，感謝妳的友誼和支持，鼓勵我放手一搏。當然，也少不了要感謝史黛芬妮・戴格。

感謝我的婆婆薇兒卡，她好像是靈媒，在情況變得不順，點燈熬油地寫作時，她會適時出現在門口，送來熱騰騰的美食，以及她的愛與和藹，總能讓我心情大振。

感謝我老公楊，他居然能適時說一大堆的讚美和鼓勵，但也並不反對拉高嗓門提醒我要堅守期限。別忘了讚美和鼓勵要繼續，還有大吼大叫也是必須的。沒有這份嚴厲的愛與毫不動搖的支持，我現在還會在一份不喜歡的工作裡拖磨，只在夢裡當作家。

最後，謝謝各位了不起的讀者，以及部落客，感謝剛發現我的作品的人，也感謝那些從Coco Pinchard到犯罪小說一路跟隨我的人。口耳相傳真的有效，要是沒有你們談論我的書或在部落格討論，我不會有這麼多的讀者。謝謝大家。我就說會是刺激的一趟旅程吧！

 Storytella **143**

冰裡的女孩

THE GIRL IN THE ICE

冰裡的女孩 / 羅伯.布林澤作 ; 趙丕慧譯. -- 初版. -- 臺北市 : 春天出版國際文化有限公司, 2022.10
面； 公分. -- (Storyella ; 143)
譯自 : The Girl in the Ice.
ISBN 978-957-741-596-7(平裝)

873.57 111014894

ISBN 978-957-741-596-7
Printed in Taiwan

作　者　羅伯・布林澤
譯　者　趙丕慧
總編輯　莊宜勳
主　編　鍾靈

出版者　春天出版國際文化有限公司
地　址　台北市大安區忠孝東路四段303號4樓之1
電　話　02-7733-4070
傳　真　02-7733-4069
E－mail　bookspring@bookspring.com.tw
網　址　http://www.bookspring.com.tw
部落格　http://blog.pixnet.net/bookspring
郵政帳號　19705538
戶　名　春天出版國際文化有限公司
法律顧問　蕭顯忠律師事務所
出版日期　二〇二二年十月初版
二〇二四年八月初版六刷

定　價　460元

總經銷　楨德圖書事業有限公司
地　址　新北市新店區中興路二段196號8樓
電　話　02-8919-3186
傳　真　02-8914-5524
香港總代理　一代匯集
地　址　九龍旺角塘尾道64號 龍駒企業大廈10 B&D室
電　話　852-2783-8102
傳　真　852-2396-0050